Knaur.

Knaur.

Über den Autor:
Michael Lüders, Jahrgang 1959, ist ein Wanderer zwischen den Welten. Der gebürtige Bremer hat in verschiedenen Ländern und Kulturen gelebt, studierte Orientalistik in Berlin und arabische Literatur in Damaskus. Heute lebt und arbeitet er in Berlin. Seinen Weg als Erzähler fand er über den Journalismus. Nach Hörspielen, Sachbüchern und Dokumentarfilmen lässt er sich in seinen Romanen und Erzählungen von jenem anderen Blick leiten, den die Begegnung mit anderen Kulturen hervorbringt. *Blöder Hund* treibt diese Begegnung auf die Spitze …

Michael Lüders

Blöder Hund

Roman

Knaur Taschenbuch Verlag

Besuchen Sie uns im Internet:
www.knaur.de

Originalausgabe August 2010

Ein Unternehmen der Droemerschen Verlagsanstalt
Th. Knaur Nachf. GmbH & Co. KG, München

Redaktion: Maria Hochsieder
Umschlaggestaltung: ZERO Werbeagentur, München
Umschlagillustration: N. Reitze de la Maza
Satz: Adobe InDesign im Verlag
Druck und Bindung: GGP Media GmbH, Pößneck
Printed in Germany
ISBN 978-3-426-50657-8

2 4 5 3 1

Blöder Hund

INHALT

ERSTES KAPITEL

Die Schlinge um den Hals

Den Beschluss, sich das Leben zu nehmen, fasste Carl Siering im Badezimmer, sich wie üblich selbst befriedigend. Die frühmorgendliche Handreichung unter der Dusche war der einzige Höhepunkt, den sein Leben noch bereithielt. In wenigen Tagen würde er vierzig werden – höchste Zeit, die Notbremse zu ziehen. Denn er war ein Versager, ohne Aussicht auf Veränderung. Er stellte das Wasser ab, trat aus der Dusche und griff nach dem Handtuch. Missmutig betrachtete er sein erschlaffendes Glied, das ihn höhnisch anzugrinsen schien. Carl seufzte, erleichtert, endlich eine Entscheidung getroffen zu haben. Wenn es stimmte, dass sich das Schicksal eines Menschen in einer Nussschale offenbarte, so wollte er dem Ozean, auf dem sie trieb, mit kalter Verachtung begegnen. Jawohl, er würde kurzen Prozess machen, die Schale versenken, Worpswede seinen nackten Hintern zeigen, und zwar noch vor seinem Geburtstag. Er rieb sich das Gesicht mit Creme ein und lächelte sein Ebenbild im Spiegel an. Dabei war er kein Nörgler oder notorischer Unruhestifter. Könnte er sich einreden, sein Leben verliefe in erträglichen Bahnen, wenigstens ein paar Wochen im Jahr, würde er niemandem Umstände bereiten. Weder sich selbst noch anderen.

»Carl!«

Er sah sie an seinem Grab stehen, wie sie angestrengt einzelne Tränen hervorpresste. Er hasste die jede Wand durchdringende, hochtonale Stimme seiner Frau, mit der sie mühelos ihre Schulklassen dirigierte, Furcht und Schrecken verbreitend. Alexandra rief vermutlich aus der Küche eine Etage tiefer zu ihm hoch, doch kam es ihm vor, als stünde sie neben ihm und habe ihn die ganze Zeit beobachtet.

Nun gut, er hatte nichts zu verbergen. Sex hatten sie schon seit Jahren nicht mehr, für jeden Hund in der Nachbarschaft empfand sie mehr Zuneigung als für ihn, ihren Mann.

»Carl!«

»Liebling?« Er bemühte sich, nicht zu schreien.

»Du kommst zu spät. Die Gruppe ist wahrscheinlich schon da.«

Und wenn schon. Sollten sie warten. Nur Dienstboten waren pünktlich.

»Nach der Tour will dich Bronsky sprechen.«

Bronsky. Wie üblich sprach Alexandra seinen Namen mit Ehrfurcht und Bewunderung aus. Wie kam sie dazu, sich zum Sprachrohr dieses Mannes zu machen, seines größten Widersachers und Arbeitgebers? Musste sie jede sich bietende Gelegenheit nutzen, ihn zu demütigen? Sollte Bronsky ihn doch anrufen, wenn er etwas von ihm wollte. Stattdessen wandte er sich an Alexandra. Wohl wissend, wie er Carl vorführte.

»Carl! Ich gehe jetzt.«

»Ich halte dich nicht auf!«

Er hörte, wie die Haustür krachend ins Schloss fiel. Unwillkürlich zuckte er zusammen.

Zügigen Schrittes begab sich Carl zur Infobox am Eingang der Wohnanlage. Er eilte vorbei an den großzügig gestalteten Einfamilienhäusern mit ihren gepflegten Vorgärten, grüßte vertraute Gesichter und fragte sich, warum er nicht das Fahrrad genommen hatte. Die hufeisenförmige Anlage erstreckte sich über fast zwei Kilometer. Nicht einmal die einfachsten Entscheidungen traf er mit Umsicht. Doch immerhin war er entschlossen zu sterben. Je mehr er darüber nachdachte, umso richtiger erschien ihm sein Tod. Er wusste auch, wie er seinem Leben ein Ende setzen würde.

Die Infobox war ein rot gestrichener Container, in dem sich ein Besucherbüro befand. Die stetig anwachsenden Besuchergruppen konnten sich hier über die einzigartige, weltweit als Vorbild dienende Siedlung informieren. Zweimal am Tag führte Carl über das Gelände, die Hintergründe und Besonderheiten erläuternd. Er war es gewohnt, unbedarfte Touristen mit seinem Wissen zu beeindrucken – das zwangsläufig umfassender war, als ihm selbst lieb sein konnte – und am Ende recht unverhohlen, bisweilen unverschämt,

sein Trinkgeld einzufordern. Am liebsten waren ihm Japaner. Da reichten einige drohende Blicke, und sie zückten ihr Portemonnaie.
Tatsächlich warteten sie schon auf ihn. Keine Hinterwäldler, sondern Fachkundschaft. Architekturstudenten aus Hamburg, wie er zu seinem Schrecken erfuhr. Eine Begegnung mit seiner Vergangenheit, darauf legte er keinen Wert.
»Gut. Wie Sie wissen, ist der Paulaner die erste Siedlung ihrer Art in Europa. Benannt ist sie nach Paula Modersohn-Becker, die vor rund hundert Jahren in Worpswede Kunstgeschichte schrieb. Mit ihrer kantigen, erdigen, Mensch und Natur in einer mitunter beklemmenden Einheit erfassenden Subjektivität hat sie, die wohl bekannteste deutsche Malerin, den entscheidenden Schritt in die Moderne gewagt. Vergleichbar visionär ist auch Hartmut Bronsky, genannt Bronsky, der verantwortliche Architekt der Siedlung. Oberflächlich besehen ist sie amerikanischen Vorortsiedlungen nachempfunden: Einzelhäuser inmitten einer parkähnlichen Anlage, jeweils mit Garage, Grünstreifen vor dem Haus, Garten dahinter. Bronsky sieht darin das Wohnmodell des einundzwanzigsten Jahrhunderts.« Sofern die Mieter und Käufer über das nötige Kleingeld verfügten. Das hier war eine Tempelanlage der Superreichen. Sogar einige Russen hatten sich eingekauft.
»Das glauben Sie doch wohl nicht im Ernst: Wohnmodell des einundzwanzigsten Jahrhunderts«, sagte

eine auffallend hübsche Studentin mit hüftlangen schwarzen Haaren, die ihn mit großen Mandelaugen ansah.
Carl ließ sich nicht beirren. »Allein die Auswahl Worpswedes als Standort für den Paulaner unterstreicht Bronskys unerschöpfliche Tatkraft. Nicht weit von Bremen, etwas weiter nach Hamburg – meine Damen und Herren, Bronsky sucht ein ausgewogenes Verhältnis zwischen ländlicher Idylle und Großstadtnähe. Das alles hier waren matschige Wiesen, auf denen gelangweilte Kühe ihr Gras wiederkäuten. Heute kommen Menschen aus aller Welt, voller Bewunderung für die Künstlerkolonie Worpswede, die im Paulaner ihre Vollendung findet.« Früher intonierte er solche Ausführungen mit leiser Ironie. Irgendwo auf dem langen Weg seiner wachsenden Verzweiflung hatte er sie offenbar verloren. Er hoffte nur noch, dass ihm niemand in die Seele schaute.
»Das Einzige, was hier noch fehlt, sind ein elektrischer Zaun und Sicherheitsschleusen«, sagte der Freund der Mandeläugigen. »In jeder südamerikanischen Großstadt gibt es solche Anlagen. Luxus vom Feinsten, teilweise in Sichtweite der Slums.«
Ein hoffnungsfroher Idealist, dachte Carl. Wie seine Freundin. Am liebsten hätte er sich irgendwo festgehalten. So war er auch einmal gewesen. Gradlinig. Euphorisch. Voller Ideen.
»Es ist ein Wohnmodell, das weltweit auf Anerkennung stößt«, erwiderte Carl und spürte, dass da nicht

er selbst redete. Eher ein Roboter, versehen mit einer Maske, die seinem Gesicht entliehen war.

»Von wegen Anerkennung!«, empörte sich der Student. »Das hier ist Sozialismus für die Oberschicht. Eigene Geschäfte, Sportanlagen einschließlich Golfplatz, ein Reisebüro, mehrere Service-Agenturen, ärztliche Versorgung – alles, was teuer ist und exklusiv.«

Carl versuchte, schneller zu gehen, der Gruppe zu entkommen. Aber die Studenten hielten mühelos mit ihm Schritt und stellten ihn zur Rede, nachdem er lediglich mit den Schultern gezuckt hatte.

»Ich verstehe Sie nicht, Herr Siering«, sagte die schöne Studentin. »Sie haben in Hamburg studiert wie wir. Und wir kennen die Planungsentwürfe, die Sie in den letzten zehn Jahren eingereicht haben, auch den für den Paulaner. Sie wollten etwas ganz anderes. Eine Siedlung für mehrere Generationen, ein echtes Miteinander. Ältere Herrschaften, die sich tagsüber um die Kinder von Berufstätigen kümmern, im Gegenzug keine vereinsamenden Alten. Für alle Schichten, nicht nur für Reiche. Architektonisch ein Hauch Hundertwasser, jedes Haus bunt, einzigartig, mit persönlicher Note.«

Carl hatte das nicht vergessen, natürlich nicht. Aber in der Architektur zählten wie überall nicht allein Können und der Wille zum Erfolg. Sehr viel mehr kam es an auf Glück und Zufall, der rechten Fügung zur rechten Zeit. Nur wenigen Architekten gelang der Durch-

bruch, nicht zu reden von dem Starruhm eines Norman Foster oder Oscar Niemeyer.
Er hielt sich für einen guten Architekten. Doch er war gescheitert. Bronsky dagegen war drittklassig, aber erfolgreich. Er verstand es, sich zu vermarkten. War gut vernetzt mit Gremien und Kommissionen, fand Gehör bei Politikern und Investoren, besuchte wichtige Empfänge, lud ein zu Kulturveranstaltungen in exklusiven Hotels. Carl hatte schon Schwierigkeiten, seine Krawatte korrekt zu binden. Er hasste es, mit Leuten, die ihn nicht interessierten, Smalltalk zu pflegen. Dabei entglitten ihm die Gesichtszüge, wurde er übellaunig und lief Gefahr zu sagen, was er dachte. Hätte ihn Alexandra unterstützt – wahrscheinlich wäre sich Carl treu geblieben, hätte weiter auf seinen Erfolg gehofft. Sie aber wollte ein gutes Leben, sofort. Ständig lag sie ihm in den Ohren. Bis er tatsächlich nach einer Möglichkeit suchte, sein Geld leichter zu verdienen. Lange hatte er Bronskys Angebot, die technische Leitung des Paulaners zu übernehmen, abgelehnt. Doch Alexandra ließ nicht locker, und schließlich hatte er nachgegeben. Seither war er das Mädchen für alles. Eine Art Frühstücksdirektor. Der Mann, der die richtigen Handwerker bestellte und Reklamationen entgegennahm. Gewiss, er beteiligte sich noch immer an Architekturwettbewerben. Doch niemand in der Branche nahm ihn noch ernst.
Pausenlos redete die Studentin auf ihn ein. Sie heiße übrigens Judith, ihr Freund Matthias. Und sie fragten

sich, wie städteplanerische Visionen am besten umzusetzen wären. Leider gebe es niemanden, mit dem sie sich wirklich austauschen könnten. An der Universität führten die Überangepassten das Wort. Was fehle, sei die Lust auf Neues, Unverbrauchtes.

»Wir mögen Ihre Entwürfe, weil Sie keine Kompromisse eingehen. Deswegen sind wir hier. Um von Ihnen zu lernen. Weg vom Mainstream. Der Paulaner kann doch nicht das letzte Wort für Sie sein.« Judith hörte sich an wie seine siebzehnjährige Tochter. Komm, lass uns die Welt retten. Carl sah ihr in die Augen, wandte sich ab. Zu schmerzhaft war der Gedanke an seine Fehler und Versäumnisse. An manchen Tagen konnte er kaum an sich halten. Dann schrie er Autofahrer oder Passanten an, wegen irgendwelcher Kleinigkeiten.

»Die Führung ist beendet«, sagte Carl in einem Tonfall, der an Unsicherheit kaum zu überbieten war.

Bronskys Villa war die ausgefallenste. Ein Haus aus Glas, abgesehen von den tragenden Teilen und dem Dach. Weitläufig, mit vielen Fluchten, auf zwei Etagen. Das Wohnzimmer ein Atelier, die Wirkungsstätte seiner Frau Charlotte. Einige Stahlrohrsessel mit Lederbezügen, eine spartanische Couch, ein Tisch. Postmodern, minimalistisch, unterkühlt. Vor der Staffelei saß Bronskys Frau und malte einen Akt. Als Modell diente Carls Tochter Lucia. Sie war gut gebaut, ging ihm durch den Kopf. Sobald ihr Vater erschien, be-

deckte sie ihre Blöße. Die Tür stand offen. Es war Sommer und warm.
»Bronsky ist nicht da«, sagte Charlotte.
Carl nickte. An den Wänden hingen ihre Bilder, überwiegend Aquarelle. Er hielt die meisten Porträts, ob Landschaften oder Personen, für bloße Fingerübungen. Den Gemälden fehlte das Eigenwillige, Unverwechselbare. Charlotte spiegelte ihre Motive, ohne sie zu deuten. »Zeitgenössischen Impressionismus« nannte sie diesen Stil. Ein großes Wort für fehlende Begabung.
»Was wollte er denn von mir, der Bronsky?«, fragte Carl und ließ seinen Blick über die weitläufige Gartenanlage schweifen, das smaragdgrün schimmernde Wasser des Swimmingpools. Der Rasen kurz geschnitten, kein sichtbares Unkraut, die Platanen in einer Reihe, mehrere Rosenbeete in leuchtendem Rot. Ein umtriebiger Gärtner.
»Das muss er dir schon selbst sagen«, erwiderte Charlotte, die ihn bis zu diesem Moment keines Blickes gewürdigt hatte. Lucia bewegte sich unruhig auf ihrem Sessel. Auch Carl war unangenehm berührt. An seine Tochter hatte er nicht gedacht, als er beschloss, seinem Leben ein Ende zu setzen. Da sie sehr nach ihrer Mutter kam, dürfte sie den Verlust verschmerzen. Carl wusste nicht einmal zu sagen, wann die Entfremdung zwischen ihnen eingesetzt hatte. Als sie Kind gewesen war, hatten sie stundenlang miteinander gespielt. Was hatte er nicht alles mit ihr unternommen. Ausflüge in

den Zoo, nach Disneyland bei Paris, an den Strand, in die Berge. Sie wollte ein Spielzeug, sie bekam es. Er legte großen Wert auf eine Erziehung, die ihre Kreativität förderte, darin ausnahmsweise einig mit seiner Frau. Lucia malte, deutlich besser als Charlotte, und sie spielte Klavier. So gut, dass sie bei privaten Veranstaltungen in Worpswede und Umgebung auftrat – Hochzeiten, Taufen, Jubiläen und dergleichen. Sportlich war sie auch. Bremer Landesmeisterin über hundert Meter Freistil, Dritte bei den deutschen Junior-Schwimmmeisterschaften in Berlin vor zwei Jahren. Doch irgendwann kam der Riss, die Enttäuschung. Sie ging ihre eigenen Wege, sprach kaum noch mit ihm. Einmal hatte er sie deswegen zur Rede gestellt. »Es ist nichts, Paps«, hatte sie geantwortet, die Augen auf den Boden gerichtet.

Mit Sicherheit hielt auch sie ihn für einen Versager. An ihrer Stelle würde er sich ebenfalls einen Vater wünschen, der war wie … ja, wie Bronsky, zum Teufel.

»Gut. Dann lasse ich euch mal wieder«, sagte Carl, einen letzten Blick auf die hochgesteckte Frisur Charlottes werfend, den hennarotgefärbten Kegel auf ihrem Kopf. Er war schon in Höhe der Haustür, als er Charlotte sagen hörte: »Carl? Bitte sei so gut und nimm den Müll mit nach draußen.«

Nach dem Abendbrot, das er wie üblich schweigend an der Seite seiner Frau eingenommen hatte, begab sich Carl auf den Dachboden. Er war ruhig und gefasst, spürte keine Zweifel. Er sah das Leben als eine Kette von Zufällen, einen dunklen Strang aus Willkür und Beliebigkeit. Noch der größte Liebling der Götter konnte vom Blitz erschlagen, von einem herabfallenden Ziegel getötet oder von einer heimtückischen Krankheit dahingerafft werden – ohne Vorwarnung, ohne Erklärung, ohne Sinn. Das Leben machte, was es wollte, egal, wie Carl Siering darüber dachte. Das aber mochte er nicht länger hinnehmen. So, wie man den Fernseher ausschaltete, wenn das Programm endgültig unerträglich wurde.

Das Seil hatte er bei einem Schiffsausrüster in Bremen besorgt. Es war geeignet, eine Barkasse zu vertäuen, und für seine Zwecke mehr als ausreichend. Er legte die Schlinge um seinen Hals, prüfte ihren Sitz, stellte eine Leiter in die Mitte des Raums. Seit langem schon wollten sie den Dachboden ausbauen, der einer Rumpelkammer glich. Doch angesichts der Eiseskälte ihrer Gefühle hatten sie das Vorhaben immer wieder verschoben. Zielstrebig bestieg Carl die Leiter, um den höchsten Punkt des Giebelbogens zu erreichen, wo er vor einiger Zeit einen Dübel für eine Lampe angebracht hatte. In den Dübel drehte er einen Haken, an dem er das Seil befestigte. Mechanisch, ohne weiter nachzudenken, stieß er die Leiter beiseite und fiel. Er spürte den kurzen, schmerzhaften Ruck, der seinen Körper durchzog, dann raste er mit lautem Getöse zu Boden. Der Aufprall war so hart, dass er sich den Fuß verstauchte, zur Seite fiel und seinen Arm auf dem

rauhen Boden aufscheuerte. Einen Moment war er wie betäubt, massierte seinen schmerzenden Fuß, sah das Blut an seinem Arm, den zerrissenen Hemdsärmel. Die Schlinge hing noch um seinen Hals.
Der Dübel war nicht stark genug, sein Gewicht zu halten. Er lag neben ihm auf dem Boden.
Carl versank in Gedanken, weiterhin seinen Fuß massierend. Was, wenn dieses Malheur einer Bestimmung unterlag? Eine Botschaft enthielt? Sollte er seine Frau mit anderen Augen sehen als bisher? Dort ansetzen, wo sie vor vielen Jahren aufgehört hatten? Dafür sorgen, dass sie einander wieder mit Zuneigung und Respekt begegneten? Natürlich ließe sich einwenden, seine Überlegungen seien eine kühne Konstruktion, um einen falsch bemessenen Dübel schönzureden. Andererseits hing alles mit allem zusammen, war das ganze Leben Behauptung. Umbringen konnte er sich immer noch. Und war es nicht Zeichen genug, wenn er im Moment des Innehaltens, nach verlorener Schlacht, seiner Frau gedachte?
Alexandra öffnete die Tür zum Dachboden, offenbar angelockt von dem Lärm. Mit einem Blick erfasste sie die Lage. Musterte ihn mit ausdruckslosen Augen, für lange Sekunden.
»Selbst dafür bist du zu dämlich«, sagte sie.

ZWEITES KAPITEL

Im Teufelsmoor

Bronsky war beat. Selten kam er allein. Meist war er umgeben von einer Heerschar Assistenten und blutjungen, wunderschönen Frauen, vornehmlich in Blond. Äußerlich erinnerte er an Andy Warhol, und wie dieser lebte auch Bronsky nach der Devise: Alt wirst du früh genug. Er warf Ideen in die Runde, die von seinen Assistenten aufgezeichnet und weitergedacht wurden. Wo immer er auftrat, erzeugte er einen Sog. Die wenigsten konnten sich seiner Aura entziehen.

Carl wusste von angehenden Architekten, die sich tagelang die Hände nicht wuschen, nachdem Bronsky sie geschüttelt hatte. Er unterhielt Niederlassungen in London, Paris, New York und Tokio. Aber sein Hauptsitz, die Zentrale seiner architektonischen Umtriebe, lag in Worpswede, nur wenige hundert Meter entfernt vom Paulaner. Gegen den Willen heimischer Kunstliebhaber hatte er den Barkenhoff erworben, einst Wohnsitz von Heinrich Vogeler und ein Kleinod des Jugendstils. Mit seiner großen Terrasse, der Freitreppe und den zwei Empire-Urnen zu beiden Seiten des Aufganges eignete sich dieser geschichtsträchtige, melancholische Ort wie kaum ein zweiter für die Vermählung von Kunst und Kommerz. Bronsky verehrte den Maler und Sozialisten, der im Zweiten Weltkrieg elendig in Kasachstan umgekommen war. Vor allem aber verspürte er das Bedürfnis, seinem Wirken den Glanz einer vergangenen Epoche zu verleihen. Er hatte der Stadtverwaltung eine so hohe Summe für das Museum geboten, dass sie alle Einwände gegen einen Verkauf vom Tisch fegte.

Zweimal in der Woche trafen sich alle Mitarbeiter im Barkenhoff. Es ging um neue Projekte und Marketing-Kampagnen. Erfolgsmeldungen trug Bronsky nur selten persönlich vor. Meist ergriff ein Adlatus das Wort. »Spanien – zwei Paulaner«, hieß es dann. »Frankreich – drei Projekte verkauft.« Oder »Franchise Brasilien, Option Chile«. Das bedeutete, ein lokales Unternehmen kopierte den Worpsweder Paulaner in Eigenregie, zahlte dafür aber hohe Lizenzgebühren. Denn der Paulaner war längst ein Warenzeichen geworden, die Rechte gesichert und somit geschützt, vergleichbar Mercedes oder BMW. Eine Luxusklasse urbanen Lebens.

Auch Carl nahm an diesen Sitzungen teil. Im zweiten Glied, einer Stuhlreihe an der Wand, nicht am Konferenztisch selbst, der den Machern vorbehalten war. Heute litt er mehr noch als sonst. Sein Hals schmerzte, sein Fuß, sein Arm. Er verabscheute diese Runde und wünschte sich doch, ihr anzugehören. Es war so viel einfacher, mit dem Strom zu schwimmen. Den Erfolg zu leben. Sich auf große Werte zu berufen. Visionen zu verkünden, stets den eigenen Vorteil im Blick. Bronsky thronte über dem Ganzen, nickte wohlfeil oder legte die Augenbrauen in Falten, was jeden Redner augenblicklich zum Schweigen brachte. Bis Bronsky den Daumen wieder hob oder aber senkte: »Bitte mal jemand anders.«

Carl hielt es nicht länger aus. Er stand auf und wollte gehen.

»Carl, wohin?«, fragte Bronsky.

»Toilette, Pipi machen.«

»Warte, ich komme mit.«

Sie standen nebeneinander am Pissoir. Carl hasste solche Situationen. Er konnte nicht pinkeln, wenn er nicht allein war. Bronsky dagegen entlud einen Strahl, der von gesundem, ungebrochenem Selbstbewusstsein zeugte. Golden und hart schoss er gegen die Keramikwand, zog phantasievolle Kreise, wie Carl neidvoll feststellen musste. Er selbst tröpfelte, ohne Hoffnung auf kraftvollen Austritt. Mein Gott, was war er für eine jämmerliche Figur. Nicht einmal auf diesem Acker hatte er etwas zu bestellen.

»Ich habe gehört, du hattest einen Unfall?«, fragte Bronsky.

»Nicht der Rede wert.«

»Ich hoffe doch, dass du gut auf dich aufpasst.« Er schlug ab, verstaute sein Gemächt, schloss den Reiß-

verschluss. »Wenn ich diese Schwätzer da reden höre«, fuhr Bronsky fort, »dann denke ich mir: Keiner von denen kann dir das Wasser reichen.«
»Tatsächlich.«
»Weißt du, sobald ich eine Idee habe, frage ich mich: Was würdest du davon halten? Und erst, wenn ich mir sicher bin, dass du zustimmen würdest, setze ich sie um.«
Carl grunzte.
»Ich bin dir dankbar, dass du damals mein Angebot angenommen hast, im Paulaner zu arbeiten. Hättest du das nicht getan, wäre ich nicht da, wo ich heute bin. Allein deine Gegenwart ist für mich eine Kraftquelle.«
Dasselbe Geräusch. Das Quieken eines Schweins, das abgestochen wird.
»Aber du bist zu Größerem berufen. Es wird Zeit, dass wir deine Talente richtig einsetzen. Ich habe Pläne mit dir.«
Verzweifelt schüttelte Carl sein Glied, ganz ohne Ergebnis konnte er es doch nicht wieder einpacken.
»Ich möchte dich zu meinem Geschäftsführer machen«, fuhr Bronsky fort. »Zu meiner rechten Hand.«
Wie um sein Angebot zu unterstreichen, nahm er Carl spontan in den Arm und klopfte ihm auf die Schulter. Bronsky seufzte tief und fest, sichtlich übermannt von seinen Gefühlen.
Carl allerdings hielt noch immer seine zierliche Rute in Händen, und als wäre ein Schalter umgelegt, löste

sich endlich der erlösende Strahl warm und weich über Bronskys Hosenbeine.
Carl war einfach nicht geschaffen für diese Welt.

Keine Experimente. Nach seinen Erfahrungen mit dem Seil verwarf Carl den Gedanken, von einem Hochhaus zu springen. Vermutlich würde er überleben und als querschnittsgelähmtes Wunder von Ärztekongress zu Ärztekongress gereicht. Aus demselben Grund misstraute er auch einer Überdosis Tabletten. Stattdessen entschied sich Carl für das Teufelsmoor. Früher einmal war es die größte Moorlandschaft in Norddeutschland. Der Mensch hatte sie weitgehend zerstört, Äcker und Siedlungen angelegt. Doch Teile des Moores waren in den letzten Jahren wiederhergestellt worden. Mit etwas Glück sollte sich eine Stelle finden lassen, die Carl verschlingen würde wie einst im Mittelalter die zum Tode Verurteilten.
Kurz vor Mitternacht machte er sich auf den Weg, suchte trügerischen Boden. Niemand beachtete ihn, querfeldein lief er über Wiesen und Weiden, versank aber bestenfalls bis zu den Knöcheln. Geschäftsführer! Ein Knecht wäre er, Leibeigener, Sklave. Morgen in der Sitzung wollte Bronsky seine Entscheidung bekanntgeben. Bis dahin musste Carl ein Schlammloch gefunden haben, das ihn unwiderruflich in die Tiefe zog.
Doch sosehr er sich auch bemühte, er fand keines. Kilometer um Kilometer legte er zurück, wurde von

Bullen gejagt, verhedderte sich in Stacheldrähten, erregte den Zorn eines Liebespaares, das sich in die Natur zurückgezogen hatte. Wo hatten sie bloß das Moor neu angelegt?
Erschöpft und resigniert legte sich Carl auf eine Wiese und betrachtete den sternenklaren Himmel. Er fragte sich, ob er etwas übersehen hatte in der Gebrauchsanleitung fürs Leben, die er ohnehin nicht verstand. Warum durfte er nicht sterben wie andere auch? Er war immerhin ein Freiwilliger. Eine Sternschnuppe fiel ihm auf, die hell über das Firmament zog, von links nach rechts, dann wieder nach links, und dabei näher zu kommen schien.
Merkwürdig.
Irrlichternd torkelte die Sternschnuppe über den Himmel, fiel herab, entfernte sich wieder, schoss aus der Mitte eines schwarzen Nichts hervor, verschwand im Mond, stürzte erneut hernieder, fing sich ein weiteres Mal, als wäre den Gestirnen ein Rückwärtsgang bekannt. Carl traute seinen Augen kaum – die Sternschnuppe nahm Kurs Richtung Erde. Er sprang auf, mit offenem Mund ins Universum starrend. Näher, näher und immer näher kam das gelbweiße Licht, sank herab in Wolkenhöhe, Hochhaushöhe. Keine fünf Minuten nachdem er es gesichtet hatte, landete das Ding. Im Teufelsmoor unweit von Worpswede, rund fünfzig Meter über Normalnull. Und, für Carl vergleichsweise bedeutender, zum Greifen nah vor seinen Füßen. Es ging nieder mit einem Flirren und Rauschen, prallte

auf mit einem wenig spektakulären Plopp!, ohne sich nennenswert in den Boden zu bohren.
Carl schlug sich ins Gesicht. Er wollte sichergehen, dass er nicht schlief und träumte. Das konnte doch gar nicht sein. Vor ihm lag eine fliegende Untertasse. Nicht, dass er so etwas schon einmal gesehen hätte, in freier Natur. Wohl aber in alten Spielfilmen und Comics. Eine fliegende Untertasse! Sie hatte einen Durchmesser von zehn bis zwölf Metern, schätzte Carl. Und war etwa zwei Meter hoch. Die Oberfläche glänzte metallicfarben, silbergrau. Keine Öffnung, kein Fenster war zu sehen. Und kein Geräusch mehr zu hören. Nichts. Furcht empfand Carl nicht. Soll das Ding doch explodieren, dann habe ich den Mist hinter mir. He, Fremder, bist du ein Alien? Das unheimliche Wesen aus einer anderen Welt? Sei mir willkommen. Zum Paulaner immer geradeaus, merke dir den Namen Bronsky, verschlinge ihn und seine Brut.
Carl klopfte auf die Oberfläche wie an eine Tür. Nichts geschah. Er trat dagegen. Dann, sich vergewissernd, dass ihn niemand sah, öffnete er die Hose und versuchte sein Glück. Und siehe da, dieses Mal entlud er einen vollen, satten Strahl, zeichnete Kreise auf dem Ufo, hinterließ flüchtige kleine Signaturen. Guck an, dachte er. Geht doch. Dabei entstanden schwarze Schlieren, bildeten sich Blasen, stiegen Dämpfe auf. Donnerwetter, sagte sich Carl nicht ohne Stolz.
Dann aber flog der Deckel auf, die kegelförmige Haube der Untertasse. Der rechte Fachbegriff wollte ihm

mangels Vergleich nicht einfallen. Jedenfalls wurde dieser Deckel mit großer Entschlossenheit geöffnet. Ein Wesen trat hervor, das aussah wie ein Reptil, vielleicht einen Meter fünfzig groß. Schlank, dunkelgrün, der Körper schuppenbewehrt, zwei Arme und Beine, ein Kopf auf schlankem Hals. Bevor Carl in Ohnmacht fallen konnte, spürte er eine unsichtbare Kraft, die ihn am ganzen Körper schüttelte und rüttelte. Anschließend erhielt er zwei gewaltige Ohrfeigen, die seine Zähne förmlich zum Tanzen brachten. Obwohl ihn niemand berührte, nicht sichtbar. Das Wesen allerdings hielt die linke Hand auf ihn gerichtet und zeigte mit der rechten auf die schwarzen Schlieren. Dazu sagte es etwas in einer Sprache, die sich anhörte wie das Rascheln von Blättern, gepaart mit einer Kehlkopfkrankheit.

»Tut mir … tut mir wirklich leid … ich wusste ja nicht, dass Ihr Flugzeug so empfindlich ist. Wissen Sie, ich habe schon als Kind leidenschaftlich gerne in Waschbecken gepinkelt. Um ehrlich zu sein, ich mache das heute noch, vor allem in Zügen der Deutschen Bundesbahn. Sie haben Glück, Sie müssen damit ja nicht fahren. Das sind die, die ihre Preise zweimal im Jahr erhöhen. Nur damit Sie mal eine Vorstellung bekommen, wo Sie hier eigentlich gelandet sind. Na ja, jedenfalls herzlich willkommen in Worpswede. Das liegt in Niedersachsen, Deutschland, auf dem Planeten Erde. Ich heiße Carl Siering. Und Sie?«

Das Wesen stieg herab auf die Wiese und baute sich mit

verschränkten Armen vor ihm auf. Carl zitterte am ganzen Körper. Es war eine Sache, sterben zu wollen. Das hier war etwas ganz anderes. Ohnehin hatte er keine Ahnung von Reptilien. Vor einiger Zeit hatte er mal mit dem Fahrrad eine Blindschleiche überfahren. Mehr konnte er zu dem Thema nicht beisteuern.
»Schon – als – Kind – leidenschaftlich – gerne – in – Waschbecken«, wiederholte das Wesen im Tonfall eines schlecht geölten Automaten.
»Gepinkelt«, ergänzte Carl, dankbar für die Sprachtalente des Kleinen. Er wirkte nicht mehr so bedrohlich, ungeachtet seiner offenbar ungeahnten Möglichkeiten. Die Augen waren das Größte in seinem Gesicht. Es waren runde, hervorstehende Glupschaugen, die ihn neugierig und fragend ansahen. War das ein gutes Zeichen? Ein schlechtes?
»Ge – pin – kelt.«
»Recht so, gepinkelt, gute Aussprache. Lassen Sie sich Zeit. Wasser lassen oder abschlagen wäre ein anderer Ausdruck, der dasselbe bezeichnet. Ebenso Pipi machen, pieseln oder pullern. Urinieren sagt der Wissenschaftler, pissen die Dumpfbacke. Sie sehen, das menschliche Ausdrucksvermögen ist durchaus vielschichtig.«
»Vielschichtig.«
»Jawohl. Ob Sie nun allerdings Fäkalien sagen oder Scheiße – es stinkt beides. Darin liegt ein grundsätzliches Dilemma menschlicher Existenz. Sprache kann übrigens töten, obwohl sie geruchlos ist.«

»Was – ist – eine – Dumpfbacke?«

»Ich würde sagen ein Mensch, der Macht oder Drogen mit Glück verwechselt.«

»Demzufolge wäre Ohnmacht ein anderes Wort für Glück?«

Carl kam nicht dazu, eine Antwort zu geben. Ihn packte das nackte Entsetzen.

Das Reptil, das Wesen, veränderte seine Form. Es wuchs, wurde größer und kräftiger, entwickelte sich zu seinem Ebenbild. Außerdem wiederholte es alles, was Carl soeben gesagt hatte, Wort für Wort. Noch mehr versetzte Carl allerdings in Panik, dass ES im selben Tonfall sprach wie er selbst und sich die neue Sprache mit erstaunlichem Tempo aneignete. Vor ihm stand, bis hin zur Kleidung, niemand Geringeres als sein Klon.

»Ich bin nicht Carl Siering«, sagte das Wesen. »Auch wenn ich jetzt aussehe wie du. Ich möchte dich lediglich ein wenig kennenlernen. Was machst du hier auf der Wiese?«

»Ich suche eine Stelle im Moor, um mich in Ruhe zu versenken.«

»Du möchtest sterben?«

»Wenn es keine Unannehmlichkeiten bereitet …«

»Warum?«

»Ist meine Sache.«

Sein Ebenbild nickte und richtete den rechten Zeigefinger, der offenbar eine Art Joystick war, auf Carl. Der verlor den Boden unter den Füßen und stieg von

einer unsichtbaren Kraft getragen höher und höher empor, bis auf vielleicht hundert Meter. Dort, in luftiger Höhe, stand er wie auf einem unsichtbaren Boden. Sah den Paulaner, Worpswede und die Lichterkette Bremens. Vorsichtig setzte er einen Fuß vor den anderen und stellte fest, dass er nicht fiel. Er war fasziniert und entsetzt. Kam sich vor wie auf einer Bühne, mit sich selbst als Publikum.
Dann stürzte er in die Tiefe. Ohne Vorwarnung, wie ein Stein. Carl schrie, er raste der Erde entgegen, konnte nicht mehr atmen. Sterbende Menschen sahen angeblich ihr ganzes Leben im Zeitraffer an sich vorüberziehen. Carl dagegen fiel in ein Meer aus Licht und Farben, schemenhaft nahm er Figuren wahr, die ihn zu grüßen schienen. Abrupt endete seine Höllenfahrt auf halber Strecke zum Boden. Kopfüber hing er in der Luft, entdeckte seinen Klon tief unter sich. Er ruderte in der Luft, doch es gelang ihm nicht, sich aufzurichten.
»Warum willst du sterben?«, rief das Wesen.
»Ich … ich weiß nicht, ich …« Carl war nicht in der Lage, einen klaren Gedanken zu fassen. Er strampelte wie ein Insekt im Spinnennetz.
Wieder fiel er. Fiel und schrie, den Aufprall vor Augen. Erst im letzten Moment, zwei Meter über der Wiese, wurde er gebremst. Es gelang ihm, sich in der Luft zu drehen und mit beiden Füßen Tritt zu fassen.
»Du hast Glück im Unglück«, sagte sein Klon. »Das Ganze noch mal?«

»Nein! Um Gottes willen, nein ... Da war dieses Licht ...« Carl zitterte am ganzen Körper.
Das Wesen nickte. »Es gibt viele Arten zu sterben. Die meisten sind grausam. Oder banal. Nur wenigen gelingt es, eins zu werden mit der Unendlichkeit.«
»Ich verstehe nicht ...«
»Ich mache dir einen Vorschlag, Carl. Wenn du wirklich sterben willst, werde ich dich nicht daran hindern. Hilfst du mir aber, so helfe ich dir. Dann bereite ich dir einen Tod, der schöner nicht sein könnte. Der dir den Weg ebnet in eine andere Welt.«
Carl sah seinem Ebenbild in die Augen und schwieg. Das alles war absurd. Doch spürte er noch immer die Wärme, die von diesem Licht ausging. Als läge eine Hand auf seinem Bauch, die ihn sanft massierte.
»In meiner Heimat«, fuhr der Klon fort, »ist das Sterben denen vorbehalten, die du Dumpfbacken nennst. Alle anderen sind dazu verurteilt, ewig zu leben. Es ist ein Fluch, dem sich niemand entziehen kann.« Und während Carls Doppelgänger sprach, veränderte er einmal mehr seine Form, wurde kleiner und schuppiger, verwandelte sich erneut in den zarten, kleingliedrigen Außerirdischen von der Größe eines Liliputaners, die Haut lindgrün und schuppig, der Kopf haarlos und schrundig, ähnlich einer Schildkröte. Seine Ausstrahlung war beinahe kindlich. Er hatte vier statt fünf Zehen und Finger und war unbekleidet bis auf einen kleinen Lendenschurz, der farblich nicht von seinem Körper zu unterscheiden war. Er heiße Yrr

und stamme vom Planeten Zorr, »drei Millionen Lichtjahre entfernt«.
»Verdammt weit weg«, sagte Carl. Was sollte er sagen? Und jetzt, was geschah jetzt? Yrr nahm seine Hand und zog ihn hinab auf die Wiese. Lächelte freundlich und legte ihm Handschellen an.
»Ich muss schlafen«, sagte er. »Du solltest dich auch ein wenig ausruhen.«
Eine Zeitlang musterte Carl den merkwürdigen Besucher an seiner Seite, dessen Gefangener er nunmehr war. Der hielt die Augen geschlossen und atmete ruhig.
»Was wollen Sie hier? Auf der Erde?«, fragte Carl.
»Das wirst du früh genug erfahren.«
Irgendwann schlief auch Carl ein, fortgetragen von wilden, zügellosen Träumen, in denen er Furcht und Schrecken verbreitete.

Es war früher Morgen, als sie erwachten. Vor ihnen standen mehrere Bauern. Sprachlos, mit offenem Mund, glotzend.
»Moin, Carl«, sagte einer von ihnen. »Hast'n neuen Freund?«
Yrr brauchte einen Moment, um sich zu orientieren. Er wollte aufstehen, doch es gelang ihm nicht. Erst musste er die Handfesseln lösen. Als Yrr zum Raumschiff rannte, wichen die Bauern unwillkürlich zurück. Kurz darauf zeigte er sich mit einem Gerät, das wie eine übergroße Wasserpistole aussah. Bevor die Män-

ner reagieren konnten, hatte Yrr bereits abgedrückt. Für einen Moment ging ein blauer Lichtschein über sie nieder, danach war alles wie zuvor. Friedlich und still. Die Bauern trotteten in Richtung Straße zu ihren Traktoren.

»Was war das denn?«

»Eine Gedächtnispistole. Sie löscht jede Erinnerung. An die letzten Sekunden, Minuten, Stunden, bis hin zu Jahren. Je nachdem, wie ich sie einstelle. Diese Leute haben uns vollständig vergessen. Selbst wenn man sie fragte, ob sie etwas Ungewöhnliches gesehen hätten, würden sie nur den Kopf schütteln.«

»In dem Fall lassen Sie die Pistole am besten gleich draußen. Sie werden sie brauchen, bei Ihrem Aussehen.«

Yrr nickte. »Wir müssen uns was einfallen lassen«, sagte er.

Wir?, dachte Carl. »Warum fliegen Sie nicht einfach wieder nach Zorr?«

Yrr sah ihn lange und eindringlich an, ohne zu antworten.

Carl fühlte sich unbehaglich. Hatte er den Burschen provoziert? »Sie sollten«, lenkte er ein, »wenigstens Ihr Raumschiff tarnen.«

Yrr begab sich erneut in die fliegende Untertasse, kehrte zurück mit einer Tasche. Anschließend richtete er seinen rechten Zeigefinger auf das Ufo und versenkte es im Boden. Begleitet von schmatzenden Geräuschen wurde es vom Erdreich verschluckt, bis Augenblicke

später nur noch die Spitze des Kegels herausragte. Der Anblick erinnerte an eine lieblos verscharrte Leiche. Carl musste lächeln: Vor ihm stand dieser übermächtige Troll, in der einen Hand die Gedächtnispistole, in der anderen eine Reisetasche, blinzelte in die Sonne und unterdrückte dabei ein Gähnen. Der Fremde sagte, er sei »ein Außenseiter hier und ein Außenseiter dort. Weil ich den Horizont nicht für das Ende der Welt halte.«
»Sie werden schon wissen, was Sie tun. Wie wär's mit einem Frühstück?«
»Heißt das, wir sind Partner?«
Carl atmete laut durch die Nase ein, hielt kurz die Luft an. Dann blies er sie hörbar wieder aus. Yrr reichte Carl die Hand, der sie ergriff und laut aufschrie. Es fühlte sich an, als habe er in eine Steckdose gegriffen.
»Entschuldigung, in mir steckt noch zu viel Energie. Tut mir leid. Das legt sich in den nächsten Tagen.«
»Verdammt noch mal!«, fluchte Carl und hielt sich die schmerzende Hand. »Sie sollten lernen, sich anzupassen. Sonst bleiben Sie ewig Außenseiter.«
»Okay, kommt nicht wieder vor.«
»Wenn Sie wollen, dass ich Ihnen helfe, gehen Sie mir bloß nicht auf den Wecker. Außerdem kann ich Sie so nicht in den Paulaner mitnehmen.«
Zu seiner eigenen Überraschung fühlte sich Carl für den merkwürdigen Besucher aus dem All irgendwie verantwortlich. Soweit möglich, ließ er niemanden im Regen stehen. Das war nun mal sein Naturell.

Langsam gingen sie zurück nach Worpswede, auf der Suche nach einer Lösung. Sie wanderten über Geestrücken, ließen den Blick schweifen über Waldränder, Felder, Torf- und Heidelandschaft, vereinzelte Häuser. Der Fluss, die Hamme, durchzog die Landschaft und spiegelte sie. Ein Autofahrer musterte sie beide so neugierig, dass er, glücklicherweise bei geringer Geschwindigkeit, von der Straße abkam und in einem Entwässerungsgraben landete. Yrr legte seine Pistole an und drückte ab. Wenig später begegneten sie einer Spaziergängerin mit Hund, der ebenfalls die Augen ausfielen. Yrr schoss lässig aus der Hüfte.

Der Hund! Das wäre die Lösung, fürs Erste.

»Schauen Sie! Ist das nicht ein reizendes Kerlchen?«

»Den Köter meinst du?«

»Ein weißer Zwergpudel. Familienfreundlich, unauffällig, verspielt. Eine bessere Tarnung können Sie sich gar nicht wünschen.«

»Glaubst du ernsthaft, dass ich drei Millionen Lichtjahre zurücklege, um mich in einen Pudel zu verwandeln?«

»Haben Sie eine bessere Idee?«

Yrr dachte lange nach. Dann seufzte er und sagte: »Ein Dobermann wäre mir lieber.«

»Ausgeschlossen. Meine Frau wird mir ohnehin die Hölle heißmachen, wenn ich mit einem Hund ankomme. Ein Pudel, das mag gerade noch gehen, sofern Sie ihr nur immer wieder tief in die Augen schauen. Außerdem passt ein weißer Pudel ganz gut zum Teppich.

Als Dobermann müssten Sie in der Garage bleiben. Und wahrscheinlich würde meine Frau Sie vergiften.«
Laut fluchend packte Yrr die Pistole in die Tasche und reichte sie Carl mit der Bitte, sie gut und sicher für ihn aufzubewahren. Dann mutierte er zu einem kleinen, weißen Pudel.
»Komm ja nicht auf die Idee, mich anzuleinen«, sagte er.
»Ich würde mir eher Gedanken machen über die vielen Rüden.«
Carl erklärte ihm, dass er einen neuen Namen benötigte. Yrr höre sich an wie irrsinnig, außerdem hießen Hunde hier nun mal anders. Zorro sei eine Möglichkeit, in Verehrung seines Heimatplaneten, doch für einen Pudel vielleicht etwas übertrieben. Sie dachten beide nach und fanden schließlich die Lösung.
Aus Yrr wurde Konrad.
Kaum im Paulaner angekommen, lief ein Schäferhund auf Konrad zu, beschnupperte sein Hinterteil und versuchte, den Pudel zu besteigen. Da hatte er allerdings die Rechnung ohne den Wirt gemacht. Konrad lief um den Schäferhund herum und versetzte ihm einen so gewaltigen Tritt, dass er mehrere Meter jaulend durch die Luft flog. Der entsetzte Hundebesitzer sah Carl vorwurfsvoll an, der aber sagte nur, was Hundehalter in vergleichbaren Fällen zu sagen pflegten: »Er will doch nur spielen.«
Carl war wie in Trance. Vor wenigen Stunden noch hatte er sterben wollen, jetzt trug er die Verantwor-

tung für einen Pudel-Mutanten aus dem All. Das war absurd, doch ohne Tragik, anders als sein bisheriges Leben. Zu Hause – Alexandra war glücklicherweise in der Schule, auch von Lucia keine Spur – suchte Carl erst einmal ein gutes Versteck für Konrads Tasche und fand es inmitten seiner Sportsachen.

»Das also ist vorübergehend Ihr neues Heim«, sagte Carl.

Konrad lief durch das Haus und schaute sich um. Neugierig sprang er auf jedes sich bietende Fensterbrett. Sah hinaus, staunte.

»Ich verstehe nicht, was dich am Tod interessiert«, sagte er. »In meiner Heimat gibt es viele, die sterben wollen. Aber sie haben einen Grund. Du hast keinen, soweit ich das beurteilen kann. Die Sonne scheint, es ist warm draußen. Und das viele Grün! Überall Bäume und Wiesen. Ich hätte nie gedacht, dass die Erde so schön ist.«

»Warum wollen deine Leute sterben?«, fragte Carl.

»Oh, na ja, das ist eine lange Ge... Carl, was ist das?!«

»Was denn?«

Der Pudel sprang zu Boden und lief im Kreis, als jage er seinen eigenen Schwanz. »Carl! Mach was!«

Carl packte Konrad und erkannte das Problem. Er zögerte. Sollte er die Dinge einfach geschehen lassen? Vielleicht wäre er den Außerirdischen dann wieder los. Doch eine innere Stimme wies ihm den Weg. Kräftig klopfte Carl dem Hund aufs Hinterteil. Anschließend klaubte er ein totes Insekt aus dem Hundefell.

»Da. Hab sie«, sagte er.
»Zeig mal her.«
Gemeinsam studierten sie die blutige, zerquetschte Mücke auf Carls Zeigefinger.
Konrad erweckte den Eindruck, jeden Augenblick in Ohnmacht zu fallen.
»Ich muss mich mal kurz ausruhen«, sagte er und ließ sich auf dem Küchenboden nieder. Er lag da wie ein zu klein geratenes Tigerfell, alle viere von sich gestreckt. Sein Atem war kurz und gepresst.
»Es ist mir sehr unangenehm, aber es gibt da etwas, das du wissen solltest.«
Carl zuckte mit den Schultern.
»Ich bin allergisch gegen Mücken. Wenn ich von mehr als drei Mücken gleichzeitig gestochen werde, verliere ich die Fähigkeit, mich zu verwandeln. Dann bleibe ich das Wesen, das ich im Augenblick der Stiche war. Ich wäre dann für immer … ein Pudel.«
»Erstaunlich. Ich meine, gibt es denn bei Ihnen zu Hause Mücken?«
»Alles bei uns ist anders und doch sehr ähnlich.«
Carl erkundigte sich, ob es ein Gegenmittel gäbe.
Konrad schüttelte den Kopf. Das sei die Achillesferse seiner Gattung. Wer mutiere, lebe gefährlich. Deswegen gingen die wenigsten in seiner Heimat das Risiko ein.
»Ich besorge Ihnen ein Moskitonetz für den Hundekorb. Gibt es sonst noch Eigenarten oder Risiken, die ich kennen sollte?«

Konrad sah ihn mit großen Hundeaugen an. »Nein …«, sagte er. »Nein. Im Moment nicht.«
»Gut. Dann gehen wir jetzt mal Gassi, und ich stelle Ihnen Bronsky vor.«

Dieses Mal saß Carl nicht in der zweiten Reihe mit dem Rücken zur Wand, sondern neben Bronsky an der Stirnseite des Konferenztisches im Barkenhoff. Bronsky teilte mit, Carl werde der künftige Geschäftsführer des Architekturbüros. Zwar würden die Entscheidungen auch weiterhin an zentraler Stelle gefällt, »aber es ist mir ein großes Bedürfnis, die Bedeutung von Carl Siering für den künftigen Geschäftsverlauf deutlicher hervorzuheben als bisher. Carl verkörpert jene Vision, die zu verwirklichen wir unternehmerisch wie moralisch gehalten, ja verpflichtet sind.«
Carl hielt die Arme über der Brust verschränkt, und zu seinem eigenen Erstaunen war ihm völlig egal, was Bronsky von sich gab. Als dieser ihn aufforderte, für den Fototermin kurz aufzustehen, dankte er für die Anerkennung und betonte, der Paulaner bedeute ihm alles. Vielleicht lag darin eine Lektion der vergangenen Nacht, überlegte Carl. Der Fassade nicht mehr Aufmerksamkeit widmen als unbedingt nötig. Sich lieber dem Inneren zuwenden, auf der Suche nach Licht und Wärme.
Unterdessen hatte sich Konrad auf den Schoß einer der attraktivsten Mitarbeiterinnen gesetzt und ließ sich nach Kräften streicheln und massieren. Nach einer

Weile sprang er hinunter und befriedigte sich an ihrem Bein.

»Pfui«, sagte Carl.

»Lassen Sie nur«, erwiderte die Sekretärin. »Ihr Hund ist doch so süß.«

Carl leistete Widerstand. Zum ersten Mal, soweit er sich erinnerte. Als er mit einer Besuchergruppe vor der Infobox des Paulaners stand, forderte er sie auf, sich selbst ein Bild zu machen und nach Herzenslust durch die Siedlung zu streifen. Anschließend stünde er für Nachfragen gerne zur Verfügung. Er zog es vor, mit Konrad allein zu sein, damit der sich zu orientieren lernte. Die Gruppe murrte kurz, dann aber ergriff eine resolute alte Dame das Wort (»Ich liebe Überraschungen!«) und erzählte ungefragt ihr Leben.

Wann immer Carl auf seinem Rundgang mit Konrad einen Passanten grüßte, hörte er dieses merkwürdige Geräusch. Das Klicken einer Kamera.

»Was ist das?«, fragte Carl so unauffällig wie möglich.

»Ich mache ein Foto von der betreffenden Person und rufe ihren Lebenslauf ab«, erwiderte der Pudel ebenso leise. »Ist mir lieber zu wissen, mit wem ich es hier zu tun habe.«

»Was soll das heißen: Sie rufen ihren Lebenslauf ab?«

»Ist alles gespeichert. Auf einem kleinen Chip. Das Wissen des Universums.«

Carl, dem klare Antworten lieber waren als immer neue Rätsel, nahm den Pudel auf den Arm. So konnten

sie unbemerkt miteinander reden. Konrad flüsterte ihm seine Erkenntnisse ins Ohr: »Der Mann vorne rechts. Wolfgang Meurer.«
Das war richtig.
»Jahrgang 1942, geboren in Dortmund. Ingenieur, verheiratet, zwei Töchter. Seine Frau neigt zu Depressionen. Hat eine Geliebte in Hannover, die er regelmäßig besucht. Weltweite Aufträge. Hat noch sechs Jahre zu leben. Stirbt an Herzinfarkt in einem thailändischen Bordell.«
Carl war sprachlos.
»Da, die Frau auf dem Rasen. Irene Fathi. Geboren 1974 in Freiburg. Verheiratet mit einem Iraner. Ehrgeizige Professorin für Medienwissenschaft an der Universität Bremen. Trotz aller Bemühungen kinderlos. Eine künstliche Befruchtung endete mit Totgeburt. Ihr Mann, ein Kalligraph, hat sie daraufhin verlassen. Lebt mittlerweile in Teheran, hat eine Neunzehnjährige geheiratet, die mit Zwillingen schwanger ist.«
»Wissen Sie auch, wann ich sterben werde?«, fragte Carl.
»Alles steht geschrieben. Aber keine Sorge, du hast noch einen weiten Weg vor dir. Ich bin selbst erstaunt über deine Zukunft.«
Eine innere Stimme riet Carl, das Thema nicht zu vertiefen. Das Wissen des Universums, das er mit sich führe, sei in der Tat grenzenlos, doch wie das Leben selbst ein Mysterium, erklärte Konrad. Niemand könne die zahlreichen losen Enden abschließend zusam-

menführen. So werde Wolfgang Meurer in einem Bordell enden, habe Ismail Fathi sein Glück in der Heimat gefunden. Doch nicht einmal die Weisesten und Weitsichtigsten unter den Bewohnern seines Heimatplaneten wüssten jene Zufälle und Fügungen zu deuten, die auf A schließlich B folgen ließen. Warum ein thailändisches, kein amerikanisches oder europäisches Bordell? Weshalb diese Neunzehnjährige, wieso nicht deren dreiundzwanzigjährige Schwester? Wahrscheinlich verfügten Menschen wie auch Zorraner ungeachtet aller Vorbestimmung durchaus über Wahlfreiheit, einschließlich der Möglichkeit, sich zwischen Gut und Böse zu entscheiden. Dennoch sei der Einzelne ein Nichts, ein Niemand im Gefüge des Universums, das seinem eigenen, unergründlichen Lauf folge, über dessen tieferen Sinn die größten Zweifel bestünden. Auch die klügsten Zorraner seien in dieser Frage gespalten: Lag dem Ganzen ein genialer Masterplan zugrunde, oder spielte ein närrischer Alter, gemeinhin Gott genannt, ein grausames und gleichmütiges Spiel mit dem Leben, das am Ende in dasselbe Schwarze Loch führte, aus dem heraus der Urknall entstand?

Carl schwankte zwischen Euphorie und Beklemmung, hatte aber keine Zeit, über Konrads Worte nachzudenken. Er sah den Wagen seiner Frau in der Einfahrt stehen, und sein Atem wie auch sein Puls beschleunigten sich. Der Gedanke an den bevorstehenden Streit machte ihn nervös. »Okay, Konrad. Jetzt müssen wir Ihr Leben als Hund organisieren.«

Alexandra saß in der Küche vor einer Kanne Tee, hörte ihren Lieblingssänger Johnny Cash und las Zeitung. Für ihn stand keine zweite Tasse auf dem Tisch.
»WAS IST DAS?« Ihr Tonfall lag hart an der Grenze zur Hysterie.
»Das ist Konrad. Konrad ist – ein Pudel.«
»Hältst du mich für blöd? Das sehe ich. Die Frage ist: Was macht der Köter hier? Du weißt genau, dass ich eine Katzenallergie habe.«
»Ein Pudel ist keine Katze, Liebling.«
»Wer auf Katzen allergisch reagiert, verträgt Hundehaare genauso wenig. Das solltest du eigentlich wissen.«
»Konrad ist mir zugelaufen.«
»Na prima, eine streunende Töle. Wahrscheinlich ist das Viech voller Würmer und Krankheitserreger.«
Auf Alexandras ovalem Gesicht von milchiger Blässe zeigten sich zorngeschwellte, violettblaue Adern. Obwohl sie noch keine vierzig war, hingen ihr die einst vollen Haare grau und strähnig ins Gesicht. Meist trug sie Jeans und Pullover, selten Kleidung, die ihre Weiblichkeit betonte. Die Verachtung, die sie für ihn empfand, war gleichzeitig ein Spiegel ihrer fehlenden Eigenliebe, glaubte Carl. Manchmal hatte er das Bedürfnis, sie in den Arm zu nehmen und ihr zu sagen, dass er noch immer …
»Was ist los? Hat es dir die Sprache verschlagen? Geh bloß weg mit dem Tier. Mir juckt schon die Nase.«
Konrad gab herzzerreißende Geräusche von sich,

zeigte seine hechelnde Zunge, wedelte mit seinem Stummelschwanz, setzte sich in Habtachtstellung vor ihr nieder, seine schwarzen Kulleraugen erwartungsvoll auf ihre braunen gerichtet.

»Hau bloß ab, du Mistvieh«, raunte Alexandra und versetzte ihm einen Fußtritt.

Der Pudel machte einen gekonnten Salto rückwärts und jaulte mitleiderregend. Carl fragte sich, ob Konrad in seiner Heimat ein preisgekrönter Schauspieler war. Der Pudel beendete seine Showeinlage, indem er auf dem Rücken liegen blieb, alle viere in die Höhe gereckt. Da lag er nun, der kleine Purzel.

»Sieh nur, was du angerichtet hast«, sagte Carl vorwurfsvoll, sich nicht minder theatralisch die Haare raufend, bevor er sich der geschundenen Kreatur zuwandte.

Alexandra schwieg und warf dem Hund einen besorgten Blick zu.

»Komm her, mein Kleiner.« Carl nahm Konrad auf den Arm, der mit den Vorderpfoten über seinen Hundekopf strich, und rückte ihn ins Blickfeld seiner Frau: »Niemand will dich haben, was.«

Alexandra hielt sich an ihrer Teetasse fest. Wenig später setzte Carl den Pudel wieder auf den Boden, begleitet von tröstenden Worten. Der erweckte den Eindruck, er könne sich kaum auf den Beinen halten. Dann näherte er sich vorsichtig Alexandra und leckte ihr die Füße. Machte Laute, als habe er seit Tagen nichts gegessen. Konrad leckte und leckte. Als Mensch,

dachte Carl, würde er Karriere machen. Und zwar bis ganz nach oben.
Dann geschah es. Alexandra beugte sich zu dem Hund hinunter, die Nase mit einem Taschentuch geschützt, und streichelte ihm den Kopf. »Bist wohl einer von den Bremer Stadtmusikanten?«
»Konrad, komm«, sagte Carl. »Ich bringe dich ins Tierheim. Vielleicht findest du da eine treusorgende Familie. Wenn nicht, machen sie aus dir wahrscheinlich Seife. Dann wirst auch du in diesem Haus willkommen sein.«
»Deine Gehässigkeit kannst du dir sparen.«
Alexandra ließ sich Zeit. Seufzte, trank ihren Tee, forderte Carl auf, eine neue CD von Johnny Cash einzulegen, Old Golden Hits. Dann sagte sie: »Gut. Der Hund kann bleiben. Fürs Erste. Solange ich keine Allergie bekomme.« Umgehend schlang Konrad seine Vorderbeine um ihren rechten Unterschenkel.
»Komischer Kerl«, fuhr sie fort. »Kann der mich verstehen?«
Carl grinste. »Er spürt eben, dass du ihn magst.«
»Damit eins klar ist, Carl. Das ist nicht dein Hund. Das ist UNSER Hund.«

DRITTES KAPITEL

Konrad entdeckt die Welt

Urplötzlich sprang Konrad, der friedlich auf dem Küchentisch gesessen und Tee aus Alexandras Tasse geschlabbert hatte, zu Boden und stürzte sich auf eine Kakerlake, trat so lange auf dem Insekt herum, bis es sich nicht mehr bewegte.

»Auf meinem Planeten«, sagte er, »sind Kakerlaken die größte Heimsuchung. Sie sind überall und werden immer mehr. Es ist geradezu unheimlich.«

»Und was macht ihr dagegen?«

»Nun, wir fliegen durchs Universum und sehen, ob wir ... Carl, ich habe Hunger. Eigentlich muss ich nicht viel essen, ich habe meine eigenen Energiereserven. Die möchte ich allerdings nach Möglichkeit schonen.«

»Ich habe ein paar Dosen Hundefutter im Reformhaus eingekauft. Mit extra Vitaminen. Oder wollen Sie einen Knochen zum Knabbern?«

Konrad sagte, er lege Wert auf gesunde Ernährung. Im Übrigen sei er nur äußerlich ein Hund, kulinarisch gehe er andere Wege. Sein Leibgericht seien Pellkartoffeln mit Hering.

»Das meinen Sie nicht ernst.«

»Pellkartoffeln mit Hering, wie gesagt.«

Carl bekam einen Lachanfall. Konrad setzte sich auf seine Hinterbeine und schlug die Vorderpfoten über Kreuz. Der Anblick steigerte die Heiterkeit seines Verbündeten noch. »Ein Außerirdischer, der Pellkartoffeln mit Hering isst? Gebe Gott, dass Sie niemals in einer Talkshow landen. Die würden Sie glatt auf den Mond schießen. Pellkartoffeln mit Hering! Ich bitte Sie, das geht nicht. Es ist schwer genug, ein Außenseiter zu sein. Noch dazu, wenn man aus einer anderen Welt kommt. In der Regel fühlt sich die Mehrheit davon provoziert. Es sei denn, Sie wären reich und berühmt. Dann könnten Sie auch als Hund essen, was Sie wollen.«

Darauf käme es jetzt auch nicht mehr an, erwiderte Konrad. Er müsse sich nun mal stärken, für den Kampf gegen die Kakerlaken. Er sagte das mit der größten Selbstverständlichkeit, doch Carl verspürte Unruhe und Misstrauen. Was genau meinte der Außerirdische? Hatte sein Besuch der Erde mit diesem Kampf zu tun? War er allein? Oder Vorhut einer Invasion?

»Ich kann verstehen, dass du dir viele Fragen stellst«, sagte Konrad, als könne er Carls Gedanken lesen. »Aber glaubst du etwa, für mich ist das leicht, als Pudel? Ich muss mich doch auch erst mal zurechtfinden. Also bitte: eines nach dem anderen. Vertraue mir, ich bin nicht Darth Vader auf der dunklen Seite der Macht.«

»Ihr kennt Star Wars auf Zorr?«

»Läuft bei uns im Vorabendprogramm, eine Art Sandmännchen. Carl, Star Wars ist Kinderkram. Raumschiff Enterprise, ich bitte dich. Das ist was für die Krabbelgruppe, wenn überhaupt.«

Carl seufzte. »Okay, E. T. Wie soll der Hering denn sein? Gebraten oder eingelegt?«

»Am liebsten Matjes mit Zwiebeln.«

Konrad fand es wunderbar, den neuen Planeten zu erschnüffeln. Nie hatte er sich vorgestellt, das Leben eines Pudels zu führen. Aber seine Rolle gefiel ihm. Offenbar hatten kleine Hunde leichtes Spiel, die Herzen der Menschen zu erobern. Und sie durften alles, nicht einmal die Beine einer Blondine waren verboten. Er hatte sich die Erde kälter vorgestellt. Abweisender. Wie aufregend, mit der Nase über den Rasen zu streifen! Aus nächster Nähe studierte er Käfer und Insekten, die geschäftig ihrer Wege gingen. Ständig waren sie in Bewegung, immer auf der Suche. Am meisten beeindruckten ihn die Ameisen, die sich durch nichts und niemanden aus der Bahn werfen ließen, auch nicht von Lebewesen, die über sie hinwegliefen. Sie sammelten einfach ihre Toten ein und zogen weiter.

Die schlichte Schönheit eines feuchten Grashalmes, wenn sich darin das Sonnenlicht verfing, in den Farben des Regenbogens. Und die Luft, wie frisch und rein sie war! Eine einzige Butterblume barg mehr Geheimnisse als ein ganzes Jahr in seiner Heimat. Konrad kam sich vor wie im Wunderland, wurde fast erschlagen von den vielen Eindrücken. Mochte er auch das Wissen des Universums in sich tragen, so hatte er doch nur wenig Erfahrung mit Schönheit und Natur, mit Sinnlichkeit und Leidenschaft. Auf Zorr war alles Materie, Masse, Substanz. Ein physikalischer Vorgang in erster Linie.

Wie im Rausch lief Konrad die Treppe hoch in Alexandras kleines Atelier. Die Tür stand offen, er bemühte sich, keinen Lärm zu machen. Sie saß vor einer Staffelei am Fenster und schaute hinaus in eine unbestimmte Ferne. Rümpfte die Nase und entdeckte den Pudel.

»Entschuldige, Konrad. Ich bin da sehr empfindlich«, sagte sie. »Deine Haare haben auf mich dieselbe Wirkung wie mein Mann.« Sie holte ein Taschentuch aus ihrer Handtasche und presste es auf ihre Nase. »Tut mir leid, dass ich dich getreten habe. Ist sonst nicht meine Art.«

Schon gut, hätte Konrad beinahe erwidert, bremste sich aber und ließ ein freundliches Knurren hören. Neugierig näherte er sich der Staffelei. Entdeckte ein Bild in Postkartengröße, oben links mit einer Klemme in Herzform befestigt. Die übrige Leinwand war leer und weiß.

Alexandra schien seinen Blick zu bemerken. »Ein wunderbares Gemälde, nicht wahr? Von Paula Modersohn-Becker. ›Junges Mädchen mit gelben Blumen im Glas‹. Sie hat es 1902 gemalt, im Alter von nur sechsundzwanzig Jahren.«

Konrad hatte das Gefühl, das Mädchen spreche zu ihm. Wolle fliehen, der Freiheit entgegen.

Alexandra fuhr mit dem Zeigefinger über das Bild. »Sieh nur. Die aquamarinblaue Zimmerwand. Davor das Mädchen. Fast könnte man glauben, die Augen seien geschlossen. Aber sie sind ganz auf die Blumen im Glas gerichtet, das die Kleine in Händen hält. Die Gesichtszüge sind nicht fein, die Hände mit der Blumenvase fast verschmolzen. Kein schönes Mädchen, eher bäuerlich derb. Hat Paula eines ihrer geliebten Armenkinder aus Worpswede gemalt? Dagegen sprechen die angedeuteten Gemälde an der Wand, die eher auf ein großbürgerliches Milieu verweisen. Irgendwie nimmt mich dieses Bild jedes Mal gefangen. Und ich weiß nicht einmal, warum. Findest du das übertrieben?«

»Nein«, entgegnete Konrad und ließ seine Antwort sofort in einem unverfänglichen Wuff-Wuff untergehen.

»Paula besitzt die Gabe, ein Einzelschicksal so zu malen, dass ein Gleichnis entsteht. Ich sehe in diesem Mädchen Einsamkeit, Unglück, Strenge. Sieh nur, wie fest sie ihre Haare zu einem Knoten gebunden hat. Sie erweckt den Eindruck, alles zu tun, was das Leben, was ihre Eltern von ihr verlangen. Doch sie verweigert sich, indem sie ihre Sehnsüchte auf die gelben Blumen im Glas überträgt. Anders wäre das ausdruckslose Gesicht nicht zu erklären.«

Konrad war erstaunt über Alexandra, die ganz anders wirkte als bei ihrer ersten Begegnung. Sie war plötzlich – so lebendig. Zugewandt. Geradezu leidenschaftlich. Es kam ihm vor wie ein Wunder. Die Zorraner zeigten stets dieselben stoischen Gesichter, ähnlich wie das junge Mädchen. Nur gab es in seiner Heimat keine gelben Blumen im Glas.

»Ich kann nicht malen wie Paula«, fuhr Alexandra fort. »Seit Jahren versuche ich, meinen Empfindungen Ausdruck zu verleihen. In einer Radierung, einem Ölgemälde oder Aquarell. Es gelingt mir nicht. Die jeweilige Technik ist mir wohlvertraut. Nur schaffe ich nichts von Bedeutung, nichts außer Kunstgewerbe. Mein Leben ist ein Abziehbild, Konrad. Ich bin durch und durch gewöhnlich. Ein Niemand wie Carl.«

Konrad wackelte mit dem Kopf, erstaunt über ihre offenen Worte. War solche Offenheit nicht die Voraussetzung, um sein Glück zu finden? Hatte sie verlernt, sich anderen mitzuteilen? Und was genau bedeutete »Glück«, ein Wort, mit dem er keine eigenen Erfahrungen verband? Sein Verstand sagte ihm, dass ein gutes Leben und der Wille, sich nicht selbst zu belügen, zusammengehörten. Er suchte einen entsprechenden Beleg auf dem Chip mit dem Wissen des Universums, fand aber keinen.

Was also meinte das Wort »Glück«? Und in welchem Zusammenhang stand es mit der Liebe? Ein Begriff,

den er ebenfalls nur aus Erzählungen kannte. Welche Rolle spielten beide im Leben der Menschen?
Da Alexandra im Nebenzimmer telefonierte, nutzte Konrad die Gunst des Augenblicks. Er sprang auf den Schreibtisch neben der Staffelei. Dort lag ein aufgeschlagenes Buch von Paula Modersohn-Becker: »Kunst ist doch das Allerschönste«. Briefe einer jungen Künstlerin.
Konrad blätterte in dem abgegriffenen, mit zahlreichen Randnotizen versehenen Band, was für einen Pudel keine leichte Übung war. Die Pfoten waren zu grob, die Schnauze war auch nur bedingt hilfreich. Schließlich bemühte er die Zunge, was dem kleinformatigen Werk nicht gerade guttat. Er hoffte, Alexandra werde sich heute nicht mehr in die Lektüre vertiefen.
An die Mutter, las er. Worpswede, den 10. November 1899.

Ich habe so den festen Willen und Wunsch, etwas aus mir zu machen, was das Sonnenlicht nicht zu scheuen braucht und selbst ein wenig strahlen soll. Dieser Wille ist groß, und er wird es zu etwas bringen. Bitte, bitte, laßt ihn dahin streben, wohin es ihn zwingt, er kann nicht anders. Rüttelt nicht daran, das macht ihn traurig und gibt dem Herzen und der Zunge harte Töne, die sie selber schmerzen. Harret noch ein Kleines in Geduld. Muß ich nicht auch warten? Warten, warten und ringen? Es ist eben das einzige, was so ein armes Menschlein kann: Leben, wie es sein Gewissen für recht hält.

An Otto Modersohn. Paris, den 18. Februar 1903.

Du bist mein lieber Schatten, in dem ich mich kühle, und das kühle Wasser, in dem ich meine kleine runde Seele bade, von der ich das Gefühl habe, daß sie so aussieht wie mein Akt. Du bist mein lieber großer stiller Wald, in dem es leise rauscht und flüstert. Und wenn ich auch ein wenig hinausgelaufen bin auf die Wiese, so komme ich bald wieder und setze mich still bei Dir nieder. Du bist mein lieber Geselle, und ich gedenke in herzlicher, herzinniger Liebe Dein und küsse Dir die lieben Hände und die Stirn. Deine beiden Hände und die milde Stirne, aus denen kommen Deine Bilder, die sehen für mich aus wie Deine Bilder, aber der rote Bart und alles andere gehört auch dazu.

An die Mutter. Worpswede, den 19. Januar 1906.

Denn ich werde noch etwas. Wie groß oder wie klein, das kann ich selbst nicht sagen, aber es wird etwas in sich Geschlossenes. Dieses unentwegte Brausen dem Ziele zu, das ist das Schönste im Leben. Dem kommt nichts anderes gleich.

An Otto Modersohn. Paris, den 3. August 1906.

Die Malerei ist schön, nur sehr, sehr schwer.
Man muß nur an sich glauben, damit bringt man schon einiges zustande.

Auf Konrad wirkten diese Worte, als würde ihn jemand streicheln. Er war beeindruckt von dem Selbstbewusstsein der Künstlerin. Dem Wissen um ihre Gabe. Der altertümlichen, zärtlichen Sprache. Ihrer Liebesfähigkeit.
»Aber was ist Liebe überhaupt?«, fragte sich Konrad gedankenverloren, in dem Augenblick, als Alexandra in ihr Atelier zurückkehrte.
»Was Liebe …?« Sie sah den Pudel fassungslos an und sackte ohnmächtig in sich zusammen.
Verflucht! Das hätte nicht passieren dürfen. Sofort raste er die Treppe hinunter auf der Suche nach Carl. Der stand draußen vor der Tür und unterhielt sich mit jener Sekretärin Bronskys, deren Bein ihm so wertvolle Dienste geleistet hatte. Konrad schoss auf ihn zu, kläffte und knurrte. Carl musterte ihn mit vorwurfsvollen Augen: »Was machst du denn für einen Lärm?« Doch der Pudel hatte keine Zeit für Höflichkeiten, ging ihm ans Hosenbein und suchte, ihn ins Haus zu zerren. Carl entschuldigte sich bei der Dame, die mit einem charmanten Lächeln erwiderte: »Ganz schön stürmisch, der Kleine, was? Wäre Ihr Hund ein Kerl, würde ich ihn nehmen.«

Im Haus erklärte Konrad ohne Umschweife die Lage und fragte nach der Gedächtnispistole.
Carl holte sie unter den Sportsachen hervor, bereit zum Schuss auf seine Frau, sobald sie wieder zu sich käme. Konrad war der Meinung, er ließe es an dem nötigen Ernst fehlen, denn immer wieder erging sich Carl in prustendem Gelächter. Er fand die Vorstellung großartig: Gemahlin am Boden, niedergestreckt von einem sprechenden Hund. Kaum zeigte sich wieder Leben in ihrem Gesicht, drückte er ab.
Doch nichts geschah. Die Pistole reagierte nicht.
»Was … was machst du da?«, fragte Alexandra verwirrt.
»Nichts. Bleib einfach liegen. Das erspart uns viel Ärger.«
Er schoss ein zweites Mal, ohne Erfolg. Konrad fragte, ob Carl die Pistole auch entsichert hätte.
»Entschuldige bitte, Liebling«, sagte Carl und krümmte den rechten Zeigefinger, diesmal bei entsicherter Pistole. Wieder passierte nichts. Alexandras Gesichtszüge ließen Panik erkennen, doch blieb es bei einem stummen Schrei.
Da Konrad dringend Hände benötigte, verwandelte er sich in einen Troll mit lindgrüner, schuppiger Haut. Alexandra fiel umgehend ein zweites Mal in Ohnmacht.
»Gott, ist mir das peinlich«, murmelte Konrad, während er sich der Gedächtnispistole mit Hilfe eines Schraubenziehers annahm. Fieberhaft schraubte er an

leuchtenden Dioden auf der Suche nach der Fehlerquelle.
Alexandra kam zu sich und stammelte wirres, zusammenhangloses Zeug, sie könne fliegen und sei sprechenden Tieren begegnet. Carl nahm sie in den Arm. Doch je klarer ihre Sinne wurden, umso verzweifelter wurde sie. »Carl, was ist hier los?!«, schrie sie.
»Nichts. Wir haben gerade Handwerker im Haus. Du hast geschlafen und schlecht geträumt. Soll ich dir einen Tee machen?«
Carl stand zwischen Alexandra und Konrad und versuchte, ihr die Sicht zu nehmen, was ihm aber nicht gelang. Sie löste sich aus seiner Umklammerung, entdeckte den Außerirdischen und legte beide Hände vor den Mund, ihre Augen nur mehr schmale Schlitze.
»Entschuldigen Sie bitte die Unannehmlichkeiten«, sagte er. »Da hat doch tatsächlich ein winziger Tropfen Kondenswasser eine hochempfindliche Elektrode ausgeschaltet. Carl, machst du bitte einen Schritt zur Seite?«
Dann drückte Konrad ab. Ein blauer Lichtschein des Vergessens legte sich über Alexandra, und aus Konrad wurde erneut ein süßer, harmloser Pudel.
»So, jetzt aber raus hier«, verlangte Alexandra, wieder bei Sinnen und guter Laune, bar jeder Erinnerung an die letzten Minuten.
»Entschuldige bitte den kleinen Überfall«, sagte Carl, die Pistole hinter dem Rücken verborgen. »Ich wollte nur wissen, ob ich dir eine Tasse Tee bringen darf.«

»Habe ich das nicht gesagt? Einen grünen Tee, bitte.«

»Kommt sofort. Konrad! Jetzt aber raus hier. Hast doch gehört, was Frauchen gesagt hat.«

Der wedelte stolz mit seinem Stummelschwanz, drehte sich noch einmal um und machte Wuff!

Nachdem Carl und Alexandra in ihren getrennten Zimmern eingeschlafen waren und draußen der Reviergesang des Uhus ertönte, verließ Konrad seinen kleinen Hundekorb in der Küche, den Carl mit einem Moskitonetz versehen hatte. Leise schlich er sich hoch in Alexandras Arbeitszimmer und las dort alles, was er an Lektüre über Paula Modersohn-Becker fand. Wie konnte es sein, dass diese Frau, die im Alter von nur einunddreißig Jahren gestorben war, ein künstlerisches Werk hinterlassen hatte, das noch Generationen später den Betrachter fesselte? Ihre Bilder wirkten auf ihn so lebendig, als stünde sie neben ihm und erzählte, was sie in ihrem tiefsten Inneren bewegte. Konrad spürte die Intensität ihrer Werke, eine Liebe zu den Menschen und zum Leben, die ihn traf wie ein Donnerschlag. Denn Konrad war wie die meisten Ghules, das Herrschervolk seines Planeten, in erster Linie ein Geistes- und Verstandeswesen. Technik und Rationalität beherrschten Zorr, das Gehirn war Maß aller Dinge. Gefühle jeder Art, an erster Stelle die Liebe, galten als menschlich und somit rückständig. Stattdessen hatten sich die Ghules der Entwicklung immer neuer Technologien verschrieben, an denen gemessen das irdische Internet einer Höhlenzeichnung gleichkam. So konnten sie Zeit verdichten und eine Reise von mehreren Millionen Lichtjahren in nur wenigen Tagen oder Wochen zurücklegen. Konrad, ein mehrfach preisgekrönter Neurobiologe, hatte unter anderem die auf Zorr allgemein anerkannte Emotionstheorie begründet: Demzufolge waren Gefühle ein geistig-körperlicher Prozess, der bis zum genetischen Totalausfall führen konnte. Dennoch begegnete er seinen eigenen Lehren mit wachsender Skepsis. Denn die Ghules, die Gefühle mit niederen Instinkten gleichsetzten und sich rühmten, beide überwunden zu haben, wurden immer mehr zu gleichförmigen, gesichtslosen Robotern. Seit es ihnen gelungen war, den Tod zu beherrschen und ewiges Leben zu erlangen, hielten sie Kunst und Kultur, Religion und Philosophie für den Ausdruck einer überlebten Epoche. Die Sinnfrage stelle sich nicht, wo die Ewigkeit über die Vergänglichkeit triumphiere. Gewiss gab es auch auf Zorr Musiker und Maler, Schriftsteller und Gelehrte, doch waren sie in erster Linie Unterhaltungskünstler, deren Aufgabe darin bestand, die im Übermaß vorhandene Zeit totzuschlagen.

Konrads Zweifel begleiteten ihn seit Jahrhunderten. War der Sieg des Verstandes über die Gefühle nicht in Wirklichkeit eine Niederlage? Als der Dreißigjährige Krieg auf Erden tobte, hatte er einen Alptraum. Er träumte, auch er sei verurteilt, für alle Zeiten zu morden und zu plündern. Es kostete ihn einige Überwindung, über diesen Traum, der ihn so sehr aufgewühlt hatte, mit seinen Eltern zu reden. Wie die meisten Ghules neigten auch sie dazu, ihre Ängste, Hoffnungen und Sehnsüchte zu verleugnen. Erst recht hielten sie es für abwegig, sich mit dem Verhalten von Erdlingen auseinanderzusetzen.

Warum aber, fragte sich Konrad, waren so viele Ghules angewiesen auf therapeutische Behandlung oder süchtig nach Schlaftabletten? Allein der Gedanke an die Abermillionen Jahre, die noch vor ihnen lagen, trieb sie an den Rand des Wahnsinns. Vereinzelt kam die Frage auf, ob ein Leben ohne Gefühle, verlängert in die Ewigkeit, tatsächlich erstrebenswert sei. Manche hielten ihr freudloses Dasein gar für schlimmer als den Tod. Wer solche Gedanken in die Öffentlichkeit trug, wurde gebrandmarkt als »EmoErd« (emotionaler Erdling) oder »tumber Thorp«. Die Thorpes – Konrad verdrängte den Gedanken sofort. Die Burschen würden ihn früh genug wieder heimsuchen. Seit den Kreuzzügen (irdische Zeitrechnung) war auf Zorr eine Shopping Mall, ein Vergnügungs- und Freizeitpark nach dem anderen entstanden, um die Bewohner bei Laune zu halten. Alles war ewig, alles war gut. Doch hatten die Ghules verlernt, zu lachen und zu weinen, zu trauern und sich zu freuen. Und die Langeweile grassierte wie eine Epidemie. Konrad wusste keine Lösung für dieses Problem. Händeringend suchte er nach Anregungen und Auswegen, die er seit langem schon nicht mehr im Bereich der Neurobiologie

vermutete. Vor allem deswegen hatte er sich auf den Weg gemacht, die Erde zu erkunden – bevor sie gesprengt würde für ein neues, intergalaktisches Einkaufszentrum mit angeschlossenem Vergnügungspark.
Da hatte er nun drei Millionen Lichtjahre zurückgelegt, studierte die Gemälde Paula Modersohn-Beckers in Alexandras Atelier und konnte nicht mehr an sich halten.
Konrad war überwältigt, spürte die Tränen in den Augen. Alles, was er je über Emotionen geschrieben hatte, war hinfällig im Angesicht ihrer Kunst, über die ein einziges, gleichermaßen großes und schlichtes Wort geschrieben stand: LEBEN! So bewegt und verwirrt war er, dass er seinen Gefühlen freien Lauf ließ.
Tränen schmeckten salzig, stellte er fest.

Carl hatte den Eindruck, aus der Zeit geworfen zu sein. Nun war er offiziell die rechte Hand Bronskys, an seinem Alltag aber änderte sich nichts. Seine Frau ignorierte ihn weiterhin, die Tochter nahm in Berlin an einem Schwimmwettbewerb teil und verlangte ihre Mutter, wenn er ans Telefon ging. Allein Konrad, den er seit dem Zwischenfall mit der Gedächtnispistole duzte, wich selten von seiner Seite und nervte ihn mit Fragen wie: »Wo hast du Alexandra eigentlich kennengelernt?«
»Musst du denn immer wieder alte Wunden aufreißen?«

»Na ja, aber du musst doch mal was für sie empfunden haben.«
»Am Anfang hatten wir guten Sex, das muss ich zugeben.«
»Ist Sex für dich dasselbe wie Liebe?«
»Ohne Sex keine Liebe. Meistens jedenfalls. Andersherum lässt sich das nicht so ohne weiteres behaupten.«
Konrad seufzte. »Carl, du redest in Rätseln. Immer weichst du mir aus. Für dich ist alles ein Witz.«
»ICH bin der Witz, hast du das noch nicht bemerkt?«
»Aber – wenn du so unzufrieden bist mit dir: Warum änderst du dann nichts?«
»Das tue ich doch. Was meinst du wohl, warum ich hier gerade in der Küche stehe und Spaghetti nach Art der sardischen Bauern zubereite. Nicht irgendein Gericht, sondern dasselbe, das wir damals in Genua gegessen haben. Also, du garst die Spaghetti, erhitzt in einem kleinen Topf reichlich Olivenöl, anschließend kommen da Knoblauch, scharfe Peperoni, Sardellenfilets und Kapern hinein. Sobald der Knoblauch braun geworden ist, nimmst du den Topf vom Herd und vermischst die Zutaten mit den Spaghetti. Ein sehr schlichtes Gericht, aus der Armut geboren. Ist scharf und schmeckt ausnehmend gut. Solltest du auch mal probieren.«
»Ihr habt euch also in Genua kennengelernt?«
»Nein. Ich würde niemals eine Frau zum Essen einladen, mit der ich nicht vorher im Bett war. Normaler-

weise ist das so: Wenn ein Mann eine Frau anziehend findet, macht er ihr den Hof. Er spricht sie an, versucht sie zu beeindrucken und hofft, dass sie ein offenes Ohr hat für das, was er erzählt. Die Inhalte sind dabei vollkommen nebensächlich. Viel wichtiger sind Komplimente und Romantik. Das Wort musst du dir merken. Romantik. Ein kleines Restaurant mit Blick auf die Altstadt oder die Weser, besser noch das Mittelmeer – Konrad, ich sage dir: Da kannst du nichts falsch machen. Am besten geht das natürlich im Sommer. Das Problem ist nur, wenn du sie erst ausführst und anschließend mit ihr ins Bett willst, hast du beim Essen nicht viel Spaß. Weil du die ganze Zeit auf den Nachtisch wartest, weil du innerlich schon längst weiter bist. Capisce?«

Konrad schwieg.

»Was ist? Hat es dir die Sprache verschlagen?«

»Glaubst du, dass Paula Modersohn-Becker dir zustimmen würde?«

»Das waren andere Zeiten damals. Da haben Frauen mit Vorliebe den feschen Offizier aus der kaiserlichen Truppe geheiratet und waren froh, wenn der endlich für Gott und Vaterland fiel.«

»Otto Modersohn war kein Offizier.«

»Künstler sind besondere Menschen. Gestörte Persönlichkeiten, häufig ohne soziale Bindungen, die in ihrer Traumwelt leben. Ich glaube, letzten Endes entscheiden Zufälle darüber, ob ein Künstler im Museum landet oder in der Therapie.«

Carl wunderte sich über Konrads Naivität. Kannte er das Elend, erwachsen zu werden, nicht aus eigener Erfahrung? Als Carl zwanzig wurde, da glaubte er, die Welt liege ihm zu Füßen, und er könne sich aus einem Füllhorn bedienen. Lange Zeit hatte er mehrere Freundinnen gleichzeitig, die sich teilweise untereinander kannten. Eifersucht war ihnen fremd, jedenfalls sprachen sie nie darüber. Mit dreißig war er ein erfolgloser Architekt und verheiratet mit Alexandra, die wider Erwarten schwanger geworden war. Von ihm, wie sich zu ihrer beider Überraschung herausgestellt hatte. Jetzt, mit vierzig, war er Hausmeister im Paulaner und unterhielt sich mit einem außerirdischen Mutanten. Es gab Lebensläufe, die ihn mehr beeindruckten.
»Weißt du, Konrad, das Leben macht, was es will. Wie lange habe ich mir eingeredet, ich sei ewig jung. Und plötzlich bist du erwachsen. Begegnest Frauen, die du attraktiv findest und die deine Töchter sein könnten. Ganz zu schweigen von den Schicksalsschlägen. Enttäuschungen, Krankheit, Tod. Manchmal sehe ich Greise, in deren Gesicht Güte liegt und Dankbarkeit. Für mich ist das ein Wunder.«
Der Pudel kratzte sich am Ohr. »Da.« Carl warf ihm ein paar Spaghetti vor die Füße. »Was meinst du? Sind die gar, oder brauchen sie noch ein paar Minuten?«
Vorsichtig schnupperte Konrad und tastete sich mit der Zunge vor, sog sie schließlich hinein in seine Hundeschnauze. »Interessant. Ich kann verstehen, dass Menschen das essen.«

»Erzähle mir von Zorr. Was gibt's denn bei euch zum Frühstück?«

»Wir essen nicht viel. Meistens Fertignahrung aus Tuben oder in Pulverform.«

»Aufregend. Und sonntags kommt die Familientube auf den Tisch?«

»Wir sind mehr geistige Wesen. Alles, was mit sinnlichen Genüssen zu tun hat, gilt als … rückständig.«

Carl hörte Alexandras Wagen, der in die Garageneinfahrt einbog. Liebend gerne würde er mehr über das Leben auf Zorr erfahren, doch war er zu aufgeregt. Lange hatte er mit sich gerungen, ob er aus Anlass des heutigen Tages ein kleines Essen vorbereiten sollte. Was sprach dagegen, auf Alexandra zuzugehen? Sicher, seine Ehe war eine besondere Herausforderung, doch die herablassende Gleichgültigkeit, mit der etwa Bronsky seiner Frau Charlotte begegnete, hielt er auch nicht für einen Glücksfall der Geschichte.

»Ich hab uns was zu essen gemacht«, sagte er, nachdem Alexandra ihre Sachen abgelegt hatte. Carl wusste, dass sie gestresst war. Wieder hatte sie den ganzen Nachmittag in der Schule verbracht. Seit Monaten drehte sich dort alles um die »Evaluierung«, die Auswertung von Lehrplänen und insbesondere der Lehrer selbst, über deren Tätigkeit akribisch Buch geführt wurde. Die Schulbehörde sprach von mehr Effizienz. Mehr Transparenz. Er konnte gut nachvollziehen, wie sehr sie dieses Geschwätz hasste.

»Oh. Warum?«, fragte sie.

»Ist heute mein vierzigster Geburtstag.«

Alexandra wich einen Schritt zurück. »Entschuldige, Carl, das … das habe ich vollkommen vergessen. Herzlichen Glückwunsch. Mögen deine Wünsche alle in Erfüllung gehen.« Sagte sie und entschwand für einen Moment in Richtung Toilette. Carl nutzte die Zeit, um im Wohnzimmer den Tisch zu decken. Die Spaghetti und einen Salat stellte er in die Mitte, entkorkte eine Flasche Rotwein. Alexandra setzte sich, ein Lächeln im Gesicht. Carl entging nicht, wie sehr sie bemüht war, nett zu sein. Auch er lächelte, bat sie, doch bitte zuzugreifen.

»Konrad ist auch da?«, wollte sie wissen.

Der Pudel knurrte liebevoll und hob die rechte Pfote zum Gruß. Er saß zu Füßen Carls, vor sich einen Napf mit Pellkartoffeln und Hering.

»Sag mal, was frisst der denn? Seit wann ernähren sich Hunde von Fisch und Kartoffeln?«

»Na ja, ist der neueste Trend. Gerade unter Pudeln. Stand neulich erst in der Zeitung.«

Wie um diese Erklärung zu bestätigen, machte sich Konrad lustvoll über sein Essen her und schmatzte laut.

»Hör mal, das glaube ich ja nicht. Was ist das denn für ein Pudel? Ist der pervers?«

Konrad schüttelte den Kopf und hechelte voller Inbrunst.

»Carl, aber was geht hier vor? Willst du mich für dumm verkaufen?«

»Warum sollte ich? Du wirst doch wohl nicht annehmen, dieser Dosen-Hundefraß sei gesund oder nahrhaft.«
Alexandra schlug mit der Faust auf den Tisch. »Ich mag es nicht, wenn du mich belehrst. Ich habe nur eine Frage gestellt, okay?«
Und ich habe sie beantwortet, dachte Carl. Er nahm die Flasche und wollte ihr einschenken. Sie zog ihr Glas weg und sagte, im Moment sei ihr nicht danach. Doch da war es schon passiert, ein Schuss Rotwein auf die weiße Tischdecke geschwappt.
»Herrgott, kannst du nicht aufpassen!«
Carl atmete tief durch. Heute ist mein Geburtstag, sagte er sich. Ist mein Geburtstag. Mein Geburtstag. Der Appetit allerdings war ihm vergangen. Einen Augenblick später ergriff Alexandra seine Hand.
»Tut mir leid. Ich bin einfach überreizt. Ist mir alles zu viel im Moment. Sind das die Spaghetti, wie wir sie damals in Genua gegessen haben, auf der Hochzeitsreise?«
Er nickte und sah hinunter zu Konrad. Der bedeutete ihm, seinen Napf mit den Spaghetti zu füllen. Carl lächelte, nahm die Schüssel und stellte sie neben sich auf den schneeweißen Ledersessel. Aus der Höhe ließ sich der Napf besser füllen.
»Carl!« Alexandras Schrei kam zu spät. Die Schüssel war bereits zur Seite gekippt, das Olivenöl, die Spaghetti, einige Kapern und eine einsame Sardelle verteilten sich auf dem teuren Stück.

Alexandra starrte ihn fassungslos an. Derselbe Blick wie neulich, als er, das Seil um den Hals, auf dem Dachboden gesessen hatte. Ungerührt ließ Carl den Schwall aus Vorwürfen und Vorhaltungen an sich vorüberziehen. Alexandra hing sehr an dem Sessel, einem handsignierten Designerstück, das sie einst in New York erstanden hatte. Er machte sich daran, die Spaghetti aufzulesen. Eigentlich kein Drama, »und das genau ist unser Problem, Alexandra!« Er brüllte mehr, als dass er sprach. »Eine Bagatelle, eine kleine Ungeschicklichkeit – du machst daraus einen Staatsakt! Dieser Sessel, Herrgott noch mal, selbst wenn er in Flammen stünde, ließe sich dafür Ersatz finden. Es ist ein Sessel, Alexandra, ein Sessel! Kein Kind, das stirbt. Keine Krankheit, die unheilbar wäre. Es ist ein Scheißsessel! Verstehst du, was ich sage? Die Sache ist ohne Bedeutung. Und selbst wenn ein kleiner Fleck bleiben sollte, so erzählt dieser Fleck eine Geschichte. Die Geschichte eines Abends, der nett hätte werden können, wenn du nur ein einziges Mal begriffen hättest, dass materielle Dinge ohne tiefere Bedeutung sind. Mir ist ein gottverdammter Ikea-Sessel tausendmal lieber als dieses völlig überteuerte Lederding, solange ich nur vernünftig mit dir reden kann. Denn darum geht es doch im Leben, nicht wahr? Miteinander reden. Zueinander gehören. Eine Familie sein.«
»Du verstehst überhaupt nichts«, stieß Alexandra hervor, offenbar entwaffnet von diesem überraschenden Gefühlsausbruch. Carl war nicht sicher, ob sie seine

Botschaft verstanden hatte. Aber es war das erste Mal seit Jahren, dass er Klartext redete. Und er fühlte sich wohl dabei.

»Ich weiß nicht, wann du dich innerlich von mir abgewendet hast«, fuhr er fort. »Ich habe immer versucht, es dir recht zu machen. Wahrscheinlich war genau das der Fehler. Vielleicht hätte ich diesen Sessel längst auf den Müll werfen sollen. Dorthin, wo auch unsere Gefühle gelandet sind. Ich sage nicht, dass ich perfekt bin. Ich habe weiß Gott meine Fehler und Macken, und es kotzt mich selbst an, der zu sein, der ich bin. Aber ich lasse nicht zu, verdammt noch mal, dass ein beschissenes kleines Malheur wichtiger sein soll als unsere Familie, die offenbar nur noch auf dem Klingelschild existiert.«

Alexandra schwieg.

»Und? Hast du das Bedürfnis, dich mitzuteilen?«, setzte er nach.

»Ich gehe jetzt ins Bett. Gute Nacht.«

VIERTES KAPITEL

Currywurst und Wan-Tan-Suppe

Konrad bemühte sich, das Leben der Menschen zu verstehen. Das aber war schwieriger, als er angenommen hatte.

Er mochte Carl und Alexandra, doch ihr Verhalten verstand er nicht. Warum lebten sie zusammen, obwohl sie einander nichts mehr zu sagen hatten? Welche Wege führten von brennenden Gefühlen zu Gleichgültigkeit, Feindschaft, Hass? Hatten sich Carl und Alexandra jemals geliebt? War Leidenschaft die Schwester der Liebe? Welche Rolle spielte dabei der Sex? Und welche die Vernunft? Tief in Gedanken versunken streifte Konrad durch den Paulaner und weiter hinaus nach Worpswede. Carl hatte ihm erzählt, dass die alteingesessenen Worpsweder den Paulanern mit Zurückhaltung und Bewunderung begegneten. Auch Worpswede war eine wohlhabende Kleinstadt, stellenweise mit dörflichem Flair. Aber zwischen reich und stinkreich gab es immer noch einen Unterschied. Schnittmengen beider Welten gab es wenige, abgesehen vom »Kaffee Worpswede«, bekannt für seine ungewöhnliche Backstein-Architektur, und dem stillgelegten Worpsweder Bahnhof, der ein Restaurant beherbergte. Dahinter, in nordwestlicher Richtung, erstreckte sich der Paulaner. Konrad wunderte sich über die vielen Touristen, die sogar aus dem Ausland anreisten. Allein, um in den exklusiven Geschäften der Siedlung einzukaufen, vorzugsweise Bekleidung, zu völlig überhöhten Preisen. Darin zeigte sich die ganze Brillanz des Verkaufsgenies Bronsky, wie Carl zähneknirschend einräumte: »Der würde es fertigbringen, selbst dir noch eine fliegende Untertasse anzudrehen.« Denn der Paulaner war, das hatte Konrad verstanden, ein Markenzeichen, das Zugehörigkeit und Status verhieß.

Selbst die Hunde im Paulaner trugen die Nase höher als ihre Artgenossen im restlichen Worpswede, stellte Konrad fest. So besprangen Paulaner-Rüden mit einer kaum zu überbietenden Selbstherrlichkeit jedwede Hündin, soweit diese nicht umgehend die Flucht ergriff, während die alteingesessenen Vierbeiner die Form wahrten und sich erst einmal beschnupperten. Und Paulaner-Hunde waren nur selten angeleint. Beim Überqueren der Straße zeigten sie eine bemerkenswerte Unbekümmertheit. Wie selbstverständlich gingen sie davon aus, dass die Autofahrer für sie bremsten. Was die in den meisten Fällen auch taten, abgesehen von seltenen, wenngleich folgenschweren Missverständnissen.

Unterwegs zum Grab Paula Modersohn-Beckers auf dem Weyerberg machte Konrad einen Schlenker über den Wochenmarkt. Ein Rentner warf ihm ein Stück Currywurst vor die Pfoten. Allein von dem Geruch wurde Konrad schlecht, und er wich dem Bissen aus. Da ergriff ihn von hinten eine Hand und zog ihn ungefragt in die Höhe.

»Ist ja interessant«, sagte der Rentner. »Ein Hund, der meine Wurst nicht mag. Nicht mal 'ne Steuermarke, aber wählerisch sein. Das haben wir gern.«

Konrad befand sich inmitten einer Gruppe Senioren, die Kaffee tranken und dazu belegte Brötchen oder Currywurst mit Pommes aßen.

»Karl-Heinz, lass bloß den Köter los. Nachher holst du dir noch was«, sagte eine Frau. Die knorrigen Finger des Mannes umschlossen Konrads Hals wie ein Schraubstock.

»Nee. Der is aus'm Paulaner. Das merkt man sofort. Meine Wurst ist ihm nicht fein genug, dem kleinen Herrn. Aber das wollen wir doch mal sehen.«

Einen Augenblick spielte Konrad mit dem Gedanken zu mutieren, sich in das Ebenbild des Rentners zu verwandeln. Allerdings würde die Seniorengruppe vermutlich einem gemeinschaftlichen Herzinfarkt erliegen, und es gäbe zu viele Augenzeugen. Die Reichweite seiner Gedächtnispistole genügte nicht, um anschließend die ganze Stadt zu benebeln. Also fügte er sich in sein Schicksal und machte gute Miene zum bösen Spiel.

»Hatte selbst mal ’n Pudel. Sind anständige Tiere so weit. Brauchen allerdings Zucht und Ordnung«, sagte Karl-Heinz. Und erzählte, wie er einmal seinen Hund, der nicht aufhören wollte zu bellen, drei Tage in die dunkle Besenkammer gesteckt habe. Danach sei er ruhig gewesen.

»Na ja, ein halbes Jahr später war er tot«, ergänzte seine Frau. Konrad hatte Mühe, seine Umgebung zu erfassen, weil der Alte ihn noch immer brutal umklammerte. Dennoch entging ihm nicht, dass der Mann schlank und drahtig war, einen grauen Pullover anhatte, eine graue Hose und graue Schuhe. Alles an ihm war grau, auch sein Gesicht, in dessen Mitte eine auffallend große Knollennase thronte. Seine Frau trug orthopädische Schuhe und Stützstrümpfe, ebenfalls in Grau, Rock und Bluse waren beigefarben. Auch bei den übrigen Senioren dominierten Grau und Beige, und Konrad fragte sich, nach Luft schnappend und hechelnd, ob das eine Art Uniform sein mochte, eine Vorgabe an Menschen über siebzig. Karl-Heinz’ Frau hatte ihre Haare zu einem Knoten gebunden, ihr Gesicht war fleischig, rund und rot. Aufmerksam musterte sie die Passanten, und fast war Konrad geneigt, sie zu fragen, wie sie über die Liebe und das Leben denke, aber Karl-Heinz verzog sich mit dem letzten Zipfel Currywurst in der Linken und ihm in der Rechten auf eine in der Nähe befindliche Bank, nachdem er schmatzend die übrige Wurst vertilgt und schlürfend große Schlucke Kaffee zu sich genommen hatte. Auf

der Bank nun hielt er ihm den Wurstzipfel vor die Nase.
»So«, befahl er. »Und jetzt wirst du das essen.«
Konrad gab vor, ihm zu Willen zu sein, doch kaum hatte der Alte seinen Griff gelockert, befreite sich der Pudel und sprang ihm auf die Schulter. Dort hing Konrad etwas unglücklich zwischen Himmel und Erde, aber bevor Karl-Heinz sichs versah, spie ihm Konrad ein Kurzgedicht ins Ohr: »Opa, bist ein fieser Mann, dir fehlt Respekt, selbst dann und wann. Verlernt hast du zu staunen – so muss ich zu dir raunen. Und es kommt die Panik geschwind, triffst du heute auf Konrad, das himmlische Kind!«
Bedarf es der Erwähnung, dass Karl-Heinz heftig ventilierend erst ohnmächtig wurde und dann seitlich auf die Bank kippte? Ein sprechender Hund! Er würde kaum wagen, seinen Freunden davon zu erzählen. Ewig dürfte ihn dieses Mysterium quälen, möglicherweise sähe er es als Omen für die Zeit nach seinem letzten Atemzug. Sollte er dennoch auspacken, die Worte des Pudels wiedergeben – nun, er bekäme Ärger mit seinem Hausarzt. Das war ja ein Privileg des Alters, auch auf Zorr: die relative Narrenfreiheit, die allerdings ihre Kehrseite hatte.
Fröhlich lief Konrad seines Weges, glücklich und stolz. Er hatte seine Zeilen improvisiert, der Vorliebe für Dichtkunst in seiner Heimat folgend. Und mehr noch, sie waren frei von Umlauten. Er hatte Poesie geschaffen ganz ohne Äs und Üs und Ös, obwohl er ein Au-

ßerirdischer war und die deutsche Sprache keine Sonderangebote für Quereinsteiger bereithielt. Das hier war ein Fest. Ein Triumph zorranischen Geistes über die Untiefen der Lautbildung, zur Waffe geschmiedet wider den alten Zausel.
Es war ein guter Tag.

Bronskys Wunsch entsprechend hatte Carl aus Anlass des hohen Besuches das ganze Restaurant reserviert, den Worpsweder Bahnhof. Es ging um den bisher größten Auftrag überhaupt, den Bau von zwanzig Paulanern in China. Nach der Begrüßung der chinesischen Delegation, darunter auch Angehörige der Botschaft und Vertreter chinesischer Firmen in Deutschland, zogen sich die Verantwortlichen zu einem separaten Geschäftsessen zurück. An Bronskys Seite nahmen Carl und Konrad Platz, der Verkaufsmanager und eine protokollierende Sekretärin. Ihnen gegenüber Wang Han-Li, dessen Privatsekretär, ein Dolmetscher sowie ein Stenograph. Zwei Leibwächter verharrten stumm und reglos an der Tür, die Arme über Kreuz und den Blick in eine unbestimmte Ferne gerichtet. Sie alle trugen schwarze Anzüge und schwarze Hemden mit schwarzen Krawatten, nur Wang Han-Li nicht, Immobilien-Tycoon und einer der reichsten Männer Hongkongs. Sein Anzug war weiß, das marineblaue Hemd eingefasst von einer roten Krawatte. Wang Han-Li lächelte nie und sprach selten. Carl hatte den Eindruck, er kommuniziere vorwiegend mit Hilfe von Gedankenübertragung. Seine Unergründlichkeit erinnerte ebenso an einen Buddha wie die gewaltigen Körpermaße – Carl konnte sich nicht erinnern, jemals einem dermaßen übergewichtigen Menschen begegnet zu sein. Bronsky begrüßte einmal mehr die von weit her angereisten Gäste. Beflissen beeilte sich der Dolmetscher zu übersetzen. Doch die Worte schienen abzuprallen an Meister Wang, der sich stattdessen der Standuhr aus dem achtzehnten Jahrhundert zuwandte, ihrem mechanischen Klopfen, Sekunde um Sekunde.

Carl spürte Bronskys Nervosität. Die üblichen Rituale der Geschäftsanbahnung waren für die Chinesen offenbar ohne Bedeutung. Gleichzeitig ließen sie ihre eigenen Spielregeln nicht erkennen. Kerzengerade saßen die Besucher am Tisch und vermieden jeden Blickkontakt, während der Buddha laut und schwer atmete. Carl hatte den Eindruck, Teil eines künstlerischen Arrangements zu sein, einer Installation mit lebenden Figuren. Die Kulturrevolution aus Sicht des siegreichen Wang Han-Li und seiner Tonsoldaten. Zum ersten Mal empfand er Bronsky gegenüber nicht Neid, sondern Mitleid. Das Schweigen Wang Han-Lis wirkte furchterregend. Bronsky mochte ein genialer Baumeister sein. Der Chinese aber war Richter und Henker in einer Person. Carl spürte, wie ihm ein kalter Schauer über den Rücken lief.

Es klopfte an der Tür. Die Leibwächter öffneten, ließen die beiden Kellnerinnen aber nicht herein. Sie trugen Schüsseln in den Händen, Schüsseln mit Hochzeitssuppe. Bronsky hatte bewusst ein Menü mit Lokalkolorit in Auftrag gegeben, Worpswede war nun mal nicht die Heimat der Peking-Ente. Dem Schweiß auf seiner Stirn nach zu urteilen mochte er die Entscheidung bereuen. Mit einem leichten Anflug von Verlegenheit erklärte der Dolmetscher, Herr Wang schätze kein weibliches Personal. Kurz darauf erschienen zwei Kellner mit der Suppe. Sie stellten die Schüsseln ab und wollten zügig das Weite suchen. Doch die Leibwächter versperrten ihnen den Weg. Der Privatsekretär leerte eine Kelle Suppe auf seinen Teller und kostete. Schlürfte und schmatzte, hielt inne, nickte. Schöpfte eine weitere Kelle und füllte den Teller von Wang Han-Li. Der griff zum Löffel und sog die Flüssigkeit mit einem beinahe pfeifenden Geräusch in den Mund. Verteilte sie darin und blähte die Backen. Dann spuckte er die Suppe zurück auf den Teller, sichtbar angewidert. Seine Mitarbeiter, allen voran der Privatsekretär, zeigten sich betroffen, bestürzt geradezu. Carl wäre nicht überrascht gewesen, hätten sie ein Schwert ergriffen und sich selbst entleibt. Einen Moment sorgte er sich um die Kellner, da die Leibwächter den Anschein erweckten, ihnen, ohne zu zögern, das Genick zu brechen, sollte ihr Gebieter auch nur den kleinen Finger heben.

Doch nichts dergleichen geschah, und nach langen, nicht enden wollenden Minuten wurde das Hauptgericht serviert, Kassler mit Rosenkohl und Klößen, dazu eine Pflaumensauce. Kein Geringerer als der Chefkoch des Hauses, gekleidet in der weißen Tracht seiner Zunft, stellte sich an die Spitze der Prozession aus fünf Kellnern, jeder bewaffnet mit einem silbernen Tablett, darauf das Kassler mit den Zutaten. Dieser Koch, ein kräftiger, stämmiger Mittvierziger, für den Hamburg ebenso weit entfernt lag wie China oder der Mond, der nicht »Schtein« sagte, sondern »Ssstein«, nicht »Sahne«, sondern »Saanä«, nicht »Mädchen«, sondern »Deern«, dieser Mann mit dem schönen Namen Hannes Torf, ließ sich nicht für dumm verkaufen. Ganze Legionen Einheimischer waren mit seiner Hochzeitssuppe in den Hafen der Ehe eingelaufen, und wenn ihm ein Gast zu verstehen gab, und wäre es der Papst persönlich, dass an seiner Suppe etwas auszusetzen sei, dann verlangte das nach Satisfaktion. Manches Mal hatte Carl mit ihm schon in rauchigen Kneipen gesessen. Er wusste, dass sich seine Gesichtsfarbe übergangslos seinen Gefühlszuständen anpasste. War Hannes glücklich, war sie weiß. War er verliebt, zeigte sie eine leise Röte. Regte er sich auf, beispielsweise über Politiker, die ständig die Steuern erhöhten, oder über Gäste, die seine Kochkünste nicht zu würdigen wussten, wechselte sie in ein gelbrotes Glühen. Auch andere Farbspiele in seinem üblicherweise gutmütigen, grundehrlichen Gesicht hatte Carl schon beobachtet, aber das hier war neu. Hannes, der Buddha Wang den Teller mit dem Kassler eher vor die Wampe warf, als ihn abzustellen, zeigte Pestbeulenschwarz.

»So, Chef«, sagte der Koch. »Jetzt lass jucken.«
Bronsky erweckte den Anschein, im Erdboden zu versinken. Der Dolmetscher zeigte sich überfordert und fragte Carl, was genau der Koch meine. »Er wünscht einen guten Appetit«, erklärte Carl.
Buddha Wang zeigte sich von dem Defilee der Kellner mit Hannes Torf an der Spitze nicht im Geringsten beeindruckt. Er spießte eine Kugel Rosenkohl auf die Gabel und hielt sie in die Höhe. Studierte sie wie einen wertvollen Edelstein und versenkte sie anschließend in seinem Mund, der sich für den Bruchteil einer Sekunde öffnete. Kaute vorsichtig und langsam, schluckte. Keine weitere Reaktion. Wandte sich dem Kassler zu, schnitt ein kleines Stück ab, das er ebenfalls in Augenschein nahm, als sei es das letzte fehlende Stück in einem Puzzle, dessen Fertigstellung sein Lebenswerk war. Er kaute einen Moment, dann entledigte er sich des Kasslers in die Serviette, begleitet von einem wenig appetitlichen Spucken. Der Koch nahm Carls Messer und Gabel und schnitt seinerseits ein Stück von dem Kassler auf Wang Han-Lis Teller ab, probierte und verkündete nahezu im selben Atemzug, dass dieses Kassler das Beste sei, was er jemals zubereitet habe. Sollte es daran irgendeinen Zweifel geben, so erwarte er eine überzeugende Begründung.
Der Dolmetscher wagte nicht zu übersetzen. Eisiges Schweigen erfüllte den Raum. Konrad bedeutete Carl, sich zu ihm hinunterzubeugen, und flüsterte ihm etwas ins Ohr. Daraufhin erhob sich Carl und sagte:

»Meister Wang, schauen wir uns einen Stock an. Das eine Ende ist Yin, das andere Yang. Welches ist wichtiger?«
Da nickte der Dolmetscher verständig und übersetzte, woraufhin alle anwesenden Chinesen, einschließlich der Leibwächter, ihrerseits verständig nickten und teilweise ein Lächeln erkennen ließen.
Auch der Meister lächelte. »Der Stock selbst ist wichtig!«, rief er.
»Dann wollen wir Sie um Nachsicht bitten und Ihnen eine Wan-Tan-Suppe zubereiten, wie sie bereits Konfuzius gegessen haben mag.«
Woraufhin sich Wang Han-Li an den Koch wandte, der noch immer Messer und Gabel in Händen hielt. »Sie haben«, ließ er übersetzen, »viel Mühe verwendet auf die Einzelteile. Den Rosenkohl, das Fleisch, die Suppe. Aber die Einzelteile genügen sich selbst, verbinden sich nicht zu einem größeren Ganzen. Es fehlt die Harmonie.«
Hannes war fassungslos, und Carl ergriff seinen Arm, um ihn in Richtung Küche zu ziehen. Dort ergab sich der Koch einem Schwall aus Flüchen und Vorwürfen. Carl ließ ihn gewähren, anschließend erklärte er ihm bis in die kleinsten Einzelheiten, wie die Wan-Tan-Suppe zuzubereiten sei.
Glücklicherweise waren die wichtigsten Zutaten, vor allem die Teigplatten, im Restaurant vorrätig. Unter Carls kritischem Blick machte sich Hannes ans Werk, noch immer außer sich, wutentbrannt.

Carl suchte ihn zu beruhigen, während Konrad auf der Suche nach einer geeigneten Muschel nach Hause rannte. Alexandra pflegte sie bei ihren Strandspaziergängen am Meer zu sammeln. Glücklicherweise wurde er fündig, und Carl malte sie mit Lebensmittelfarbe rosa an.

Als die Suppe verteilt wurde, versenkte er die Muschel diskret in der für Meister Wang vorgesehenen Schale. Er selbst übernahm das Servieren. Sobald er den Raum betrat, verstummte der Dolmetscher, der, um das peinliche Schweigen zu überbrücken, einen Vortrag über Flora und Fauna im chinesischen Hochgebirge gehalten hatte. Carl warf einen kurzen Blick auf das leichenstarre Gesicht Bronskys, die offenbar gegen bleierne Müdigkeit ankämpfende Sekretärin und den gähnenden Verkaufsmanager, dessen offener Mund Einblick in eine kariesbedingte Ruinenlandschaft erlaubte. So also sehen sie aus, dachte Carl. Die Fundamente unserer Marktwirtschaft.

Wang Han-Li musterte die ihm gereichte Suppe mit großem Wohlwollen. Tief holte er Luft, ergriff den Löffel und führte ihn an den Mund.

Totenstille. Nur das Ticken der Wanduhr. Und Hannes, der sich in den Raum geschlichen hatte und ein leises Aufstoßen hören ließ.

Der Meister sprach einige Worte, wobei sich Chinesisch, fand Carl, ein wenig anhörte wie eine Tonfolge, die sich standhaft weigerte, zarten Akkorden Raum zu gewähren. Die Übersetzung des Dolmetschers war

weitgehend entbehrlich, da sich der gestrenge Gast zunehmend in einen lächelnden Buddha verwandelte.
»Ich versteh das alles nicht«, flüsterte Hannes Carl ins Ohr. Der konnte auch nur mit den Schultern zucken – und Konrad dankbare Blicke zuwerfen.
Dann entdeckte der Buddha die Muschel. Holte sie aus der Suppe heraus und zeigte das erstaunte Gesicht eines Kindes. Nun geschah etwas, das selbst den Begleitern Wang Han-Lis die Sprache endgültig verschlug. Der Meister lachte. Und er weinte. Er weinte und er lachte, wobei er sich schneuzte und Tränen aus den Augen wischte. Dann erzählte er die folgende Geschichte:
»Als ich noch ein Kind war, kam meine Mutter ums Leben. Sie fiel von einer Fähre ins Meer, ihre Leiche wurde nie gefunden. Ich wollte das nicht glauben und habe Jahre gebraucht, bis ich ihren Tod annehmen konnte. Und dann hatte ich einen Traum. Ich bin an einem Strand und finde eine kleine rosa Muschel. Ich nehme sie in die Hand. Sie wird größer und größer. Schließlich verwandelt sie sich in einen Stein. In einen Grabstein. Den Grabstein meiner Mutter. Ich wache auf und fühle einen Schmerz in mir, den ich kaum ertrage. Ich stürze in einen nicht enden wollenden Abgrund, um mich herum ist nichts als Schwärze. Danach habe ich geweint wie nie zuvor in meinem Leben. Da verstand ich, dass dies der Schmerz über den Tod meiner Mutter war, den ich bis zu dem Zeitpunkt nie hatte empfinden können.«

Wang Han-Li erhob sich und ging auf Hannes zu. Er versuchte, ihn in den Arm zu nehmen. Aufgrund seines Körperumfanges gelang ihm das aber nur andeutungsweise. »Thank you, my friend«, sagte er. »Thank you.« Dann wandte er sich an Carl und sah ihm forschend in die Augen, als verkörpere dieser die Wiedergeburt verloren geglaubter Hoffnung. »Sie sind ein bemerkenswerter Mann«, fuhr er auf Englisch fort und reichte ihm die Hand. »Die Einzelheiten unseres Geschäftes wollen Sie bitte mit meinen Mitarbeitern klären.«
Dann ging er, ohne ein weiteres Wort, ohne Bronsky auch nur eines Blickes zu würdigen. Carl holte tief Luft und machte eine freundschaftliche Geste in Richtung seines Chefs. Doch Bronsky war dafür nicht mehr empfänglich. Feindseligkeit, ja offener Hass lag in seinen Zügen.
»Ich versteh das alles nicht«, sagte Hannes Torf, weiß im Gesicht.

FÜNFTES KAPITEL

Deutschland sucht den Superstar

Während Konrad von zwei Katzen durch die Gartenlandschaft des Paulaners gejagt wurde, entsagte er endgültig der Neurobiologie, die ihn über Jahrhunderte beschäftigt hatte. Ihre wissenschaftliche Bedeutung stand außer Frage, Menschen wie Zorraner waren gut beraten, Gehirn und Nerven zu erforschen. Auch die Entschlüsselung des Genoms war ein großer Fortschritt. Doch alles, was ihm seit seiner Landung auf der Erde widerfahren war, lehrte Konrad, dass sich das Leben nicht mittels einer molekularen Stoffwechselanalyse ergründen ließ. Oder einer Hormonstudie. Weder auf Zorr noch auf Erden. Keine DNA erklärte den dicken Chinesen, den fiesen Rentner oder die Reaktion, die Spaghetti auf einem weißen Sessel auslösen konnten. So wie Konrad es sah, bestand das Leben aus Zufällen, Absurditäten, Grausamkeiten. Warum konnte er als Pudel nicht friedlich durch den Paulaner spazieren? Was hatte er diesen blöden Katzen getan? Nichts. Dennoch jagten sie ihn, obwohl er nicht einmal ihr Revier betreten hatte. Konrad blieb stehen und ließ die Katzen auf sich zukommen. Versetzte erst der einen, dann der anderen einen Tritt, der sie meterhoch in die Luft schleuderte, in die Krone einer mächtigen Eiche. Sollten sie doch sehen, wie sie von dort wieder runterkamen.

Zu Hause herrschte große Aufregung. Mehrere Jugendliche standen in der Küche, umringten Carl und ein Mädchen, das er nicht kannte. Sie erzählte von ihren Erfolgen bei einem Schwimmwettbewerb in Berlin. Demnach war sie deutsche Jugend-Meisterin über fünfzig Meter Freistil geworden.

Konrad bahnte sich seinen Weg durch den Wald aus Beinen, bis er Carl erreichte. Es gefiel ihm nicht, wenn er nicht im Mittelpunkt stand.

»Hallo, Konrad«, sagte Carl gut gelaunt. »Darf ich vorstellen? Das ist Lucia, meine Tochter, Lucia, das ist unser neuer Pudel.«

»Der ist ja süß!«, sagte sie und nahm ihn spontan auf den Arm.

Konrad hielt die Luft an. Das fühlte sich ganz anders an als bei dem alten Sadisten. Er spürte ihre weiche Haut, den warmen Atem. Lucia drückte ihn fest an sich wie ein kleines Kind.

»Nicht übertreiben«, mahnte ihr Vater.

»Och, seien Sie doch nicht so streng«, sagte ein Mädchen und streichelte ebenfalls den Pudel. Danach bekam er sogar mehrere Küsse auf den Kopf.

Konrads Hundeherz raste. Das hatte er noch nie erlebt. Zärtlichkeit. Die Ghules sahen darin ein Zeichen von Geistesschwäche. Berührungen jedweder Art, auch Sexualität, lehnten sie ab. Und was hatten sie davon? Ein ewiges, todlangweiliges Leben. Selbst wenn der Mensch unter dem Gesichtspunkt der Evolution wenig mehr sein mochte als ein Goldhamster im Fischteich, so war das noch lange kein Grund, die Vorzüge irdischen Daseins nicht auszukosten. Solange es eben ging. Bis die Erde gesprengt wurde.

Erst, als er wieder vierbeinig auf dem Boden stand, konnte er sich ein vollständiges Bild von Lucia machen. Sah er über ihre braungebrannten Arme hinaus, rotbraun wie die Rinde eines Mahagonibaumes. Entdeckte ihre schulterlangen, schwarzen Haare, das zarte, verletzlich wirkende Gesicht. Die schlanke Taille. Konrad spürte eine Macht in sich wirken, die er nicht kannte.

Es gelang ihm kaum, seine Augen von Lucia zu wenden. Er sah nur noch sie. Die übrigen Jugendlichen, selbst Carl, verloren sich an den Rändern. Das war ihm noch nie passiert. Nicht in den letzten fünftausend Jahren.

Kurz vor seiner Abreise aus Zorr, als Konrad in der Hauptnachrichtensendung mitgeteilt hatte, er werde die Erde besuchen, erfuhr er neben heftiger Kritik auch diskrete Zustimmung. Viele teilten Konrads Sehnsucht nach einem anderen Leben. Aber den meisten fehlte der Mut, dem vertrauten Alltag zu entsagen. Sie hatten Angst vor dem Fremden, Neuen, Unbekannten. Konrads Aufenthalt auf der Erde gab es nur um den Preis des Risikos, ein anderer zu werden. Oder Erfahrungen zu machen, die alles in Frage stellten. So wie seine unerklärlichen Gefühle für dieses Mädchen, das er nie zuvor gesehen hatte. Die Tochter seines einzigen Verbündeten. Konrad zog die Notbremse und beschloss, Lucia aus dem Weg zu gehen.

Bronsky saß da und schwieg. Es war das zweite, höchstens dritte Mal, dass er Carl zu Hause aufsuchte. Er nahm in der Küche Platz, gegenüber von Konrads Hundekorb, den er nicht aus den Augen ließ. »Gut«, sagte er schließlich. »Was verkaufen wir den Bewohnern im Paulaner? In erster Linie eine Illusion, nicht wahr?«

Er wirkte dünnhäutig, fand Carl.

»Einen perfekten Schein, ein Wohlfühlparadies«, fuhr Bronsky fort. »Wir machen unsere eigene Zeitung, den Paulaner-Brief. Wir bieten Unterhaltung, Sport, Kultur. Die Arbeiten am neuen Countryclub beginnen in Kürze, für die Tennisplätze bauen wir eine Halle.«

Carl wischte mit dem Handtuch über die Herdplatte, um nicht wie ein Messdiener dazustehen.

Bronskys Handy klingelte. Er schaltete es aus. »Was macht eigentlich dein Pudel?«

»Ich nehme an, er ist draußen unterwegs.«

Wo er Konrad erworben habe?

»Ist mir zugelaufen.«

»Höchst ungewöhnlich.«
»Hunde sind anhänglich. Auf einmal sind sie da.«
»Warum dieses Moskitonetz. Ist Konrad so empfindlich?«
»Falls er Flöhe hat, können die nicht raus und hoch ins Schlafzimmer.«
»Sehr vernünftig. Wie geht es eigentlich Alexandra?«
»Gut, soweit ich weiß.«
»Soweit du weißt. Ehrliche Antwort.«
Carl schenkte seinem Gast den Kaffee ein, um den er gebeten hatte.
»Habe ich dich jemals schlecht behandelt?«
»Bronsky, ich bitte dich.«
»Du bist meine rechte Hand.«
»Ich weiß. Milch und Zucker kommen sofort.«
Der Besucher sang ein Hohelied auf den Geschäftsabschluss mit den Chinesen. Das habe Carl hervorragend eingefädelt. »Woher hast du das gewusst?«, fragte er beiläufig. »Die Sache mit der Muschel.«
»Wie soll ich es nennen – Intuition? Es war purer Zufall.«
Bronsky nahm einen Schluck Kaffee, durchbohrte Carl schweigend mit seinen meerblauen Augen. »Mir fällt auf, dass du Konrad niemals an die Leine nimmst.«
»Warum sollte ich? Er macht selten Dummheiten.«
»Den Eindruck habe ich auch. Du beugst dich zu dem Pudel hinunter, nickst, anschließend der Yin-und-Yang-Blödsinn, dann die Chinesen-Suppe. Carl, ich

kenne dich seit langem. Alleine hättest du das niemals hinbekommen. Das weißt du besser als ich.«

»Willst du sagen, wir hätten das Geschäft einem Pudel zu verdanken?«

»Wie ich schon sagte, wir verkaufen Illusionen. Die Grenzen zwischen Traum und Alptraum allerdings verlaufen fließend. Kannst du mir folgen?«

»Konrad ist ein Pudel, Bronsky. Die Leute, die darin einen Alptraum sehen, möchtest du gar nicht als Kundschaft gewinnen.«

Bronsky knackte mit den Fingern, fuhr sich durch die Haare, den Blick weiterhin auf das Moskitonetz gerichtet. Carl möge nicht dem Irrtum erliegen, er könne im Paulaner sein eigenes Ding drehen. Solange er seine Arbeit mache, stünden ihm alle Türen offen. Sollte er, Bronsky, aber den Eindruck gewinnen, Carl hintertreibe die Geschäftspolitik des Hauses, werde das nicht ohne Konsequenzen bleiben. »Du solltest dich von dem Hund trennen, wenn du mich fragst. Ich würde es dir als einen Ausdruck von – wie darf ich sagen – Teamgeist anrechnen.«

Nachdem Bronsky gegangen war, machte Carl den Abwasch und begab sich in sein Arbeitszimmer. Mechanisch sortierte er Bücher, einige Zeitschriften, die Fotoalben, entdeckte seinen Reisepass inmitten alter Zeitungen, entstaubte die kleine Sammlung indischer Landkarten, die er vor einer Ewigkeit erworben hatte, in der Hoffnung, Alexandra werde ihn in eine andere Welt begleiten. Sogar ein Stück Seife hatte sich auf sei-

nen Schreibtisch verirrt. Fast war er selbst geneigt zu glauben, diese mehr oder weniger ordentliche Sammlung von Gegenständen wäre das, was sie zu sein vorgab.
Ein Indiz dafür, wie bereitwillig er dem Trugbild eines glücklichen Lebens gefolgt war.

Konrad hatte sich verliebt. Zum ersten Mal in seinem Leben war er nicht Herr seiner Gefühle. Versuchte er sie abzuschütteln, wurden sie nur noch stärker. Lucia einige Stunden nicht zu sehen war leicht. Ihr einen ganzen Tag nicht zu begegnen war schwer. Der nächste Tag noch schwerer. Schon der dritte Tag war kaum mehr zu ertragen. Nach diesem Tag sehnte sich Konrad am meisten. Das war ihm das größte Rätsel. Sein Verstand, sein zuverlässiger Begleiter seit Jahrtausenden, war wie weggeblasen. Und fehlte ihm nicht im Geringsten.
Gleichzeitig schämte sich Konrad. Er begehrte ein siebzehnjähriges Mädchen. Die Tochter des einzigen Menschen, auf den er zählen konnte. Schlimmer noch, seine Empfindungen verstießen gegen alle Regeln, die in seiner Heimat galten. Mache dich niemals gemein mit Lebewesen, die unter dir stehen. Würde er sich in einen Menschen verwandeln und Lucia verführen, wilde Spiele mit ihr treiben, jeder auf Zorr hätte dafür Verständnis, auch seine Eltern. Was sonst tun auf der Erde? Die Grenze aber war klar gezogen.
Lucia redete mit Konrad wie mit einem guten Freund.

Nicht anders als ihre Mutter. Oft nahm sie den Pudel mit auf ihre Unternehmungen. Dann fiel es ihm schwer, sich nicht in einen schönen Jüngling zu verwandeln. Wenn er schlief, träumte er von Lucia. Schlief er nicht, träumte er auch von ihr.

Lucia hatte keinen Freund. Dann lernte sie Wolfgang kennen, auf einer Party. »Er ist so … männlich. So verständnisvoll. Und sieht einfach toll aus.« Sobald sie seinen vollen Namen erwähnt hatte, warf Konrad einen Blick in dessen Zukunft. Nur selten nutzte er seinen Chip mit dem Wissen des Universums. Es war zu deprimierend. Sein eigenes, ewigliches Leben interessierte ihn ohnehin nicht im Geringsten, seit er jenen berühmten Eintrag aus Paulas Tagebuch vom 26. Juli 1900 gelesen hatte: *»Ich weiß, ich werde nicht sehr lange leben. Aber ist das denn traurig? Ist ein Fest schöner, weil es länger ist? Und mein Leben ist ein Fest, ein kurzes, intensives Fest.«*

Du meine Güte, dachte Konrad. Der Bursche trat nächstes Jahr in »Deutschland sucht den Superstar« auf. Führte eine umfassende Kartei inklusive Fotos aller Frauen, mit denen er sich vergnügt hatte. Eine stattliche Palette für einen Neunzehnjährigen. Die Kartei war gegliedert in blond/brünett/rot sowie oral/anal/Standard GV. Er vergab Zensuren. Ab Zwei plus hielt er den Kontakt. Von Frauen über dreißig ließ er sich bezahlen.

»Ist das dein Pudel?« Wolfgang, erstmals zu Besuch bei Lucia, stand vor Konrads Porträt.

»Ja«, erwiderte sie unsicher. »Gefällt dir das Bild?«
»Ist ganz nett. Ich hab eine zwölfjährige Nichte, die malt ähnlich.«
Vollidiot, dachte Konrad, der im Flur lauerte. Die Tür zu ihrem Zimmer stand offen.
»Ich weiß, was du meinst. Aber Kinder können nicht … «
»Ist schon klar. Du bist natürlich was Besonderes. Ich selbst fotografiere gerne. Hättest du was dagegen, wenn ich ein paar Fotos von dir mache?«
»Wozu?«
»Warum malst du?«
Lucia lächelte und willigte ein. Eine Aufnahme von vorne, eine links im Profil, eine rechts. Wie für eine Verbrecherkartei. Merkte sie denn gar nichts? Fand sie ihn dermaßen hinreißend, dass sie alles mit sich machen ließ?
Sie setzte sich auf ihr Bett, mit dem Rücken zur Wand. »Komm«, sagte sie. Konrad lief zu ihr und sprang auf ihren Schoß. »Nein, nicht du, mein Kleiner.« Sie gab ihm einen sanften Klaps und beförderte ihn wieder auf den Boden. Wolfgang hatte bereits Hose und Hemd ausgezogen, nur seinen Slip hatte er noch an. Er legte sich neben Lucia und fing an, sie ebenfalls zu entkleiden. Konrad konnte nicht länger an sich halten. Er fing an zu bellen und knurrte böse.
»Hast du was dagegen, wenn ich den Köter rauswerfe?«, fragte Wolfgang.
»Konrad, gehst du bitte nach draußen?«

»Der hört doch nicht auf dich«, sagte der schlanke, muskulöse Blondschopf und versuchte, Konrad zu fangen. Der Pudel nahm die Herausforderung gerne an. Zunächst jagte er durchs Zimmer und sorgte dafür, dass Wolfgang außer Atem geriet. Das dauerte eine Weile, der Kerl war gut in Form, Konrad allerdings auch. Dann schnappte er sich Wolfgangs auf dem Boden liegende Hose und lief mit ihr davon. Wolfgang ließ ein »Leck mich« hören und schien aufzugeben. Sollte ihn der Verlust seiner Hose tatsächlich unbeeindruckt lassen? Konrad mochte das nicht glauben und begann, sie zu zerreißen. Heißa, und schon rannte Wolfgang wieder hinter ihm her, das Gesicht rot vor Wut. Was der Superstar aber nicht wusste: Unten war die Haustür aufgegangen, wie Konrads feine Hundeohren vernommen hatten. Carl und Alexandra betraten die Küche. Wäre es nicht schön, sie miteinander bekannt zu machen? Konrad sauste die Treppe hinunter, die Hose zwischen den Zähnen, dicht gefolgt von Wolfgang, der Alexandra fast über den Haufen rannte und erst in Höhe der Kühlschranktür zum Stehen kam.

Wolfgang stand etwas unglücklich im Mittelpunkt, ganz allein mit sich und seinem Slip.

»Sie stehen meiner Tochter Modell?«, fragte Carl galant, während Alexandra den Körper des jungen Mannes mit Blicken eher verschlang als studierte.

»Modell, genau, wir wollten gerade … anfangen.«

»Na dann: Worauf warten Sie?«

»Könnte ich meine Hose wiederhaben?«
»Konrad, das ist seine Hose. Nicht deine.«
Der Pudel nickte. Hob kurz sein rechtes Hinterbein, markierte sie in Höhe des Schritts und ließ von ihr ab. Man sollte, hielt Konrad in seinem inneren Notizbuch fest, das Leben spielerisch sehen. Das half, Verletzungen zu vermeiden.

SECHSTES KAPITEL

Der fünftausendste Geburtstag

Konrad verfolgte Carls meist im Selbstgespräch vorgetragene Lebensweisheiten mit großem Interesse. Während er sich beispielsweise die Schuhe zuschnürte, sagte Carl Sätze wie: »Sollte das Leben tatsächlich ein langer, ruhiger Fluss sein, wäre ich gerne die Stromschnelle.« Oder: »In der Ruhe liegt die Kraft? Nur in der Ruhe vor dem Sturm.« Zugegeben, es gab größere Philosophen. Aber Carls nervöses Zucken im Angesicht der Grundsatzfragen Warum leben?, Was ist Liebe?, entsprach auch Konrads Naturell.

»Carl! Carl, stell dir vor, gestern ist Charlotte hier gewesen.« Es war sieben Uhr morgens, ihr Mann auf dem Weg zum Bäcker.

Alexandra lehnte in ihren Morgenmantel gekleidet an der Wohnungstür.

»Erstaunlich. Bronskys Frau hat sich hier doch noch nie blicken lassen.« Missmutig ließ Carl von seinen Schuhen ab. »Was wollte die denn?«

»Meine Bilder sehen. Aber so weit kommt es noch.

Die würde sofort alles kopieren und hinterher behaupten, ich hätte ihre Ideen geklaut.«

»Hast du überhaupt schon mal ein Bild gemalt?«

Alexandra hüllte sich tiefer in ihren Morgenmantel. »Und dann, Carl – halt dich fest: Da behauptet Charlotte doch allen Ernstes, Konrad sei kein normaler Hund.«

»Sondern?«

»So genau wusste sie das auch nicht zu sagen. Aber Bronsky hätte gesehen, wie du dich irgendwie mit Konrad verständigt hast. Als die Chinesen da waren.«

»Sieht der schon Gespenster? Nur weil ich ihn gestreichelt habe?«

»Ihr Tonfall hat mich beunruhigt«, fuhr Alexandra fort. »Das war fast schon eine Drohung. Nach dem Motto: Wir haben euch im Visier. Hast du dich mit Bronsky gestritten?«

»Nein, er ist nur sauer, weil ICH den Deal mit den Chinesen eingefädelt habe, während er völlig überfordert war. Ihm fehlte da … «

»Das richtige Gespür?«, fiel ihm seine Frau ins Wort.

»Genau«, erwiderte Carl. »Ganz genau.«

Konrad knurrte.

»Armer Kleiner«, sagte Alexandra und beugte sich zu ihm hinunter. »Was du dir alles anhören musst, was?« Sie streichelte ihm liebevoll den Kopf, erhob sich wieder und legte ihre Arme um Carls Hals. »Egal, was kommt. Von denen lassen wir uns nichts einreden.« Und sie gab ihrem Mann einen Kuss auf die Wange.

Konrads Geheimnis hatte Schwingungen ausgelöst, die halfen, die Eiszeit zwischen Carl und Alexandra zu beenden. Wieder einmal zeigte sich, dass alles mit allem zusammenhing und nur zu hoffen blieb, dass es nicht zur Katastrophe käme. Kaum waren sie vor die Tür getreten, machte der Pudel Carl ernste Vorhaltungen.

»Warum hast du mir nichts erzählt von Bronskys Verdacht? Das hätten wir mit der Gedächtnispistole regeln müssen. Jetzt ist es zu spät. Wahrscheinlich hat er schon die halbe Stadt informiert.«

Carl räumte ein, dass er möglicherweise leichtfertig gewesen sei. Er habe durchaus die Gedächtnispistole in Erwägung gezogen, doch sei ihm das zu profan erschienen.

»Zu profan? Bist du verrückt? Was meinst du denn, was hier auf dem Spiel steht?«

»Hör mal, ich warte seit Jahren auf die Gelegenheit, mit Bronsky abzurechnen. Und jetzt ist es so weit. Mit deiner Hilfe sind wir unschlagbar. China ist doch erst der Anfang. Wir können noch ganz andere Dinge drehen. Ohne Bronsky.«

Das hatte Konrad noch gefehlt. Carl machte auf Bill Gates. Dabei ging ihm der rechte Schnürsenkel wieder auf.

»Nach dem Frühstück besuchen wir erst mal Bronskys Vater. Er liegt hier auf der Intensivstation, seit vorgestern. Leukämie im Endstadium. Bronsky wollte ihn erst nicht im Paulaner haben, er war in einer

Bremer Klinik. Dann hat sein Vater damit gedroht, einer Boulevardzeitung ein Interview über Bronskys Gefühlskälte zu geben. Da ist er dann eingeknickt.« Carl redete so schnell, dass die Worte sich beinahe überschlugen.

»Wo hast du ihn kennengelernt?«

»Auf einem Empfang. Wir mochten uns und sind gelegentlich zusammen essen gegangen. Er heißt Max und ist ganz anders als sein Sohn. Nachdenklicher. Hat selbst viel Geld verdient, war jahrelang für die Deutsche Bank im Ausland. Mit fünfundfünfzig ist er ausgestiegen. Danach ist er viel gereist und hat sich für Kinder in der Dritten Welt eingesetzt. Sein Vermögen hat er einer Stiftung vermacht.«

Die Gesundheitsstation im Paulaner, das Wort »Krankenhaus« wurde bewusst vermieden, war ein unscheinbarer Trakt im Anschluss an das Sportzentrum, mit Blick auf die Hamme-Niederung. Auf der Station herrschte eine gesetzte, freundliche Atmosphäre, die Wände und Gänge präsentierten sich in einem hellen, ansprechenden Aquamarinblau. Aus unsichtbaren Lautsprechern ertönten Evergreens, wahlweise unterlegt von Hammondorgel oder Panflöte. Die Ärzte und Krankenschwestern waren ausnehmend höflich und zuvorkommend und redeten stets in einem gedämpften Tonfall, als wachten sie über den Schlaf von Neugeborenen.

Bronsky senior lag in einem Einzelzimmer, auf dem Tisch neben ihm standen rote Rosen. Er saß aufrecht

im Bett, der Kopf kahlgeschoren, und blätterte im *Playboy*.
»Carl! Ich hatte gehofft, dass du vorbeikommst. Wie du siehst, widme ich mich den einzig sinnvollen Dingen. Ah, und du hast deinen Kollegen mitgebracht? Konrad, den sprechenden Pudel? Mein Sohn war ganz außer sich, als er mir davon erzählt hat.«
Konrad setzte sich ans Fußende des Bettes und hoffte, Carl habe die Lage unter Kontrolle.
»Weißt du, Carl, ich halte es für einen Fehler, dass du für Bronsky arbeitest. Er ist mein Sohn, ich sollte ihn lieben. Das tue ich auch. Indem ich in seinen heiligen Hallen sterbe. Vielleicht hilft ihm das, nachzudenken. Zu verstehen, worum es eigentlich geht.«
Carl nickte.
»Bronsky ist besessen vom Erfolg. Seine Seele gäbe er dafür her, falls er es nicht schon getan hat. Du warst mir immer sehr sympathisch, Carl. Du bist ein Träumer, du würdest am liebsten die ganze Welt verändern. Aber dafür braucht man die richtigen Verbündeten. Mein Sohn gehört nicht dazu. Leider.«
Der Senior atmete schwer, lief rot an im Gesicht und bekam einen Hustenanfall. Carl wollte einen Arzt rufen, aber der alte Herr widersetzte sich. Er habe schon genügend Medikamente geschluckt. Ganz zu schweigen von der Chemotherapie. Zum Teufel mit den Ärzten! Sterben sei eine Frage des Stils. Sagte er, während er in sein Taschentuch hustete und ihm die Anstrengung Tränen in die Augen trieb. Doch er fasste sich

und fand zurück zu seiner Haltung, würdevoll und souverän.

»Bis vor wenigen Wochen habe ich tatsächlich geglaubt«, fuhr er fort, noch immer hüstelnd, »ich könnte den Tod irgendwie wegvögeln. Das war leider eine Illusion.«

»Gar nicht vögeln ist aber auch keine Lösung.«

»Hund müsste man sein«, sagte Max Bronsky und schenkte Konrad einen so liebevollen Blick, dass der unwillkürlich zurücklächelte. Soweit ein Pudel lächeln konnte. Konrad überlegte, sprang auf den Schoß des alten Mannes und sah ihm in die Augen. Doch, er war bereit, das Risiko einzugehen. Der Tod war ein Thema, das ihn interessierte.

»Ich kann tatsächlich sprechen«, sagte Konrad so ruhig und gelassen wie nur möglich.

»Daran hatte ich keinen Zweifel«, erwiderte Bronsky senior ungerührt, während Carl den Eindruck erweckte, aus dem Fenster springen zu wollen.

»Wenn Sie mir die Frage gestatten, Herr Bronsky: Was berührt Sie am Erdenleben – abgesehen von Erotik und Sex?«

»Nun, für mich kommt da lange Zeit erst einmal gar nichts. Das heißt, lassen Sie es mich vielleicht so sagen: Sinnlichkeit ist die Schwester des Bewusstseins. Die besten Ideen kamen mir immer, wenn ich mir die Seele aus dem Leib gebumst hatte. Eine Art Meditation, wenn Sie so wollen. Das Bewusstsein ist ziemlich vielfältig, würde ich sagen – sofern wir uns nicht selbst zensieren. Neugierde und Abenteuerlust gehören ebenso dazu wie die Bereitschaft, Verantwortung zu übernehmen, aus Fehlern zu lernen und Niederlagen zu verkraften. Darin unterscheiden sich Menschen von Tieren, wenn Sie mir die Bemerkung gestatten. Aber wer weiß, vielleicht irre ich mich da. In Ihrem Fall ist das sogar sehr wahrscheinlich. Der Tod wiederum ist die Abwesenheit von Bewusstsein, der Sieg über den Eros. Er ist das totale Nichts, die Auslöschung. Jeder Mensch hat davor Angst. Ich vorneweg, das dürfen Sie mir glauben. Diese Angst ist es, auf der alle Religionen gründen. Und wissen Sie, was in meinen Augen am erstaunlichsten ist?«, fragte er mit vollendeter Contenance, eine Hand Carl, die andere Konrad entgegenstreckend.

»Nein«, antworteten beide.

»Es spielt überhaupt keine Rolle, welcher Hilfsmittel und welchen Trostes man sich bedient. Am Ende stehst du vor dem Nichts und weißt, dass keine Prothese hilft. Du stirbst, und du stirbst allein. Das war's dann.«

Wieder bekam er einen Hustenanfall. So heftig, dass Carl die Klingel neben dem Bett betätigte. Der Arzt kam sofort, begleitet von Bronsky. Der war empört über die Anwesenheit des Pudels und forderte Carl auf, das Krankenzimmer zu verlassen. Mitsamt Hund. Doch wenig später holte eine Schwester sie wieder zurück. Bronsky senior saß nicht mehr, er lag im Bett, tiefrot im Gesicht. Seine rechte Hand ragte in die

Höhe. »Ich möchte euch danken für euren Besuch«, sagte er mit leiser Fistelstimme. »Ihr habt mir gezeigt, dass es möglicherweise – möglicherweise! – ein Leben nach dem Tod gibt. Und sei es als Hund.«

»Ausgerechnet als Köter!« Die Verachtung in Bronskys Stimme war kaum zu steigern.

»Du bist wirklich ein dummer Junge, Hartmut.«

Konrad fühlte sich einsam. Wie gerne würde er über seine Erlebnisse und Erfahrungen reden, sich mit Gleichgesinnten austauschen! An manchen Tagen mochte er kaum das Haus verlassen. Er brauchte Zeit, die neuen Eindrücke zu verarbeiten. Die aber hatte er nicht. Immer wieder geschah Neues, Unverhofftes, musste er eingreifen und handeln. Zu allem Überfluss war die Erde todgeweiht, und er liebte Lucia. Das allein war ein unlösbares Dilemma, das jeden Zorraner überfordert hätte. Manchmal sehnte er sich danach, ein Kind zu sein, ein kleines Kind, das mit Bauklötzen spielte, liebevoll umsorgt von Mutter und Vater. Hier auf Erden hatte er nur Carl. Und der saß mit Vorliebe an seinem Schreibtisch und grübelte, murmelte vor sich hin, über Prospekte und Werbebroschüren gebeugt: »China … ich könnte nach China gehen … Russland … Dubai und die Golfemirate … Wenn ich den Paulaner neu gestalte, ein bisschen das Design ändere, dann wäre das MEIN Ding … Bronsky würde sehr genau abwägen, ob er mich verklagt … Vor Gericht würde ich auspacken. Wie er Steuern hinterzieht

und die Preise drückt. Der überlegt sich zweimal, ob er gegen mich vorgeht. Den hab ich doch in der Hand!« Sprach Konrad ihn an, hörte er nur: »Jetzt nicht! Du siehst doch, dass ich zu tun habe.«
So wanderte Konrad von Carl zu Alexandra, von Alexandra zu Carl und wieder zurück, eine Sehnsucht im Herzen, die sich nie erfüllte.
Alexandra fluchte vor ihrer Staffelei, der noch immer weißen Leinwand: »Dieses Miststück. Alles an der ist falsch. Charlotte kommt ganz nach ihrem Mann. Lädt mich das Luder doch tatsächlich ein, meine Bilder im Barkenhoff auszustellen. Wenn ich nein sage, bin ich geliefert. Sage ich ja, bin ich genauso geliefert. Egal, was ich tue, ich bin erledigt.« Alexandra nahm den Pudel auf den Schoß. »Ich weiß, dass ich eine gute Malerin bin. Aber vielleicht habe ich zu hohe Ansprüche.«
Konrad spürte ihr klopfendes Herz und schloss die Augen, als Alexandras wärmende Hand über sein Fell glitt. Die weiße Leinwand sah ihn an, und er sah die weiße Leinwand an. Merkwürdig, er hatte den Eindruck, sich in den Weiten des Universums wiederzufinden. Nur die Farbe war eine andere, Weiß statt Schwarz. Am liebsten wäre er in der Leinwand eingetaucht, auf der Suche nach einem Schoß, der ihm einen langen, traumlosen Schlaf gewährte.
Später, als Carl und Alexandra im Bett lagen, Lucia war auf Klassenfahrt, da sagte sich Konrad: »Gut. Ich will es versuchen.« Allerdings konnte ein Pudel un-

möglich malen. Da er Wert legte auf Stil und Raffinesse, verwandelte er sich in Paula Modersohn-Becker, entsprechend der Mode ihrer Zeit gekleidet. Dann überlegte er sich, welche Motive ihn interessierten. Welches Genre. Stillleben? Landschaftsmalerei? Entfesselte Moderne? Als Erstes drückte er verschiedene Ölfarben auf eine Palette. Er hob seine von Paula verkörperte Hand. Zunächst voller Schwung und Tatkraft, am Ende kraftlos und matt.

Konrad hatte sich Paulas Fähigkeiten gleichsam geliehen, aus den Tiefen der Vergangenheit ans Licht gehoben – ein neurologisches Wissen, das er mit den übrigen Ghules teilte. Doch egal, welche Gestalt Konrad annahm, welche Rolle er auch spielte: Sein äußeres Wesen war nicht identisch mit seiner Innenwelt. Er konnte bellen, aber er war kein Pudel. Kein echter. Er wusste, wie er einen Pinsel zu führen hatte. Doch machte ihn das noch lange nicht zu einem Künstler. Er stand da und wusste nicht weiter. Fühlte sich wie Alexandra. Als Gefangener der Leinwand.

Dann kam ihm eine Idee. Vorsichtig verteilte er bunte, grelle Farben auf dem Weiß, in der Form eines Tunnels. Er malte und schwitzte, trat wiederholt zurück, um das Ergebnis besser beurteilen zu können. Das Schwarz des Universums ersetzte er durch ein grelles Pink. So gefiel es ihm. Langsam entstand auf der Leinwand ein Bild, das Konrad für gelungen hielt. Der Zeittunnel, den die Zorraner für ihre Reisen im All nutzten, wurde zu einer überdimensionalen Nabel-

schnur. Eine Überhöhung, die der Realität sehr nahekam, wie er fand.
Bis zum Morgengrauen arbeitete er an seinem Werk. Er versteckte es hinter den vielen weißen Leinwänden, die in Alexandras Atelier verstaubten. Wusch die Pinsel und beseitigte die Spuren seines Wirkens. Als sich Konrad in seinen Hundekorb legte, war er glücklich und stolz. Er war es gewohnt, Grenzen zu überschreiten. Aber selten nur hatte er einen Blick auf die Welt geworfen, den er nicht der Quantenmechanik verdankte, sondern seinem Innenleben. Und, was ihn mehr noch erstaunte, er fühlte sich weniger einsam und verloren.
In der folgenden Nacht, sobald Carl und Alexandra schliefen, machte er sich wieder ans Werk. Schuf Bild um Bild, sein Sehnsuchtsland. Er malte kosmische Nebel, Schwarze Löcher, Sternenbilder, verfremdet durch ungewohnte Farben, Avocado bis Zitronengelb. Häufig aus der Perspektive eines Astronauten, der auf die Erde schaute. Eine von Lavaströmen umgebene Kugel, die explodierte. Eine Kugel, auf der sich Lucias Gesicht abzeichnete, inmitten der Ozeane. Die Gesichter seiner Eltern, Wogen aus Helium. Er malte Alltagsszenen aus Zorr, Stahlgewitter. Mit Bedacht mied er dabei jeden Naturalismus. Er wollte keine Spuren legen, die ihn entlarven könnten. Von Gemälde zu Gemälde wuchs sein handwerkliches Können, aber wirklich zufrieden war er nicht. Er spürte, dass er sich zensierte. Der Gedanke, Lucia als Akt zu malen,

erregte ihn. Er tat es nicht. Er hatte Bilder von Carl im Kopf, von Alexandra. Von ratlosen, suchenden Menschen. Sie umzusetzen fehlte ihm die Kraft. Er wolle niemanden verletzen, sagte er sich. Tatsächlich aber fehlte ihm der Mut zu einer radikalen, die Grenzen sprengenden Perspektive. Er wagte nicht, mit großer Geste an die Öffentlichkeit zu treten. Was wäre seine Botschaft? »Ich bin Konrad aus Zorr, ein malender Pudel, gekommen, euch zu vernichten.« Die Begeisterung hielte sich vermutlich in Grenzen. Aber auch auf Zorr müsste er sich häuten, wollte er bekennen: »Ich liebe Lucia, und deswegen bin ich dagegen, die Erde zu sprengen.«

Eines Nachts, gerade wollte er sich wieder in Konrad verwandeln, da entdeckte er sie. Diskret an eine Eiche gelehnt spähte sie in seine Richtung. Charlotte Bronsky, die schattenlose Spionin. Sofort dachte er an seine Gedächtnispistole, aber bis er sie geholt hätte, wäre Charlotte möglicherweise entschwunden. Stattdessen öffnete Paula Modersohn-Becker das Fenster und rief deutlich vernehmbar: »Charlotte kann nicht malen, doch muss der Gatte für sie zahlen. Wer will ihre Bilder denn haben, wer sich daran laben? Nur der Blinde bleibt davor stehen, kann er doch das Grauen nicht sehen.«

Doch es kam noch schlimmer. Am nächsten Tag entdeckte Alexandra Konrads Bilder in ihrem Atelier. Kein Wunder, er hatte auch die letzte Leinwand bemalt, was ihm zu spät aufgefallen war. Lange, sehr lange stand Alexandra da, nachdem sie die Gemälde eines nach dem anderen wieder und wieder in Händen gehalten hatte. Dann setzte sie sich, holte ein Taschentuch hervor und weinte. Sie nahm Konrad auf den Arm und drückte ihn so fest an sich, dass er fast das Bewusstsein verlor. »Wahnsinn«, sagte sie. »Das ist Wahnsinn.«

Dann kam der Anruf aus dem Barkenhoff. Eine Sekretärin erkundigte sich, wann mit Alexandras Gemälden zu rechnen sei. Alexandra stand kurz vor einem Nervenzusammenbruch. Sämtliche Fingernägel hatte sie bis aufs Nagelbett abgekaut, was nicht ihre Art war. Sie rauchte heimlich im Garten, obwohl sie davon Hustenanfälle bekam. Konrad blieb in ihrer Nähe, um schlimmstenfalls für Hilfe zu sorgen. Wieder ein Anruf aus dem Barkenhoff. Alexandra prügelte mit den Fäusten gegen die Wand. Bis Carl rief, sie möge endlich Ruhe geben. Er müsse sich konzentrieren. Daraufhin sagte Alexandra: »Okay. Dann soll es wohl so sein.« Sie ging ins Bad. Richtete sich die Haare, trug Lippenstift und Make-up auf. Schließlich rief sie Carl, um ihm die Bilder zu zeigen.

»Weißt du, ich habe lange mit mir gerungen. Den eigenen Stil zu finden ist alles andere als einfach. Aber ich glaube, das Warten hat sich gelohnt.«

Carl stutzte, seine Blicke pendelten wie ein Metronom zwischen Alexandra und den Gemälden. Er nahm seine Frau in den Arm. Sagte, dass er immer an sie geglaubt habe.

Konrad verstand, dass die Dynamik, die hier entstanden war, nicht mehr zu kontrollieren sein würde. Ähnlich einem Stein, der ins Wasser fiel und Wellen schlug. Er dachte an die Worte seines Vaters. Nichts sei leichter, als vermeintlich intelligente Wesen zu manipulieren.

Der dritte Anruf kam von Charlotte persönlich. »Die ist ja betrunken!«, empörte sich Alexandra. Damit waren die Würfel endgültig gefallen. Am nächsten Tag fuhren Carl und Alexandra mit Konrads Gemälden in den Barkenhoff. Nach Geschäftsschluss, wie von Bronsky angewiesen. Nur die Empfangsdame war noch da und grüßte freundlich. Während sie die Bilder aufhängten, erschien Charlotte. Sie schwankte und musste sich an der Tür festhalten.

»Ich hab … ich hab … Paula Modersohn-Becker gesehen«, sagte sie und lachte hysterisch. »Die Paula hab ich gesehen! Hast du sie auch gesehen, Alexandra?«

Carl stellte ihr einen Stuhl hin, während Konrad den Lauf der Dinge mit wachen Augen verfolgte. Er kam sich vor wie ein Regisseur.

»Sie stand bei dir am Fenster«, setzte Charlotte nach.

»Wer?«, fragte Alexandra.

»Paula. Sie hat diese Bilder gemalt. Du kannst das doch gar nicht«, sagte sie mit schwerer Zunge. »Bilder malen.« Sie stieß auf. Diskret hatte die Empfangsdame zwischenzeitlich Bronskys Nummer gewählt und sagte mit leiser Stimme, seiner Frau gehe es nicht gut. Ob er sie abholen möge?

»Die kennt mich doch gar nicht, die Paula. Und schreit mich an, weil ihr meine Bilder nicht gefallen.« Charlotte versuchte sich zu erheben, sackte aber umgehend wieder auf ihren Stuhl. »Ich meine, Bronsky hat doch für meine Bilder noch nie was bezahlt. Und blind ist er auch nicht.«

Konrad zeichnete mit der rechten Pfote kleine, unsichtbare Kreise auf das Parkett.

»Häng doch deine Bilder einfach dazu«, sagte Carl spontan, offenbar bemüht, die Wogen zu glätten. Er hatte Konrad einen kurzen Blick zugeworfen, mehr nicht.

»Bronsky will das nicht«, erwiderte Charlotte. »Scheiße! Ich hätte nie aufhören sollen zu arbeiten.«

»Was hast du denn früher gemacht?«, fragte Alexandra, durchaus interessiert und in Maßen besorgt, wie ihr Gesichtsausdruck erkennen ließ.

»Ich war …« Charlotte bekam einen Schluckauf. »Ich war Lehrerin. In Bremen.«

»Tatsächlich? Das wusste ich gar nicht«, sagte Alexandra und ging neben Charlottes Stuhl in die Knie. »Dann sind wir ja Kolleginnen.«

»Jedenfalls wäre es gut, wenn wir eure Gemälde hier gemeinsam ausstellen«, hielt Carl fest. »Hat jemand Einwände?«

Niemand sagte etwas. Als Bronsky eintraf, hielten die Anwesenden ein Glas Sekt in Händen. Für Konrad hatte die Empfangsdame eigens einen Napf mit Wasser hingestellt.

»Was ist hier denn los?«, pöbelte Bronsky, der erst Carl, dann seine Frau ins Visier nahm.
»Wir stoßen an auf die gemeinsame Ausstellung. Von Alexandra und Charlotte. Oder hast du was dagegen?«, fragte Carl herausfordernd.
»Komm, Charlotte. Wir gehen.«
»Nein.« Schluckauf.
»Was soll das heißen?«
»Ich gehe erst ...« Wieder stieß sie auf. »Ich gehe erst, wenn du sagst, dass ich hier auch hängen werde.«
»Bronsky, tu ihr doch den Gefallen. Sie ist eine große Künstlerin«, sagte Carl. Alexandra räusperte sich vernehmlich.
Nervös lief Bronsky hin und her. Hier war er, das Genie, von Angesicht zu Angesicht mit dem Pöbel. Was tun? Das Pack aus dem Tempel jagen, auch wenn das eigene Weib dazugehörte?
Konrad verfolgte die Aufführung mit gemischten Gefühlen. Ein paar Gemälde nur, und alles war auf den Kopf gestellt.
Was würde wohl geschehen, sollte er je unter Beweis stellen, was sonst noch in ihm steckte?
Bronsky hob beide Arme wie ein Dirigent. »Ich sage«, sprach er, »ich sage ... Carl, wie spät ist es? Ich hab meine Uhr zu Hause liegen lassen.«
»Fast zwanzig Uhr.«
Bronsky legte sein Gesicht in Falten. War er besorgt, war er enttäuscht? Er wirkte wie ein Scharfrichter, dem das Beil entglitt.

»So ein Mist! Ich hab jetzt einen Termin in Bremen.« Er eilte hinaus.
»Bronsky! Die Bilder!«, rief Carl ihm hinterher.
»Macht doch, was ihr wollt.«

Die Gemälde, die Alexandra unter ihrem Namen ausstellte, waren schnell verkauft. Wohlwollende Kritiken in verschiedenen Zeitungen verstärkten den Druck auf die Künstlerin, weitere Arbeiten vorzulegen. Große Resonanz fand die ungewohnte Perspektive, die als existenzielle Suche gedeutet wurde. Alexandra erlitt einen Hörsturz. Konrad erschien es wenig ratsam, das Spiel zu beenden, nicht allein aus Rücksichtnahme. Er brauchte Carl, und er brauchte Alexandra. Umso mehr, als Carl die Sackgasse, in die er sich begeben hatte, noch immer nicht erkannte. Stundenlang hing er am Telefon, sprach mit Gott und der Welt und kam doch keinen Schritt weiter.
Und so malte Konrad weiterhin Bild um Bild, Nacht für Nacht. Zu seinem großen Erstaunen musste er sich dabei keineswegs um Heimlichkeit bemühen. Er war Teil eines diskreten Arrangements geworden. In seinem Napf fand er Extraportionen Pellkartoffeln mit Hering. Die Malutensilien waren stets gut sortiert, die Vorhänge zugezogen. Schon früh am Abend senkten sich Ruhe und Dunkelheit über das Haus, vermutlich in der Absicht, ihn zur Arbeit zu ermuntern. Gleichwohl ging Carl jedem Gespräch aus dem Weg. Auch Alexandra floh in ihre eigene Welt und redete

sich ein, die Bilder entstünden kraft »künstlerischer Osmose« (Tagebucheintrag vom 29. August). Sie schaffe ihr Werk einem Schlafwandler gleich, vorzugsweise in traumlosen Nächten.

Konrad konnte gar nicht so schnell malen, wie die Bilder sich verkauften. Er variierte seine kosmischen Motive und stellte fest, dass der Erfolg ihn träge machte. Sich selbst in Frage stellen? Ein Bekenntnis zu Lucia? Zum Planeten Erde? Seine Werke hatten einen Nerv getroffen. Warum das Publikum enttäuschen?

In jener Nacht aber, in der Konrad sein hundertstes Gemälde fertigstellte, weinte er. Es war sein fünftausendster Geburtstag, und er konnte mit niemandem darauf anstoßen. Am liebsten hätte er Lucia geweckt und ihr sein Geheimnis anvertraut. Stattdessen malte er sie schlafend auf einer Wiese. Der Bikini hauteng, ein Pudel in ihren Armen. Wer genau hinsah, entdeckte inmitten der Landschaft eine ins Lindgrüne wechselnde Farbgebung. Die Umrisse eines Ufos, schamhaft angedeutet.

Am nächsten Abend war die Leinwand auf der Staffelei nicht weiß und leer, sondern beschrieben. Mit schwarzer Tusche. Fragen. Nichts als Fragen.

Was erwartet uns in den Tiefen des Universums?
Wird der Hund die ganze Zeit bellen?
Was macht meine Seele, während ich schlafe?
Sollte ich die Wahrheit in Ruhe lassen?
Was wollen die finsteren Gestalten am Ende der Straße?

Wird mich das Glück umbringen?
Benötige ich absolute Ruhe?
Wie lang ist der Nil?
Habe ich den Teufel im Leib?
Kann ich meine Unschuld beweisen?
Ist es gefährlich, unablässig von einem anderen Leben zu träumen?
Gibt es jemanden, der mich liebt?
Reicht mein Spiegel als Kontakt zur Außenwelt?
Wo waren Sie gestern um Mitternacht?
Dürfte ich Ihre Papiere sehen?
Es war Lucias Handschrift. Mein Gott, du bist erst siebzehn. Was soll aus dir nur werden, wenn du solche Fragen stellst. Konrad malte eine meerblaue Sinuskurve, die sich über die Leinwand und die Fragen zog. Denn das Leben, wie er es sah, glich einer Wellenbewegung. Auf das Tal folgte die Höhe, folgte das Tal. Zorr aber war gefangen im Tal. Die Ghules hielten Geist für Materie, Gefühle hingegen für ein Hindernis auf dem Weg zum ewigen Leben. Über Jahrtausende hatten sie ihre Gene so lange verändert, bis der Verstand triumphierte und sie unsterblich wurden. Ratio wurde Kult. Mehr noch, eine Religion. Die Eingriffe in das Erbgut hatten allerdings ihren Preis. Die Thorpes vor allem, mutierte Kakerlaken, geschlechtslose Zwitter, ein Abfallprodukt der Ewigkeit. Sie stellten niemals Fragen, die über die Reichweite des nächstgelegenen Kühlschranks hinauswiesen. Ihre bescheidenen Vergnügungen, von Konrads Vater, dem Präsiden-

ten Zorrs, sibyllinisch als »Doppel SF« bezeichnet (Saufen, Shoppen, Fressen, Ficken), galten den Ghules als pure Barbarei. Die Primitivität der Thorpes zeige sich bereits in ihrer Sterblichkeit, pflegte sein Vater zu sagen. Konrad hatte ihm widersprochen. Ein ewiges Leben sei doch nicht notwendigerweise Ausdruck eines höheren Bewusstseins, geschweige denn von Fortschritt. So seien die Ghules träge und faul geworden und umgingen das für sie geltende Fortpflanzungsverbot, indem sie sich in den Bordellen der Thorpes vergnügten und deren Genom zusätzlich versauten. Da Ghules nicht alterten, sahen sie jedoch keinen Anlass, ihre Überzeugungen oder Gewohnheiten in Frage zu stellen. Er selbst, Konrad, wurde seit viertausendneunhundertzweiundachtzig Jahren alle zwölf Monate immer wieder achtzehn und gehörte zu den wenigen Ghules, die überhaupt noch zählten. Wäre es nicht sinnvoll, hatte er wiederholt gefragt, wenigstens alle tausend Jahre um ein Jahr zu altern, damit es endlich mal vorangehe? Sein Vater hatte ihm daraufhin ein überholtes Weltbild vorgeworfen. Er verwechsele Sinnfragen und moralische Erwägungen mit dem wissenschaftlichen Gebot, alles zu nutzen, was technisch machbar sei. Daher habe er keine Einwände, dass Konrad zu den Menschen reise und sich selbst davon überzeuge, wie hinfällig und verdorben alles Sterbliche sei.

SIEBTES KAPITEL

Von Bullen und Menschen

Konrad!« Lucia stieg in einen silberfarbenen BMW. »Komm! Komm mit!« Sie setzte sich auf den Beifahrersitz, und Konrad sprang auf ihren Schoß. »Darf ich vorstellen?«, fragte sie gut gelaunt. »Konrad, das ist Anton. Anton, das ist Konrad. Konrad ist ein Pudel mit feinem Gespür für Kunst, Anton studiert Medizin in Bremen und war mal deutscher Meister über hundert Meter Freistil. Meine Herren, ich hoffe, Sie werden sich vertragen.«

»Kein Problem«, sagte Anton charmant und warf Konrad einen warmherzigen Blick zu, der offenbar sagen wollte: Hey, Kumpel. Willkommen.

Konrad gähnte und ließ ein freundliches Wuff hören.

»Was meinst du damit, dass der Dackel ein feines Gespür für Kunst habe?«

»Das ist ein Pudel!«, zürnte Lucia lächelnd.

»Wollte nur mal sehen, ob du mir auch zuhörst.«

»Ich glaube, dass er sich nachts in ein höheres Wesen verwandelt und Bilder malt.«

»Du spinnst.«
»Meine Mutter kann nicht malen. Ich kann mir nicht vorstellen, dass die Bilder von ihr stammen.«
»Von wem denn sonst.«
»Gute Frage. Ehrlich gesagt will ich das auch gar nicht wissen. Ich freue mich jedenfalls für sie. Ich gönne ihr den Erfolg.«
Anton lachte. Ein heiteres, unbeschwertes Lachen, das, so kam es Konrad vor, zurückreichte in eine glückliche Kindheit. Dieser Mann war ein geborener Optimist. Gelegentlich fuhr er mit der Hand durch sein volles, schwarzes Haar und wandte Lucia sein rundes Gesicht zu, das älter wirkte, als er war, vermutlich Mitte zwanzig. Sein einziger erkennbarer Makel war die Haut. Talgig, wie in Mehl gebadet. Vielleicht die Erklärung für die zahllosen Krater in seinem Gesicht, Erinnerungen an eine mit Pickeln übersäte Jugend. Wie gut, dass er ein begnadeter Schwimmer war. Das hatte ihn mit Sicherheit gerettet. Vor Hänseleien. Frühen Enttäuschungen.
Sie fuhren hinaus in Richtung Hammewiesen. Stellten den Wagen auf einem Feldweg ab. Liefen über eine verwilderte Wiese voller Insekten, die in die Luft schnellten, sobald sie sich näherten. Konrad sorgte sich wegen der vielen Mücken, die um ihn herumschwirrten. Schließlich erreichten sie den Fluss, auf dem gelegentlich Kajak- und Kanufahrer vorbeizogen. Lucia breitete eine rot-weiß karierte Decke aus, Anton verteilte den Inhalt des mitgeführten Picknickkor-

bes. Es gab Obst, Salami, Schinken und Käse, wohlriechendes, frisch gebackenes Brot sowie Tee und Wasser. Sehr zu seinem Verdruss musste Konrad einräumen, dass Anton einen sympathischen, liebenswerten Eindruck machte. Er schnitt einige Scheiben Salami für Konrad, doch Lucia winkte lachend ab. »Der isst nur Pellkartoffeln mit Hering. Wusstest du, dass es vegetarische Pudel gibt?«

»Und wie lang ist der Nil?«, erwiderte Anton.

»DAS allerdings hat mich schwer beeindruckt. In deinem Alter schon Kunst zu kaufen.«

Anton hatte Lucias Mutter tausend Euro für die schwarzen Fragen mit der blauen Sinuskurve geboten, und sie hatte sofort eingewilligt. Lucia glaubte, ihre Mutter habe vor allem deswegen zu diesem geradezu lächerlich niedrigen Preis verkauft, weil sie die Handschrift ihrer Tochter erkannt hatte.

»Stört dich das nicht? Wenn sie deine Arbeit als ihre verkauft?«, fragte Anton.

»Die Kurve stammt nicht von mir. Die hat sie entweder selbst gemalt oder jemand anders.« Lucia strich Konrad übers Fell.

»Wer denn? Einbrecher?«

Lucia zog ihr T-Shirt aus, unter dem sie nichts trug. Dann nahm sie Antons Hand und zog ihn zu sich heran. Konrad zerriss es fast das Herz. Sein trauriger Hundeblick blieb auf Anton haften, der nicht zu wissen schien, wohin mit seinen Armen und Beinen. Er keuchte wie ein Bergsteiger kurz vor dem Gipfel.

»Magst du mich nicht?«, fragte Lucia.
»Doch. Natürlich.« Anton zog seine Hose aus. Mit zitternden Händen, panisch fast. Sein Glied zeigte nicht das leiseste Anzeichen von Tatkraft. Schlaff und reglos suchte es Halt an seinem Oberschenkel.
Konrad war fassungslos. Selbst die Ghules würden bei Lucias Anblick wahnsinnig werden, ihre verbotene Lust bräche sich Bahn beim Anblick dieser jungen Frau.
Anton hingegen erweckte den Eindruck, er benötige Erste Hilfe. Hektisch rieb er ihre Brüste, als wolle er mit ihrer Hilfe ein Feuer entfachen. Das war weder sinnlich noch erotisch, nicht einmal triebhaft. In erster Linie wirkte es dämlich.
Lucia tat ihr Bestes. Berührte und streichelte ihn. Bis sein Geschlecht tatsächlich zum Leben erwachte. Wachsweich, unschlüssig, voller Scham. Anton gab Geräusche von sich, die an ein blökendes Schaf erinnerten. Einen Augenblick spielte Konrad mit dem Gedanken, Antons Gestalt anzunehmen und sein Werk an ihr zu vollenden, ausdauernd, gierig, ohne Tabus. Eine kleine Handreichung unter Freunden. Den Ausschweifungen der eigenen Phantasie folgen – lag darin der Weg zum Glück?
Und wie lang war der Nil?
»Lucia, ich … Du bist wirklich sehr schön. Ich meine, du bist eine wunderbare Frau. Es liegt nicht an dir. Es geht mir nur alles zu schnell.«
»Normalerweise geht es Männern doch nicht schnell

genug.« Lucia löste sich aus seiner Umarmung und sah in misstrauisch an.
»Vielleicht sollten wir uns erst mal besser kennenlernen.«
»Hast du Angst, ich bin noch Jungfrau? Da kann ich dich beruhigen.«
»Es ist so … Ich …«
»Wie jetzt?« Lucia hielt sich die Hand vor den Mund. »Willst du sagen, du hast noch nie … mit einer Frau geschlafen?«
»Meine Mutter sagt, es ist Sünde.«
»Deine Mutter? Was redet die da? Was hat sie denn getan, als sie dich empfing? Jesus um ein Zeichen gebeten?«
»Lucia, bitte. Ich … kann das nicht. Ich meine, ich will ja. Aber glaubst du, dass wir füreinander geschaffen sind?«
»Hör mal, ich bin siebzehn. Du glaubst doch wohl nicht, dass ich mir heute schon Gedanken mache, mit wem ich später mal zusammenlebe.«
Konrad folgte dem Schlagabtausch wie einem Tennismatch. Sein Kopf pendelte von links nach rechts, von rechts nach links. Verglichen mit Anton war selbst der tumbeste Thorp ein Sterndeuter.
Anton stand im Begriff, sich die Hose wieder anzuziehen, ein Krieger nach verlorener Schlacht. Da warf sich Lucia auf ihn, suchte mit der Zunge, was seine Mutter für sündig hielt, und verschlang es mit Haut und Haaren. Anton suchte sich zu befreien, aber Lucia

ließ nicht von ihm ab. Sein Gesicht zeigte gleichermaßen Panik und Verzückung, er stammelte Halbsätze, in denen er Gott beschwor und Lucia flehentlich bat, einzuhalten, nicht aufzuhören, langsamer, bitte, weitermachen, Mama, schneller, hör nicht auf, Jesus Maria, Mutter vergib mir, Lucia, Lucia, Lucia ...!
Zwei Doppelkajaks bogen um die Ecke, vor ihren Augen ein unbekleideter Jüngling mit verzerrtem Gesicht, der stöhnte und keuchte, unterhalb der Brust von hohem Gras verdeckt, während Lucia sich im Akkord übte und Konrad, gramgebeugt, abwechselnd nach Lucia Ausschau hielt, besorgt, sie könnte Schaden nehmen, dann wieder seinen Kopf in die Hamme tauchte, um ihn zu kühlen. Ein hilfloser Versuch, dieses eine Bild aus seinem Gedächtnis zu verbannen: Lucy in the sky with diamonds.
Weitläufig die Landschaft, menschenleer. Unter lautem Gejohle legten die beiden Kajaks an. Vier Männer stiegen aus, Familienväter auf einem Ausflug. Nicht allein Konrad wurde unruhig. In Sekunden waren Anton und Lucia angezogen. Die vier bauten sich auf wie eine Mauer. Auf das Gejohle folgte eisiges Schweigen. Dann sagte einer: »Wollt ihr uns nicht was zu essen anbieten?«
Ohne die Antwort abzuwarten, machten sich die ungebetenen Gäste über den Picknickkorb her. Derselbe Mann fragte: »Macht ihr euch hier einen schönen Nachmittag?«
»Bisher war es sehr schön, ja«, erwiderte Lucia.

»Das freut mich. Aber sag – findest du das nicht etwas egoistisch? Sich hier zu vergnügen, während andere hart arbeiten müssen?«

»Arbeit nennen Sie das? Durch die Gegend zu paddeln?«

Der Mann musterte sie mit lüsternem Blick. »Hör mal zu, Prinzessin. Was Arbeit ist oder nicht, wissen wir im Zweifel besser als du. Und heute hätten wir ganz einfach gerne ein bisschen Spaß. Verstehst du, was ich meine?«

Die Männer grölten, einer legte seinen Arm kumpelhaft um Antons Schulter.

»Magst du nicht noch mehr naschen von dem, was du vorhin im Mund hattest, Kleine?«

Lucia sah ihn angewidert an und sprang auf. »Komm!«, rief sie und packte Anton bei der Hand.

Sie rannten, so schnell sie konnten, Konrad hinter ihnen her. Aber in die falsche Richtung, auf eine eingezäunte Wiese, vor deren Betreten ein Schild warnte: »Vorsicht Bulle«. Sie stiegen über den Zaun, die Männer waren nicht mehr in Sicht. Weiter, bis der Bulle sie entdeckte. Sofort hielt er schnaubend und rasend auf sie zu. Sie machten kehrt, schafften es im letzten Moment über den Zaun. Und liefen den vier Männern geradewegs in die Arme.

Entschlossen griffen die nach Anton und schlugen ihm mehrfach ins Gesicht, bis er wimmernd und blutend am Boden lag. Konrad konnte kaum glauben, was hier geschah. Diese Männer, eben noch harmlose

Sportsfreunde, warfen ihr bisheriges Leben über Bord wie lästigen Ballast.

Zwei Männer packten Lucia. Einer riss ihr die Shorts vom Leib. »Wenn du schreist, hast du keine Zähne mehr«, drohte er.

Vor Konrad lief das alles wie ein Film ab. Entfesselte Charaktere ohne Skrupel, ohne Reue, ohne Angst vor Entdeckung und Strafe. Nur einer hielt inne, sagte eher zaghaft als bestimmt: »Lasst uns von hier abhauen.« Doch seine Freunde hörten nicht auf ihn. Konrad musste abwägen. Seine Tarnung oder Lucias Unversehrtheit. Er verwandelte sich in Yrr und hob die Männer kraft seiner kinetischen Energie, die er im Zeigefinger bündelte, in die Luft und beförderte sie auf die Wiese mit dem Bullen. Vor dessen Hörnern ließ er sie aus großer Höhe fallen. Anschließend legte er Lucia und Anton Daumen und Zeigefinger um den Hals, woraufhin sie das Bewusstsein verloren. Beide standen so sehr unter Schock, dass sie die Verwandlung des Pudels in einen Außerirdischen vermutlich gar nicht wahrgenommen hatten. Aber darauf konnte sich Konrad nicht verlassen. Er suchte den Autoschlüssel und fand ihn in Lucias Shorts, die er ihr wieder anzog. Entschlossen schulterte er beide, Anton zur Linken, Lucia zur Rechten, und machte sich auf den Weg zum Auto. Unterwegs musste er in Deckung gehen, um nicht zwei Jungen, die ihr Kajak zu Wasser lassen wollten, in die Arme zu laufen. Er setzte die beiden auf den Rücksitz des BMW, den Anton von

seinem Vater geliehen hatte. Konrad verstand sehr wohl, dass Statussymbole beim menschlichen Balzverhalten eine große Rolle spielten. Er wischte Anton das Blut aus dem Gesicht und versuchte, ihn einigermaßen wieder herzurichten.
Dann erinnerte er sich, dass er nicht fahren konnte. Zwar bediente er mühelos Raumschiffe, umging Sternenhagel oder kosmische Nebel, ganz zu schweigen von Schwarzen Löchern. Aber die primitive Erdtechnik? Träge, schwere Masse, eine unsägliche Vergeudung von Rohstoffen und Ressourcen, ganz zu schweigen vom CO_2-Ausstoß. Aus Sicht der Ghules waren diese Vehikel gerade mal Eselskarren, deren Prestige offenbar davon abhing, wie viele vergoldete Mohrrüben der Besitzer bereit war zu verfüttern. In seiner Heimat bewegten sich Ghules mit Hilfe ihrer eigenen Energiereserven fort. Nur die Thorpes waren angewiesen auf den öffentlichen Nahverkehr.
Konrad versuchte sein Glück. Drehte den Zündschlüssel, wie er es bei den Menschen gesehen hatte, und trat auf das Gaspedal. Der Wagen machte einen Satz nach hinten und rammte einen Baum. Er spielte ein wenig mit der Automatikschaltung, bis sich der Wagen vorwärtsbewegte. Dann fuhr er los, vorsichtig und zaghaft, bewegte leicht das Lenkrad und war erstaunt, wie wenig es bedurfte, um den Wagen nach links oder rechts zu ziehen. Das Autoradio ging ihm auf die Nerven, doch wusste er nicht, wie es ausgeschaltet wurde. Das Wissen der Ghules reichte, um die Erde zu spren-

gen. Doch Konrad hatte keine Ahnung, wo das Warndreieck lag. Im Zweifel wohl im Kofferraum. Herrgott, und wie ging der auf?
Der Nil war sechstausendsechshunderteinundsiebzig Kilometer lang.
Er hatte Mühe, sich auf den spärlichen Verkehr zu konzentrieren. Außerdem waren Ghules kleinwüchsig, maßen selten mehr als einen Meter fünfzig – keine ideale Größe, um die Straße in ganzer Länge und Breite zu übersehen.
Aufmacher der Nachrichten im Radio war ein unbekanntes Flugobjekt, das Spaziergänger unweit von Worpswede entdeckt hätten. Die Polizei und die herbeigerufenen Experten stünden vor einem Rätsel. Weder sei es möglich, das Baumaterial des Ufos zu bestimmen, noch sei es bislang gelungen, das Objekt zu öffnen oder auch nur den Eingang zu finden. Mittlerweile seien auch Geheimdienste und Militärs eingeschaltet worden, die einen terroristischen Hintergrund nicht ausschlössen. Das Ufo sei nur oberflächlich im Erdboden verscharrt, die Entdeckung somit eine Frage der Zeit gewesen. Trieben hier dunkle Kräfte ihr Unwesen, die eine Warnung hinterlassen wollten?
»Nein«, lautete Konrads entschiedene Antwort. »Da macht euch mal keine Sorgen. Wir sprengen die Erde so, dass niemand was merkt.«
Doch im Augenblick stießen sich die Pläne der Zorraner an den Niederungen des Alltags. Allein auf weiter Flur stand ein grüner Polizeiwagen, farblich kaum von

der angrenzenden Wiese zu unterscheiden. Ein Polizist erhob sich schwerfällig von der Kühlerhaube, trat gemächlich auf die Straße und schwenkte eine rotweiße Kelle, auf der »Halt« zu lesen war. Konrad sah interessiert aus dem Seitenfenster, wobei er sich zusätzlich recken musste, und studierte das Gesicht des Polizisten, seine anheimelnde Bodenständigkeit. Er wollte bremsen, war aber so in Gedanken versunken, dass er wieder auf das Gaspedal trat.

Der Polizeiwagen folgte ihm mit Blaulicht und heulender Sirene. Die Kühe auf den Weiden stutzten einen Augenblick, dann fuhren sie fort, wiederzukäuen. Alles ging weiter seinen gewohnten Gang. Wirkliche Veränderungen waren auf der Erde so selten wie in den Weiten des Universums. Konrad nahm den Fuß vom Pedal, der Polizist zog sportlich an ihm vorbei, machte eine Vollbremsung, die markante Spuren auf dem Asphalt hinterließ, und stieg aus, in der Rechten die rot-weiße Kelle, mit der Linken seine Uniform glättend.

»Tach«, sagte er durch das offene Seitenfenster. Jan Schüsing stand auf dem Namensschild seiner Dienstjacke. »Haben Sie die Haltekelle nicht gesehen?«

»Doch, aber ich war abgelenkt. Die beiden haben so laut geschnarcht.«

Der Polizist schaute auf den Rücksitz. »Das ist doch Lucia Siering?«

»Stimmt genau. Das daneben ist ihr Freund Anton. Ich bin der Fahrer.«

»Lucia ist wirklich eine tolle Schwimmerin. Hab neulich den Bericht in der Abendschau gesehen.«
»Ich auch.«
»Weiß gar nicht, wo sie das her hat. Ich kenne ihren Vater Carl. Und ihre Mutter. Da ist doch nichts.«
»Vielleicht ein Naturtalent?«
»Wer weiß. Sagen Sie mal – wo kommen Sie eigentlich her?«
Konrad wurde heiß und kalt. Er hatte vollkommen vergessen, dass er Yrr war, der Troll.
»Aus Norwegen«, sagte er spontan.
»Hab ich mir fast schon gedacht. Hab schon gehört, dass ihr irgendwie anders seid da oben.«
Konrad lächelte gequält.
»Kein Problem, meine Tochter hat sogar einen Türken als Freund. Ist aber ein anständiger Kerl so weit. Darf ich mal Ihre Papiere sehen?«
Das hatte Konrad befürchtet. »Die hat Anton.«
»Dann wollen wir ihn mal wecken.«
»Lieber nicht. Den beiden geht es nicht sehr gut.«
»Zu viel getrunken?«
Konrad nickte.
»Na schön«, sagte Jan Schüsing und schnallte seinen Gürtel enger, die Hose war ihm sichtlich zu weit. »Wollen wir mal nicht so sein. Ich weiß ja, wo ich Sie im Zweifel finde.« Er kratzte sich am Kopf. »Gut, ich fahr dann mal zurück und hol meinen Kollegen. Der ist rein in die Wiesen – vollkommen verrückt. Die spinnen alle auf der Wache.«

»Was ist denn passiert?«

»Haben Sie nicht gehört? Hier in der Nähe soll ein Raumschiff gelandet sein. Jetzt suchen die alle wie die Blöden nach Außerirdischen.«

Konrad rollte die Augen um dreihundertsechzig Grad – bei den Ghules Ausdruck von Anerkennung und Respekt. »Ich hab da was gesehen, das könnte Sie in dem Zusammenhang interessieren.« Er beschrieb dem Polizisten die vier Männer und den Weg zur Bullenweide.

Rechtzeitig vor der Ankunft im Paulaner nahm Konrad Carls Gestalt an, fuhr den BMW in die geöffnete Garage und rammte fast die Wand.

Moment. Warum hatte er sich in Carl verwandelt? Weil der Milchmann nicht plausibel wäre, meldete sich Konrads Verstand. Das mag wohl sein, räumte Konrad ein, wusste aber, dass seine Ratio wie so häufig nur wahrnahm, was ihr passte. Allein mit Hilfe der Vernunft war die Wirklichkeit nicht zu verstehen. Seine Lust, sich an Carl zu rächen. Ihn zu demütigen. Weil der ihn seit Tagen ignorierte, ihn behandelte wie einen lästigen Bittsteller.

»Du?«, fragte Alexandra erstaunt. »Ich dachte, du bist bei Bronsky.«

»Der kann warten«, sagte er, nahm ihr Gesicht in die Hände und küsste sie. Als sich ihre Zungen verbanden, erschrak er. Alexandra ließ nicht von ihm ab, ihre Lippen versuchten, sein Gesicht zu erobern.

»Entschuldige, Liebling«, sagte der falsche Carl und stieß sie von sich, »ich hab jetzt keine Zeit.« Er ließ die verwirrte Alexandra zurück und eilte zu dem Schrank mit der Gedächtnispistole. Um Alexandra aus dem Weg zu gehen, stieg er aus dem Fenster in den Garten und lief hintenherum zur Garage. Er legte Daumen und Zeigefinger um Antons Hals und schoss. Sobald er wieder erwachen würde, klängen ihm die höflichen, aber unmissverständlichen Worte Lucias im Ohr: »Du bist ein ganz Lieber, Anton. Ich fände es schön, wenn wir gute Freunde sein könnten.« Besaß der Bursche auch nur einen Funken Selbstachtung, würde er mit Lucia bestenfalls noch telefonisch Kontakt halten.

Auch Lucia befreite er von der traumatischen Begegnung mit den vier Männern. Stattdessen erfand er einen idyllischen Liebesreigen in der Natur, Lucia nackt, Anton verführerisch, doch ohne die leiseste Regung: »Verzeih mir, Lucia. Du bist wunderschön. Aber ich interessiere mich nicht für Frauen. Falls du verstehst, was ich meine.«

Reue? Ein schlechtes Gewissen? Die Ereignisse hatten einen anderen Lauf genommen als erwartet. Jetzt galt es einzugreifen und die Richtung neu zu bestimmen, und zwar zu seinen Gunsten. Auf keinen Fall wollte Konrad enden als der nette Außerirdische von nebenan. Jeder musste sehen, wo er blieb, auf Zorr wie auf Erden. Er verstaute die Pistole wieder im Schrank, ging ins Wohnzimmer und machte den Fernseher an, gespannt auf die Nachrichten. Danach verwandelte er sich wieder in einen Pudel. Keinen Augenblick zu früh, denn Alexandra trat ein. »Konrad!«, rief sie erfreut. »Wo warst du denn die ganze Zeit? Ich hatte dich schon vermisst.« Sie nahm ihn auf den Arm und streichelte ihn. »Hast du Carl gesehen? Ist wirklich unglaublich. Küsst mich der Bursche einfach! Dann haut er wieder ab. Typisch.« Sie sahen beide den Live-Bericht aus dem Teufelsmoor, das von einem Kran geborgene Ufo, eine aufgeregte Schar Reporter, Polizisten, alle möglichen Leute, die mal in diese, mal in jene Richtung durch die Kamera liefen und sich keinen Reim auf den merkwürdigen Fund machen konnten. Konrad ärgerte sich, weil er das Raumschiff nicht besser getarnt hatte. Vielleicht war es auch ein Fehler gewesen, an Carls Leben teilzuhaben. Ein Pudel zu werden. Er mochte die Menschen. Aber er war nicht dazu geboren, ihr Diener zu sein.

ACHTES KAPITEL

Offene Feindschaft

Am meisten roch Carl die Angst vor Veränderung an sich selbst. Was auch an Clara Ziegler lag, einer resoluten, freundlichen Dame, wohnhaft im hufeisenförmigen Bogen der Siedlung, in Höhe ihres Scheitelpunktes. Ihr Mann, ein erfolgreicher Manager, war jüngst an Darmkrebs gestorben, kurz nach Erreichen des Ruhestands. Soweit Carl es beurteilen konnte, hatten sie eine harmonische Ehe geführt, und niemand bezweifelte die Aufrichtigkeit ihrer Trauer. Dann aber wurde die Witwe mit der Hinterlassenschaft des Verstorbenen konfrontiert. Clara Zieglers Mann war ein notorischer Spieler gewesen, der ein Vermögen an den Roulette- und Baccaratischen von Baden-Baden und Monte Carlo verloren hatte. Ihr Haus gehörte nunmehr dem Casino, das allerdings bereit war, auf die Vollstreckung seines Eigentumsrechtes zu verzichten, sollte der ausstehende Betrag beglichen werden.

Das Geld hatte Clara Ziegler nicht.

»Dann wirst du«, hatte Bronsky Carl angewiesen, entspannt im Sessel gelehnt und die Hände vor dem Mund gefaltet, »der Ziegler klarmachen, dass sie zu gehen hat.«

»Du kennst ihren Standpunkt. Nur über meine Leiche, sagt sie. Das wäre schlechte Werbung für uns«, erwiderte Carl.

Bronsky lächelte freundlich. »Du scheinst nicht zu begreifen, dass im Geschäftsleben nur eines zählt. Wenn wir die Ziegler nicht hart anfassen, kommen morgen tausend andere und rühren uns zu Tränen.«

Carl bemühte sich um eine staatsmännische Haltung, saß kerzengerade auf dem Stuhl vor Bronskys Schreibtisch. Bronsky ging es nicht um Ziegler. Es wäre ihm ein Leichtes, ihr unter die Arme zu greifen und sich als Menschenfreund feiern zu lassen. Nein, er wollte Carl vorführen. Darauf lief es hinaus. Carl hatte die Machtprobe gesucht, und Bronsky schlug zurück. Ach was, schlagen. Er ließ einfach seinen Zeigefinger in der Luft kreisen.

»Sieh mal, Carl. Du interessierst dich doch für die Projektleitung in Dubai. Da musst du lernen, Härte zu zeigen. Sonst werden sie dich über den Tisch ziehen.«

Carl hatte Clara Ziegler schon mehrfach besucht. Stets empfing sie ihn mit einer gewissen Nonchalance, als könne ihr niemand etwas anhaben, am allerwenigsten einer wie Carl. Einer, der auch schon mal verstopfte Abflüsse freilegte. Ihr Aussehen erinnerte an die mexikanische Malerin Frida Kahlo, wäre sie sechzig Jahre alt geworden. Die Villa war schlicht eingerichtet, spartanisch geradezu, und schien ihrer Geisteshaltung vollkommen zu entsprechen. Kühl, statisch, exakt. Soweit ersichtlich waren alle Gegenstände in ihrem Haus entweder aus Glas oder weiß. Auf dem Wohnzimmertisch stand eine künstliche Tulpe in einer Vase, beide in Weiß.

Carl fühlte sich magisch angezogen von dieser Tulpe. Sie ist wie ich, dachte er. Interessant und ansehnlich, doch nur in der Einbildung. In Wirklichkeit existierte sie nicht.

Sie habe geheiratet, weil sie finanziell unabhängig sein wollte. Der Gedanke, als Angestellte zu enden, sei ihr immer unerträglich gewesen. Clara Ziegler redete weniger mit Carl, eher führte sie Selbstgespräche. Sie tänzelte durch das Wohnzimmer, wobei sie sich gelegentlich eine Menthol-Zigarette anzündete, die sie zuvor in ein fingerlanges, weißes Mundstück eingeführt hatte.

»Ich bin meinem Mann nicht einmal böse«, sagte sie. »Natürlich hat er mich betrogen mit seinen Casinos. Allerdings war ich auch kein Kind von Traurigkeit. Glauben Sie, dass Treue mehr ist als ein Versprechen? Manchmal habe ich mich sogar bezahlen lassen. Nur um zu spüren, ob ich noch lebe. Noch anziehend bin. Was meinen Sie, Carl? Wer ist das größere Schwein, mein verstorbener Mann oder ich?«

»Ich fürchte, ich bin nicht berufen, in dieser Sache ein Urteil zu fällen.«

»Ich fürchte, Sie sind zu nichts wirklich berufen. Und wissen Sie, woran das liegt?«

»Frau Ziegler, ich bin nicht hier, um über mich zu reden.«
»Sie sehen sich als Architekt, ich mich als Künstlerin. Sie sind Hausmeister, ich bin Witwe. Es gibt eine gewisse Kluft zwischen unserem Anspruch und dem, was wir tatsächlich darstellen. Daran muss ich immer denken, wenn ich Sie draußen Führungen machen sehe oder Sie mich mit Ihrem Besuch beehren.«
»Das ändert nichts daran, dass Sie hier ausziehen müssen.«
Clara Ziegler sagte, sie habe viel zu lange gewartet in ihrem Leben. Auf die Gunst der rechten Fügung, die entscheidende Begegnung, den genialen Einfall. Alles, um nicht der Wahrheit ins Auge zu blicken. Darin seien sie sich beide sehr ähnlich. Mehr als das. Seelenverwandt.
Carl erinnerte sie einmal mehr daran, dass ihr nur noch wenige Tage blieben, die Schulden ihres Mannes zu begleichen. Das Casino sei wie die Betreiber des Paulaners um Diskretion bemüht. Niemand wolle es zum Äußersten kommen lassen. Zur Zwangsräumung.
Sie hörte ihm zu und auch wieder nicht, den Blick auf den Garten gerichtet, wo das Gras mittlerweile eher wucherte als wuchs. Dem Gärtner hatte sie bereits gekündigt.
»Haben Sie die Geschichte mit dem Ufo verfolgt?«
Carl nickte kurz.
»Eine erstaunliche Geschichte, die mich berührt. Allein die Vorstellung ist doch wunderbar. Dass es Leben

gibt da draußen. Einen göttlichen Funken, der die Welt neu erstrahlen lässt. Wissen Sie, solange ich denken kann, habe ich mich nach einem Mann gesehnt, der sich über das Normale erhebt, der aufräumt mit den Lügen, der Bosheit, dem Zweifel. Ich glaube, wir alle sehnen uns nach diesem Übermenschen, der mit der Faust auf den Tisch schlägt und das Leben zum Tanzen bringt. Was fehlt, sind Helden.«
Carl zögerte, die Frage zu stellen: »Und Sie glauben, Außerirdische wären dazu auserwählt?«
»Ich wüsste nicht, wer sonst. Beim besten Willen nicht, nein.«
Clara Ziegler erhob sich und summte eine Melodie. Sie griff zum Telefon, wählte ein paar Nummern und sprach verschiedenen Männern auf den Anrufbeantworter. Sie möchten bitte zurückrufen. Sie setzte sich erneut und hielt die Luft an. Sie hielt sie lange an, weit über eine Minute. Dann sog sie gierig den Sauerstoff ein, bis sie wieder zu einem normalen Atemrhythmus fand.
»Ich ziehe hier nicht aus«, sagte sie. »In dem Fall würde ich es vorziehen, mich mit Beethoven in der Badewanne zu ertränken. Vielleicht in Verbindung mit einer Überdosis Schlaftabletten. Ich lege Wert auf Ästhetik, ich könnte mir niemals die Pulsadern aufschneiden. Andererseits wären das hässliche, widerwärtige Bilder, die reinsten Horrorgemälde. Keine gute Werbung für den Paulaner, nicht wahr?«
Sie zündete sich eine weitere Zigarette an. »Würden

Sie das fertigbringen? Sich die Pulsadern aufzuschneiden?«

»Ich würde es vorziehen, mich zu erhängen.«

»Haben Sie schon mal mit dem Gedanken gespielt?«

Carl schwieg.

»Natürlich haben Sie das. Wie wir alle. Aber der Strick ist mir zu brutal.«

»Mit anderen Worten: Sie werden nicht ausziehen.«

»Ich habe einen Plan. Ob er funktioniert, wird sich zeigen. Wenn nicht, gebe ich ein Abschiedsfest. Für mich ganz allein. Mit Beethoven. Seinen Klaviersonaten.«

Clara Ziegler überließ Carl sich selbst und stellte den Fernseher an. In einer Sondersendung wurden Passanten über das Ufo befragt:

»Solange die keine Moscheen bauen, sind mir die Außerirdischen egal.«

»Wenn sie uns angreifen wollten, hätten sie es längst getan.«

»Ist doch alles Lüge.«

»Soll ich deswegen etwa nicht in den Urlaub fahren?«

»Erst die Klimaerwärmung, und jetzt das noch.«

»Da stecken bestimmt die Russen hinter.«

»Es gibt kein Leben auf dem Mars.«

»Angst? Vor wem denn? Vor kleinen grünen Männchen?«

Carl hatte nicht den Eindruck, dass sich Clara Ziegler tatsächlich umbringen würde. Die Vorstellung, sie stürbe und niemand sähe zu, die Frisur im Badewasser ramponiert – allein der Gedanke wäre ihr unerträglich. Als er das Haus verließ, erkannte er einmal mehr die Lächerlichkeit seiner Existenz. Nicht einmal Clara Ziegler nahm ihn ernst. Schlimmer noch, er war Luft in ihren Augen. Ein Niemand, dem sie Zuflucht gewährte.

Kaum war die Tür ins Schloss gefallen, sah er Bronsky, begleitet von einer Gruppe Journalisten, die er durch sein Reich führte. Nein, er sei noch keinem Außerirdischen begegnet. Er sehe in ihnen auch nicht notwendigerweise Gegner, Feinde gar. In erster Linie betrachte er sie als Gäste. Als Kunden, für den Fall, dass sie länger zu bleiben gedachten. Jeder benötige ein Dach über dem Kopf, und der Paulaner sei nun mal ein Erfolgsmodell, weltweit – wer wolle ausschließen, dass sich dieser Erfolg eines Tages auch auf anderen Planeten fortsetzte?

Am liebsten hätte sich Carl seitwärts in die Büsche geschlagen, doch Bronsky winkte ihn zu sich heran. Stellte ihn vor als einen wichtigen Wegbereiter, Visionär, Architekten der Zukunft.

»Wahrscheinlich müssen wir uns die Außerirdischen«, fuhr Bronsky fort, »ganz anders vorstellen als in amerikanischen Filmen. Es geht doch nicht darum, dass hier irgendwelche Monster landen, die uns die Butter vom Brot nehmen.«

Freundliches Gelächter.

»Nehmen wir einmal an, da kommt tatsächlich ein Außerirdischer und will sich das alles mal ansehen, was wir hier so zu bieten haben. Na, was wird der wohl machen. An seiner Stelle würde ich erst mal versuchen, nicht aufzufallen. Ich würde ein anderer werden, mich möglichst unauffällig bewegen, damit niemand dumme Fragen stellt.«

Es gebe nur dumme Antworten, warf einer der Journalisten ein.

»Natürlich, aber weiß das auch der Außerirdische? Meine Damen und Herren, ich denke, sie sind längst gelandet. Sie sind unter uns. Aber wir können sie nicht erkennen. Weil sie aussehen wie wir.«

Wie viele?

»Keine Ahnung. Aber sie haben Verbündete. Menschen, die hoch hinauswollen.«

Unruhe, Stimmengewirr.

»Diese Verbündeten machen mir Sorgen. Was mag sie umtreiben?«

Was denn, was?

»Wir müssen in alle Richtungen denken, ohne Tabus. Mephisto erschien Faust bekanntlich als Pudel und brachte das Unheil.«

Also doch Krieg der Welten?

»Was meinst du, Carl? Was ist des Pudels Kern?«

»Ich denke, Rattenfänger gibt es überall.«

Vereinzeltes Nicken.

»Aber du besitzt doch einen Pudel. Oder nicht?«

»Als Kind hatte ich sogar Goldhamster und Goldfische.«

Gelöste Heiterkeit.

»Erzähle uns von Konrad, Carl. Deinem Pudel. Frisst er tatsächlich am liebsten Pellkartoffeln mit Hering?«

»Bronsky, ich hoffe, du wirst nicht eifersüchtig: Manchmal essen wir sogar aus demselben Napf.«

Allgemeines Schenkelklopfen.

Bronsky hob den rechten Arm, um Ruhe bittend. »Und ihr redet miteinander?«

»Ja, mit Vorliebe über Themen, die Menschen wie Hunde interessieren. Darf der Pudel mit dem Dobermann? Sind Katzen erotisch?«

Brüllendes Gelächter.

Bronsky lachte mit der übrigen Schar. Carl verstand auch, warum. Er hatte ein Gerücht in die Welt gesetzt, das viel gefährlicher war als ein bloßer Verdacht.

NEUNTES KAPITEL

Entführt

Obwohl Fenster wie Türen weit offen standen und die Deckenventilatoren rotierten, war es schwül und heiß in dem Hotelzimmer. Eine junge, spärlich bekleidete Hostess reichte Carl eine geöffnete Kokosnuss, die er in einem Zug leerte. Sie dirigierte ihn zu einem übergroßen, breiten Bett und forderte ihn auf, es sich bequem zu machen. Er tat wie geheißen, aus der Ferne hörte er einen Operntenor wie von einer rauschenden Schellackplatte. Verdi, wenn er sich nicht irrte, Nabucco. Schweiß bildete sich auf seiner Haut. Die Hostess entkleidete erst sich, dann ihn. Ihre wohlgeformten Brüste, stellte Carl zu seinem Erstaunen fest, waren gehäkelte Trichter. Sie setzte sich auf ihn, ritt ihn wie ein Pferd. Während sie ihm die Sporen gab, »Yippie yippie yeah!«, fesselte sie seine Hände ans Kopfende.

Carl versuchte, sich zu befreien, doch es gelang ihm nicht. Tief schnitten die Fesseln in seine Haut. Jäh öffnete er die Augen, fand sich wieder in einem traumleeren Zimmer fern der Tropen.

Er kannte es wohl, es war sein eigenes.
Seine Hände waren tatsächlich gefesselt, und Alexandra ritt ihn mit langsamen, rhythmischen Bewegungen, unablässig stöhnend. Carl schloss die Augen, doch die Frau mit den gehäkelten Brüsten kehrte nicht zurück. Alexandra steigerte ihr Tempo, wurde schneller, getriebener, es folgte ein lang anhaltender, gepresster Schrei, den sie mehrfach kurz unterbrach, Luft einsaugend, ein Orgasmus lautmalerisch wie das Morsealphabet in der Reihung SOS. Hoffentlich rückt der Sicherheitsdienst nicht an, dachte Carl, die freundlichen Jungs von Security International. Ehemalige Soldaten, ausgebildet in Bosnien, kampferprobt in Afghanistan. Jetzt schoben sie Dienst in Worpswede. Es gab Karrieren, die waren noch beschissener als seine.
Alexandra, stoßatmend, beugte sich nach vorne und bettete ihr Gesicht neben seines.
»Carl«, flüsterte sie. »Das war magisch.«
Und noch ein Schrei. Diesmal kam er von Lucia. Hektisch löste Alexandra seine Fesseln, dann stürzten sie beide auf den Flur. Lucia sagte, zwei Männer hätten im Vorgarten soeben Konrad geschnappt und in einen Sack gesteckt. »Ich wollte dazwischengehen, aber die waren zu schnell.«
Ungläubig starrten sich beide Seiten an.
»Paps? Mama? Würdet ihr euch bitte was anziehen? Das ist echt voll peinlich. In eurem Alter.«

Kurz darauf waren sie im Auto unterwegs auf der Suche nach Konrad. Die Angestellten des Sicherheitsdienstes bestätigten, dass ein taxigelber Mercedes älteren Baujahres soeben den Paulaner in Richtung Bremen verlassen habe – das Fahrzeug, das Lucia vom Fenster aus gesehen hatte. Sie war empört, dass selbst ein Hund damit rechnen musste, Opfer eines Verbrechens zu werden. Carl, der am Steuer saß, gab ihr recht, war aber unbesorgt. Konrad würde sich schon zu wehren wissen, zu gegebener Zeit. Viel bemerkenswerter erschien ihm, dass die Familie erstmals seit Monaten gemeinsam unterwegs war. Im Radio lief Nabucco in einer historischen Aufnahme mit Enrico Caruso. Der Gefangenenchor. Carl sah Alexandra im Rückspiegel, die benommen und glückselig wirkte. Yippie yippie yeah.

Sie könne den Gedanken nicht ertragen, sagte Lucia, dass Konrad etwas zustoße. Er gehöre schließlich zur Familie. Sie habe gar nicht gewusst, was Familie sei. Vor Konrad.

»Wie meinst du das?«, fragte ihre Mutter.

»Bei uns macht doch jeder, was er will. Wir essen nicht mal zusammen.«

»Legst du darauf denn Wert?«, erkundigte sich Carl.

»Weiß nicht. Ihr lebt so in eurer eigenen Welt.«

Carl mochte das Thema nicht vertiefen. Die Wahrheit war gefährlich und machte einsam.

»Ich finde auch, dass du dir viel zu viel von Bronsky gefallen lässt«, setzte Lucia nach.

»Der Mann ändert sich nicht. Egal, was ich ihm sage.«

»Er macht mit dir, was er will. Und du lässt es geschehen. Das verstehe ich nicht.«

»Lucia, die Genugtuung, ihn als das zu bezeichnen, was er ist, können wir uns nicht leisten.«

Seine Tochter schwieg, offenbar nicht überzeugt von der Antwort.

»Hör zu, ich weiß noch sehr gut, wie ich als Siebzehnjähriger die Dinge gesehen habe. In der Zwischenzeit ist nun mal einiges passiert. Einmal die falsche Ausfahrt genommen, und schon stehst du mitten in der Wüste, wenn du Pech hast. Und glaube nur nicht, dass dich da irgendjemand wieder rausholt.«

»Eigentlich komisch«, sagte Alexandra. »Seit Konrad bei uns ist, habe ich das Gefühl, dass sich wieder etwas bewegt. Zwischen uns. Bei mir selbst.«

»Ja«, erwiderte Carl. »Ja. Ehrlich gesagt fehlt er mir auch.«

Konrad war so fassungslos über die Dreistigkeit seiner beiden Entführer, dass er sogar zu bellen vergaß. Er spielte mit dem Gedanken, Yrrs Gestalt anzunehmen, sie durchs Moor zu jagen und mit Hilfe der Gedächtnispistole in Zwei- oder Dreijährige zu verwandeln. Doch erschienen ihm die beiden dermaßen unterbelichtet, dass sie sein Forscherinteresse weckten. Angefangen damit, dass sie sich in Worpswede verfuhren. Eine beachtliche Leistung, bei zwei Hauptverkehrsstraßen. Unterwegs stritten sie sich über die Aufteilung des Geldes, das sie für ihn zu kassieren hofften. Klaus, der Fahrer, verlangte zwei Drittel für sich. Ohne seinen Wagen hätten sie den Köter kaum einsacken können. Hermann, sein Komplize, widersprach: »Auto hat heute wohl jeder.«

Auto hat heute wohl jeder! Mein Gott. Es schüttelte Konrad, während er sich durch den Jutesack biss. Ist die Sprache ruiniert, ist es mit dem Denken meist auch nicht weit her.

»Du aber nicht. Du hast kein Auto. Du fährst Fahrrad.«

»Na und? Lass mich doch. Dafür hab ich keine Wampe wie du.«

Sie schwiegen.

»Wofür willst du denn so viel Geld haben?«, setzte Hermann nach. »Zwei Drittel. Spinnst wohl.«

»Hast du Kinder oder ich?«

»Hättest eben 'n Gummi nehmen sollen.«

»Sag was gegen meine Kinder, und du gehst zu Fuß weiter.« Klaus stand kurz vor einem Wutanfall.

»Dann hol ich mir 'n Taxi. Das kann ich mir erlauben. Weil ICH nämlich zwei Drittel der Kohle kriege. Nicht du.«

»Am Arsch.«

»Hab ich die Kontakte oder wer?«

»Hab ich das im Fernsehen gesehen oder du? Der Köter, der sprechen kann. Und Pellkartoffeln mit Hering frisst.«

»Da habt ihr ja schon mal was gemein.«
Hermann warf einen Blick auf die Rückbank, wo der Pudel zufrieden hechelte. Er saß da, der Sack in Fetzen, ohne dass die beiden seine Befreiungsaktion bemerkt hatten. Fast war Konrad geneigt, sie auf ihr unkluges Verhalten anzusprechen. Diesen Streit ums Geld, der so viele Gangster zu Fall brachte. Und nicht nur sie. Konrad hatte durchaus Sympathien für Außenseiter, und er hielt einen Banküberfall nicht notwendigerweise für das größere Verbrechen, verglichen mit dem Management einer Bank. Dennoch verlangten hochfliegende Projekte und Visionen, selbst die Entführung eines Pudels, nach klaren Absprachen und Regeln. Andernfalls blieb alles beim Alten.
»Du, Klaus, die Töle sieht mich an und schüttelt mit dem Kopf.«
»Da hat sie wohl auch allen Grund zu.«
»Nee, echt jetzt – das ist doch kein normaler Köter.«
»Natürlich ist er das nicht. Sonst hätten wir ihn ja nicht entführt. Wenn er kein Außerirdischer wäre.«
»Glaubst du das wirklich?«
»Ich glaube alles, solange ich damit was verdienen kann.«
Klaus und Hermann waren wie Thorpes, haltlos und ohne Plan. Sie wohnten in Osterholz-Tenever, einem Bremer Stadtteil direkt an der Autobahn, wo sich ein Hochhaus an das nächste reihte. Klaus trug Konrad auf dem Arm, ein mit Graffiti beschmierter Fahrstuhl brachte sie in die zehnte Etage. Sie gingen einen düste-

ren Gang entlang, Klaus klingelte an einer Tür. Die Frau, die öffnete, wollte ihm ein schreiendes Baby in den Arm legen, der aber von Konrad besetzt war.
»Hast du keinen Schlüssel?«, fragte sie gereizt.
»Ich wollte dich nicht überfallen.« Klaus strich dem Kind über die Wange und zwängte sich in die Wohnung.
»Hallo, Marianne«, sagte Hermann und nahm ihr den Kleinen ab, wiegte ihn in den Armen, was ihn zu beruhigen schien. Die Thorpes, deren Lebensspanne der von Menschen entsprach, hielten das ähnlich mit ihrem Nachwuchs.
Die Decke in zwei Meter Höhe wirkte auf Konrad wie eine Bedrohung. Ein Käfig, verglichen mit den Villen im Paulaner. Der schmale Balkon diente als Abstellkammer, überall lagen Spielsachen und Kleidungsstücke der drei Kinder. Das Baby hieß Mariah (»Mirreia«), die beiden Brüder, Kevin und Mark, waren sieben und neun Jahre alt. Sie fanden den Pudel »voll süß«, allerdings packte ihn Mark dermaßen heftig am Hals, dass Konrad nach ihm schnappen musste.
»He! Der Hund ist kein Spielzeug«, rief Klaus. »Ab ins Bett mit euch.«
Klaus Wolfen, vierunddreißig Jahre, Kfz-Mechaniker, seit kurzem arbeitslos. Er hatte eine Garage angemietet, um sich selbständig zu machen. Allerdings fehlte ihm das Geld für die technische Ausstattung. Marianne Wolfen, geborene Lemke, neunundzwanzig Jahre, Fachverkäuferin für Wurstwaren bei Metro. Hermann

Lührssen, ehemaliger Klassenkamerad von Klaus und Patenonkel von Kevin und Mark. Besaß einen Reinigungsdienst mit vier Angestellten und wenig Aufträgen. Vielleicht, weil er keinen Führerschein hatte. Immer wieder war er durch die Prüfung gefallen. Konrad wusste mehr, als ihnen lieb sein konnte.

»Ich glaube nicht, dass das gutgeht«, sagte Marianne. Marianne in einem Wort: müde. Müde und erschöpft, mit tiefen Ringen unter den Augen. So groß erschien ihre Müdigkeit, dass sie Jahre schlafen müsste, um wieder zu werden, wie sie als Jugendliche einmal gewesen war. Fröhlich und zuversichtlich, ein kleiner Traum vom Glück. Ihre blonden Haare hatte sie zu einem Pferdeschwanz gebunden. Die Brüste hingen unter der hellblauen Jacke ihres abgewetzten Trainingsanzugs schlaff herab.

»Den Versuch ist es wert«, entgegnete Klaus. Sein Gesicht war großporig und frei von Bartwuchs. Regelmäßig strich er durch sein schütteres Haar. Konrad dachte an einen Boxer, der immer wieder aufstand und doch keine Chance hatte.

»Niemand kann uns was. Die Entführung eines Hundes ist kein Verbrechen. Ich bin mir nicht mal sicher, ob das überhaupt bestraft wird. Außerdem können wir immer noch behaupten, er sei uns zugelaufen.« Hermann, die treibende Kraft. Trug mit Vorliebe Baseballmütze und Sonnenbrille, auch jetzt, spätabends, in der Wohnung.

Konrad schlief unruhig in jener Nacht, von Alpträumen geplagt, in denen die Erde in die Luft flog und mutierte Kakerlaken mit Carl, Lucia und Alexandra um die Wette lachten, während Marianne aus ihren Kindern Würste machte, damit sie was zu essen hatten. Als er schweißgebadet auf dem durchgesessenen Sofa erwachte, beschloss er zweierlei.

Erstens: Die Erde würde nicht gesprengt.

Zweitens: Die Familie Wolfen verdiente tatkräftige Unterstützung. Eigentlich war das nicht seine Aufgabe, aber wer sonst sollte sich um sie kümmern?

Natürlich wusste er, dass er damit einen Konflikt mit seinem Vater riskierte. Rationale Gründe für den Fortbestand der Menschheit gab es nicht. Das Universum war auf Erdlinge nicht angewiesen. Einen wirklichen zivilisatorischen Fortschritt hatten sie in Millionen Jahren nicht errungen. Allein die Methoden, mit denen sie sich gegenseitig umbrachten oder ins Verderben stürzten, hatten sich verfeinert. Er kannte die Argumente seines Vaters und der Weisen von Zorr. Sie hatten recht, einerseits. Aber Konrad spürte eine Kraft in sich wirken, die den Ghules nicht mehr vertraut war. Gefühle zu empfinden. Anteil zu nehmen.

Vorsichtig schloss Konrad die Türen zu dem Schlaf- und dem Kinderzimmer, nachdem er sich in Yrr verwandelt hatte. Dann räumte er in der Wohnung auf. Leise, unauffällig, effizient. Vor allem der Küche widmete er viel Aufmerksamkeit. Putzte und wischte, füllte mehrere große Beutel mit Abfall und stellte sie vor die Haustür. Er besann sich auf eine Fähigkeit, die er fast verlernt hatte. Sie erforderte große Konzentration und gelang nicht immer. Konrad strich mit der Hand über das Sofa, das sich daraufhin in einen Karton verwandelte. Okay, das war nichts. Noch einmal – hoppla, jetzt lag da ein Hut. Das durfte doch wohl nicht wahr sein! Selbst die Thorpes konnten das. Er bot seine ganze Kraft auf, und endlich stand da wieder ein Sofa. In seiner Phantasie hatte er ein Designerstück entworfen, aus Leder und Chrom, aber es wurde wieder das alte Modell, wenngleich fast wie neu. Allerdings waren die Beine rechts zu kurz geraten, so dass die Sitzfläche zur Seite hin abfiel. Zu allem Überfluss schlich Klaus schlaftrunken zur Toilette, am Wohnzimmer vorbei. Konrad versteckte sich hinter dem Vorhang und lauschte dem schlaffen Strahl, der sich ins Becken ergoss. Nachdem Klaus gespült hatte und zurück ins Bett geschlurft war, nahm er das Telefonbuch und alte Zeitungen und glich damit die fehlende Beinhöhe am Sofa aus. Auf Zehenspitzen stahl er sich in das Zimmer der beiden älteren Kinder und legte ihnen die Hand auf den Kopf. Dabei floss kinetische Energie, vergleichbar dem Laden einer Festplatte. Wenn er nichts falsch gemacht hatte, zählten Kevin und Mark in zwanzig Jahren zu den bestbezahlten Informatikern ihrer Generation. Mariah, die im Schlafzimmer der Eltern schlief, sah nunmehr einer erfolgreichen Karriere als Fernsehmoderatorin entgegen. Marianne und Klaus aber eine entsprechende Ladung zu verpassen überstieg selbst seine Möglichkeiten.

Das Trara am nächsten Morgen war beträchtlich. Natürlich zeigten sich die Eltern erstaunt. Doch versuchten sie gar nicht erst, den Dingen auf den Grund zu gehen. Stattdessen liebten sie sich dermaßen innig unter der Dusche, dass der Vorhang riss. Hoffentlich wird sie nicht wieder schwanger, dachte Konrad. Und fragte sich, ob er möglicherweise zu weit gegangen war. Was hatte er davon, Unbekannten zu helfen, Gutes zu tun? Wäre es nicht klüger gewesen, ihre Wohnung zu verwüsten, als Antwort auf seine Entführung? Warum dachte er nicht wie die Ghules, sondern spürte diese unerklärliche Lust, in ein laufendes Rad zu greifen?
Eigentlich wollte Konrad nach seiner Großtat in den Paulaner zurückkehren. Als aber Klaus und Hermann ihre Pläne am Telefon besprachen, wurde er hellhörig und beschloss zu bleiben. Marianne führte ihn zwischenzeitlich Gassi, und was er in dieser Nachbarschaft sah, hätten selbst die Thorpes, die gerne im Abfall wühlten, als Herausforderung empfunden. Da war nichts Schönes, nirgends. Menschen in Käfigen zu halten, wer dachte sich so etwas aus? Alles in dieser Wohnanlage war funktional und diente allein der Verwahrung. Wenn aber ein Mensch jede Hoffnung verlor, lag es dann nicht nahe, dass er gewalttätig wurde? Handelten Klaus und Hermann nicht durchaus rational, indem sie ihn entführten? Bestand ihre Unvernunft nicht in erster Linie darin, sich an einem Hund zu vergreifen anstatt an den Bewohnern des Paulaners?

Am Nachmittag fuhren sie mit ihm zum Luft- und Raumfahrtunternehmen EADS gleich neben dem Flughafen.
Zielstrebig ging Hermann auf den Pförtner zu, während Klaus den Wagen einparkte. Der Pförtner bat ihn in sein Wärterhäuschen, Konrad setzte sich still in eine Ecke. Klaus kam wenig später angerannt, offenbar besorgt, dass hinter seinem Rücken Absprachen getroffen wurden.
Hermann stellte die beiden einander vor. »Angenehm«, sagte der Pförtner, der Lothar Lehmann hieß und einen dunkelblauen Anzug trug, eine abgegriffene, rotbraune Krawatte, Hornbrille.
»Moment«, sagte Klaus. »Du hast gesagt, du kennst verantwortliche Leute bei AIDS.«
»EADS«, verbesserte ihn Hermann. »Lothar kennt hier jeden.«
»Mag sein, aber wir brauchen doch Verantwortliche.«
»Ist alles geregelt«, betonte der Pförtner, seine Brille mit dem Mittelfinger der linken Hand zurechtrückend. »Am besten, ihr macht einen kleinen Spaziergang. Kommt in einer halben Stunde wieder.«
»Und dann haben Sie das Geld?«, fragte Klaus.
»So ist es abgemacht. Ich die Hälfte, ihr jeweils ein Viertel.«
»Moment, das war aber …«
»Das ist der Deal, Freunde. Wenn es euch nicht passt, nehmt den Hund wieder mit. Ich trage das Risiko. Nicht ihr.«

Hermann sagte nichts. Bevor Klaus sich empören konnte, dirigierte ihn Hermann nach draußen, vor die Tür. Der Pförtner nahm Konrad auf den Arm und ging mit ihm einen langen Gang entlang, dann bog er nach links, noch einmal nach links und schließlich nach rechts ab. Konrad prägte sich den Weg ein, um alleine wieder hinauszufinden. Sie betraten ein Büro, in dem zwei jüngere Mitarbeiter über ihre Computer gebeugt saßen.

»Hier ist der Hund«, sagte der Pförtner.

»Sehr schön«, sagte einer der beiden. »Setzen Sie ihn in den Korb da, in der Ecke.«

Sie sahen Lothar Lehmann nicht an, offenbar in ihre Arbeit vertieft. Der Pförtner räusperte sich. Zweimal. Nichts geschah.

»Wir müssen noch den finanziellen Aspekt klären,« sagte er.

»Den finanziellen Aspekt. Hast du das gehört, Kollege?«

»Drückt sich sehr gewählt aus, der gute Mann.«

»Wir haben eine Absprache«, sagte der Pförtner kleinlaut.

»Eine Absprache, natürlich«, entgegnete der erste Wissenschaftler. »Zunächst einmal werden wir den Hund untersuchen. Ob er wirklich ein Außerirdischer ist, was nach allen Geboten der Vernunft eher unwahrscheinlich sein dürfte – oder sehen Sie das anders, Herr Lehmann?«

»Sie wollten den Hund haben, hier ist er.«

»Prima. Wir melden uns gegebenenfalls.«
»Das reicht mir nicht!« Lothar Lehmann wurde wütend. »Glauben Sie bloß nicht, Sie könnten mich für dumm verkaufen.«
»Wer verkauft hier eigentlich wem was?«, fragte der andere Wissenschaftler. Konrad konnte sie vom Hundekorb aus nicht gut sehen. Männer Mitte dreißig in weißen Kitteln. »Glauben Sie ernsthaft, wir kaufen die Katze im Sack?«
»An Ihrer Stelle«, ergriff sein Kollege das Wort, »würde ich mich zügig wieder dorthin begeben, wo ich hingehöre. In die Pförtnerloge. Was Sie tun, nennt der Arbeitsrechtler unerlaubtes Entfernen vom Arbeitsplatz.«
»Machen Sie, was Sie wollen«, entgegnete der Pförtner und stand im Begriff, Konrad wieder an sich zu nehmen.
»Der Hund bleibt hier«, sagte Nummer eins.
»Ach ja? Dann zahlen Sie!«
»Patrick, bist du so gut und rufst den Wachdienst an? Erkundige dich doch bitte, ob die Pförtnerloge gegenwärtig besetzt ist.«
»Gute Idee, Stefan. Wir wollen ja schließlich nicht gegen die Vorschriften verstoßen.«
»Sie sind wirklich …« Lothar Lehmann fehlten die Worte.
»Raus jetzt! Sie behindern unsere Arbeit.«
Kaum war der Pförtner eher geflüchtet als gegangen, klatschten die beiden ihre Hände aneinander. »Am

besten, wir gehen direkt ins Labor«, sagte Patrick. »Hast du schon mal einen Hund seziert?«
»Nein, wieso? Ich brauche dafür nur ein Messer. Wir sollten dennoch auf Nummer sicher gehen. Ich schlage vor, dass wir den Köter erst mal röntgen, bevor wir ihn aufschlitzen.«
»Sehr gut«, erwiderte Patrick und schnappte sich Konrad. Wieder wurde er über endlos lange Korridore getragen, bis sie in eine hohe, weitläufige Halle gelangten, groß genug, um darin ein Flugzeug zu warten. Die Beleuchtung war künstlich, nirgendwo gab es Fenster. Mitten in der Halle stand sein Raumschiff, aufgebockt auf einer Hebebühne, von mächtigen Greifarmen gehalten. Mehrere Männer in blauen Kitteln machten sich auf Leitern daran zu schaffen. Doch sie wussten nichts, stellte Konrad fest. Nicht einmal, wo sich der Eingang befand. Patrick und Stefan grüßten von weitem und begaben sich in ein Labor, das mit modernster Technik ausgestattet war. Stefan nahm mehrere Geräte in Betrieb, bis es allenthalben brummte und surrte wie aus mehreren Lautsprechern. Konrad, glücklich, auf diese Weise sein Raumschiff wiedergefunden zu haben, wollte nicht mehr Zeit als unbedingt nötig mit den beiden vergeuden.
In dem Moment, als Patrick ihn am Röntgengerät festbinden wollte, wurde er zu Yrr und betäubte ihn. Anschließend knöpfte er sich Stefan vor. Beide legte er in einem Nebenraum ab, in dem zahlreiche weiße Mäuse in Käfigen aufbewahrt wurden. Er strich den

Männern über den Kopf und sorgte dafür, dass sie gleichsam Klone von Lothar Lehmann wurden: In den nächsten drei Monaten würden sie denken und empfinden wie er.

Dann ließ er die Mäuse frei und dirigierte sie in die Halle zu den Männern in ihren blauen Kitteln. Das darauffolgende Durcheinander nutzte er, um unbemerkt die Luke des Raumschiffes zu öffnen und darin zu verschwinden. Was für ein Saustall! Überall lagen leere Lebensmitteltuben, durchgebrannte Sicherungen, alte Zeitungen. Als Erstes räumte er auf, entschied sich aber dagegen, den Abfall den blauen Männern zu überlassen. Er wollte ihnen nicht die Illusionen rauben, die sie mit Blick auf ferne Galaxien hegen mochten. Dann schaltete er den Notstrom ein. Gerade genug, um seine Neutronenmails zu lesen, die auf Zorr »Materie-Bits« hießen, von den Thorpes verballhornt zu »Neutronenfürzen«. Die Thorpes selbst waren halbe Analphabeten und schrieben allgemein wenig. Allerdings entwarfen sie technisch komplexe Computerspiele, die auch bei den Ghules sehr beliebt waren: »Zombies auf dem Mars«, »Erdlinge – der große Knall« (Spiel und Spaß für die ganze Familie) oder »Der Mutant und das Mädchen«, um nur einige zu nennen.

Konrad hatte Hunderte von Mails erhalten, die meisten von seinen Eltern. Er las nur die beiden letzten, da sie zu Wiederholungen neigten.

»Mein lieber Junge, nimm dich in Acht vor den Erdlingen! Die sind heimtückisch und falsch.« Seine Mutter mahnte ihn auch, sich gesund und nahrhaft aus den Lebensmitteltuben zu ernähren. »Iss bloß nicht ständig Pellkartoffeln mit Hering! Dein Opa ist ein notorischer Geschichtenerzähler. Erdäpfel mit Fisch sind keineswegs ein Potenzmittel, wie er behauptet, vielmehr helfen sie gegen Durchfall.«

»Yrr, melde dich! Die Thorpes wollen endlich ihren Freizeitpark, lieber gestern als heute. Du musst die Erde so schnell wie möglich verlassen. Wenn wir sie nicht bald sprengen, kommt es hier zum Äußersten.«

Konrad sah seinen Vater vor sich, wie er diese Zeilen schrieb. Staatsmännisch, entschlossen, besorgt. Draußen vor der Tür der Mob, in seinem Büro kühle Sachlichkeit.

Konrad musste den Neutronenbeschleuniger einschalten, um eine Mail über drei Millionen Lichtjahre zu versenden. Er war sich darüber im Klaren, dass dadurch der Strom in einem Umkreis von zwei bis drei Kilometern für kurze Zeit ausfiel, auch auf dem Bremer Flughafen. Ein kalkulierbares Risiko, wie er fand.

»Herr Präsident«, begann er sein Schreiben. Sehr förmlich. Denn nicht allein sein Vater würde es lesen. »Ich bin dagegen, die Erde zu sprengen. Aus diesem Grund fliege ich auch nicht zurück. Meine Untersuchungen zur Liebe, die ich auf die Nächstenliebe erweitert habe, sind noch nicht abgeschlossen. Ich glaube aber, dass sie Erkenntnisse liefern, die uns auch auf

Zorr von Nutzen sein werden. Ich melde mich in Kürze wieder. Euer Yrr.«
Durch die getönten Scheiben verfolgte Konrad das Treiben in der Halle, die blauen Männer, die weiße Mäuse jagten. Solange er sich auf der Erde aufhielt, würde ihr nichts geschehen. Immerhin wäre es unhöflich, den Sohn des Präsidenten einem Freizeitpark zu opfern. Doch war der falsche Knopf schnell gedrückt. Irgendeinem Thorp ließe sich das Malheur leicht in die Schuhe schieben.

ZEHNTES KAPITEL

Sie sind gelandet

Carl stand unter der Dusche, Konrad zog den Vorhang zurück. »Hallo, Carl. Holst du dir wieder einen runter?« Der Pudel sagte, er müsse mit ihm reden. Jetzt gleich. Er hatte sich für die Schocktherapie entschieden. Kein Vorspiel, kein Backe-Backe-Kuchen, nur Fakten. Die Ghules, die Thorpes, Erde weg, Freizeitpark. Noch Fragen?

Carl starrte ihn ungläubig an. Konrad sprang auf das Waschbecken. »Gut«, sagte er. »Wie soll ich dir das erklären …« Er hatte gehofft, Carl die Einzelheiten zu ersparen. Sie waren nicht wirklich geeignet, Vorbehalte zu zerstreuen. »Die Ghules«, fuhr Konrad fort, »altern nicht, und sie bekommen keine Kinder. Die Thorpes dagegen vermehren sich wie die Fliegen. Deswegen hatte mein Vater den genialen Plan, anstelle des Sonnensystems einen Freizeit- und Vergnügungspark einzurichten. Auf diese Weise soll eine gigantische Kolonie entstehen, in der sich die Thorpes austoben können, während die Ghules auf Zorr ungestört ihren Geschäften nachgehen.«

»Was für Geschäfte«, fragte Carl mit glasigem Blick, während das Wasser noch immer rauschte.

»Geld aus Geld machen. Na ja, die Ghules brauchen eigentlich kein Geld, wir haben alles, vor allem das ewige Leben. Aber den eigenen Reichtum mehren ist nun mal besser, als arm zu bleiben, wenn auch nur in finanzieller Hinsicht. Die Thorpes genießen ihr kurzes Leben viel mehr als wir, sie können lachen und machen sich niemals Sorgen.«

Carl drehte das Wasser ab und griff nach dem Bademantel. »Die Ghules haben die Macht, die Thorpes ihren Spaß?«

»So könnte man sagen.« Konrad schnappte sich ein Handtuch mit der Schnauze und warf es Carl zu, damit er sich die Haare trocknen konnte. »Aber nicht nur das. Bei den Ghules gibt es keine Kinder und nur wenig Jugendliche. Also, die Sache ist die: Säuglinge, die nicht altern und für alle Zeiten brüllen – damit ist kein Staat zu machen. Deswegen hat der Ethikrat das Mindestalter von Ghules auf sechzehn festgelegt. Gleichzeitig unterliegen wir einem Gebärverbot. Um unsere Privilegien nicht teilen zu müssen. Ist das nicht genial?«

»Der Ethikrat, sagst du?«

»Oder auch ›Rat der Weisen‹. Den Begriff verwenden wir sogar lieber, vor allem in den Nachrichtensendungen. Damit die Thorpes uns besser verstehen.«

»Hat dieser Rat auch die Sprengung der Erde beschlossen?«

»Einstimmig. Ohne langes Palaver.«

Carl lief im Badezimmer auf und ab, die Hände tief in den Taschen des Bademantels vergraben. »Starker Tobak«, murmelte er. »Die Erde einfach zu zerstören.«

»Wir nehmen euch nur die Arbeit ab«, scherzte Konrad und lenkte ein, als Carl mit dem Shampoo nach ihm warf. »Schon gut, reg dich nicht auf. Du und ich, wir werden das verhindern.«

»Warum ich? Ich bin nicht Supermann.«

»Gut, dass du mich daran erinnerst.«

»Willst du sagen, ich sei der Erretter der Welt? Ihr Erlöser? Carl Siering, ausgerechnet der?«

»Ihr Erlöser sicher nicht, die Rolle ist meinem Vater vorbehalten. Letztendlich entscheidet er über Sein oder Nichtsein. Uns bleibt nur, sein Urteil zu beeinflussen. Dafür brauche ich deine Hilfe. Und ich muss mich auf dich verlassen können.«

Carl war bestürzt. Wie sollte er, ein kleines Licht, den dunklen Kräften des Universums trotzen?

»Die Ghules und die Thorpes«, erklärte Konrad geduldig, »dürfen nicht das letzte Wort der Geschichte sein. Ich glaube, dass die Menschen das Bindeglied sind, das uns auf Zorr fehlt. Wir leben eine Utopie, die gescheitert ist. Hier das ewige Leben der Ghules, dort die schlichten Bedürfnisse der Thorpes. Die Zorraner haben keine Werte, wir genügen uns selbst. Seit ich unter den Menschen bin, habe ich viel Schönes gesehen. Aber auch viel Hässliches. Ich will Licht und Schönheit auf Erden, das Hässliche besiegen. Gibt es kein Leben mehr auf diesem Planeten, gibt es keine Liebe, stirbt auch die Schönheit.«

Carl kratzte sich am Kinn. »Der Liebende sieht nur das Lächeln, nicht die Zahnlücke«, sagte er. »Am Ende ist sich sowieso jeder selbst der Nächste.«

Konrad nickte. Immerhin reagierte sein Herrchen besonnen auf die Ungeheuerlichkeiten, die er ihm offenbarte. Aber damit nicht genug. »Was machst du, wenn dich jemand mit deiner Frau betrügt?«

»Mit Alexandra? Wer denn?«

»Na ja, irgendwer. Ich wüsste gerne, wie du dann reagierst.«

»Keine Ahnung ... Wie kommst du darauf? Wenn es hilft, die Erde zu retten ...«

Er wollte Carl provozieren. In der Hoffnung, der Erdling sei fähig zur Gewalt. Denn die Thorpes verspeisten Träumer und Phantasten mit Vorliebe schon zum Frühstück. Und sie würden nicht mehr lange auf sich warten lassen.

Konrad nahm Bronskys Gestalt an. »Ich habe mir erlaubt, deine Frau glücklich zu machen«, sagte er süffisant.

Carl schlug sofort auf ihn ein. »Gut so!«, rief der falsche Bronsky. »Weitermachen.«

Carl boxte ihn wie besessen. Bis er nicht mehr konnte.

»Du verhältst dich wie jeder andere auch«, stellte Konrad zufrieden fest und verwandelte sich erneut in einen Pudel. »Ich hatte schon Sorge, du würdest wieder nur hinnehmen, was unabänderlich erscheint.« Denn die Rettung der Welt verlange List und Strategie, vor allem aber die Bereitschaft, Grenzen zu überschreiten. Ob Carl sich darüber im Klaren sei.

»Ist normalerweise nicht meine Art, einfach nur drauflos zuschlagen. Tut mir leid.«

»Niemand macht dir einen Vorwurf, im Gegenteil. Wir haben gar keine andere Wahl.«

Carl schwankte zwischen Euphorie und Beklemmung. Als Beinaheselbstmörder fehlte ihm die Leidenschaft, das absehbare Ende des Sonnensystems in alter Form zu beklagen. Doch hatte Lucia Besseres verdient, und dieser Gedanke machte ihn zu Konrads Verbündetem. Gleichzeitig spürte er ein diffuses Gefühl von Größe und Bedeutung, wie es einem Weltenlenker zustand. Wie bitter waren dagegen die Niederungen des Alltags, die ihn zwangen, an diesem Essen von Bronsky und seinen Getreuen teilzunehmen, unter dem sechshundert Jahre alten Gewölbe des Bremer Ratskellers. Heute Morgen erst hatte Bronsky seine Pläne für ein Wellnesshotel vorgestellt. Ein Sport- und Fitnessbereich sei ja im Paulaner bereits vorhanden, den gelte es zu erweitern. Stattdessen werde die ärztliche Versorgung nach Worpswede ausgelagert, um Platz zu schaffen. Drei Todesfälle in jüngster Zeit, darunter sein eigener Vater, das sei zu viel. Der Tod habe in der Siedlung nichts verloren. Das Hotel, wie es Bronsky vorschwebte, werde klein und exklusiv sein. Es solle Appetit machen auf mehr. Auf ein Leben im Paulaner. Da Carl sein vollstes Vertrauen genieße, habe er beschlossen, ihm die Verantwortung als federführendem Architekten zu übertragen. Die Runde im Barkenhoff hatte geklatscht, Carl dagegen innerlich geschäumt. Nicht China, nicht Dubai, nein, ein läppischer kleiner Umbau wurde ihm anvertraut. Zwanzig Zimmer, jedes einzigartig, die Inneneinrichtung gestaltet von international bekannten Künstlern, darunter Karl Lagerfeld und Madonna. Carl blieb allein die Umsetzung fremder Ideen, auch die Vertragsgestaltung oblag Bronsky. Das heißt, ein bisschen Freiheit hatte Carl durchaus. So war beispielsweise die Wandfarbe der Toiletten im Eingangsbereich noch nicht festgelegt. Er konnte wählen zwischen Wolkenweiß und Himmelblau.

Wie aus weiter Ferne sah er Bronsky und seine Jünger, hörte das Stimmengewirr und spürte noch immer die morgendliche Wut und seinen Hass. Merkwürdig, dass Bronsky ihn mehr provozieren konnte als der Gedanke an das Ende der Welt. Vielleicht, weil jeder Mensch in seinem eigenen Universum lebte. War es bedroht, wurde alles andere nebensächlich.

Konrad zerrte an Carls Hose. Er ging mit ihm zur Tür, »der Kleine muss mal«.

»Carl, sie sind gelandet.«

»Wer?«

»Na wer wohl. Hast du den Revolver dabei?«

»Die Thorpes? Wo denn?«

Konrad führte ihn zu einem Nebenraum. Dort saß eine Gruppe, die den Eindruck erweckte, aus Raum und Zeit geworfen zu sein. Der Kleidung nach zu urteilen kamen diese Leute geradewegs von einer Faschingsparade. Ihre Ohrmuscheln wiesen in die falsche Richtung – die Ohrläppchen zeigten nach oben. Sie redeten nicht, sie grunzten eher wie haltlos Betrunkene. Literweise schütteten sie Bier in sich hinein, eine Kellnerin brachte im Laufschritt immer neue Krüge.
»Sieh nur, da«, flüsterte Konrad. »Zucker.« Er schien den Zechern regelrecht aus der Hose zu rieseln. Zu ihren Füßen hatten sich bereits kleine Haufen gebildet.
»Kakerlaken lieben Zucker«, sagte Konrad so leise wie möglich.
»Okay, lass uns abhauen.«
Am Eingang des Ratskellers standen weitere Besucher mit Karnevalsgesichtern.
»Auf Zorr würden die mir aus dem Weg gehen. Aber hier bin ich nur ein Pudel.«
»Woher wissen die, dass du hier bist?«, fragte Carl.
»Sie können mich ungefähr orten.«
»Und was machen wir jetzt?«
Konrad schlug vor, sich wieder in den Schutz der Gruppe zu begeben, zu Bronsky und den Seinen. Nach einigen Minuten aber hielt Carl es nicht mehr aus und entschuldigte sich.
»He, was ist los, Carl. Schwache Blase, wie Konrad?«
Die Runde brüllte vor Lachen. Carl lächelte freund-

lich. Er nahm dem kleinen Wichtigtuer die Bemerkung nicht übel. Ende zwanzig, karrierebewusst, auf der Suche nach Anerkennung. In dem Alter war auch Carl kaum zu bremsen gewesen.

Auf der Toilette suchte er sich einen ruhigen Platz, eine saubere, weitgehend geruchlose Zelle, und schloss die Tür, setzte sich auf den heruntergeklappten Klodeckel, der Pudel zu seinen Füßen, und nahm den Revolver in die Hand.

»Am liebsten würde ich selbst gründlich aufräumen da draußen«, sagte Konrad.

»Vielleicht der falsche Ort.«

»Davon abgesehen muss ich wissen, ob ich mich auf dich verlassen kann.«

»Du kennst mein Leben«, sagte Carl.

»Niemand wird dir danken, nur weil du versuchst, die Welt zu retten.«

»Nein.«

Sie schwiegen. Ab und zu rauschte Wasser, ließen Gäste am Pissoir kräftig einen fahren oder stießen laut auf.

»Hoffentlich geht alles gut«, sagte Konrad.

»Was soll dir schon passieren. Im schlimmsten Fall fliegst du nach Hause.«

»Das kann ich nicht.«

»Wieso?«

»Weil ich mich an euch gewöhnt habe. An dich und deine verrückte Familie.«

Carl sah ihn erstaunt an.

»Ja. Ich male gerne.«
»Wirklich?«
»So wahr ich hier sitze.«
»Also, wenn mir das ein Pudel sagt, dann glaube ich das auch.«
»Vielleicht solltest du den Menschen mit derselben Offenheit begegnen wie uns. Den Außerirdischen.«
Die Tür flog auf, und eine Gruppe Thorpes stand grinsend vor ihnen. Carl zögerte nicht eine Sekunde und zielte auf ihre Köpfe. Fünf, sechs Schüsse, genauso viele Treffer. Die Köpfe sprangen von den Körpern und zerfielen zu einer Art Sägemehl, begleitet von einem Geräusch, das sich anhörte wie Luft, die einem Ballon entweicht. Carl setzte nach, in Höhe ihrer Brust, noch einmal so viele Schüsse, und aus den Thorpes wurden Kakerlaken, die in alle Richtungen zerstieben. Mehrere Thorpes wollten fliehen, aber Konrad wurde zu Yrr, stellte sich ihnen in den Weg, fauchte böse und trieb sie zurück zu Carl, der hemmungslos abdrückte. Zwölf Thorpes erledigte er auf diese Weise, anschließend zertraten sie die Kakerlaken. Eine floh in ein Pissoir, das leider defekt und vollgelaufen war. Kein schöner Tod, drei Millionen Lichtjahre von zu Hause entfernt.
»Mann, ich glaub das einfach nicht!«, rief Konrad außer Atem, wieder zum Pudel mutiert. »Du bist ja ein echtes Naturtalent. Als Killer.«
»Ich versteh das auch nicht. Da bin ich zu allem bereit, und trotzdem ist aus mir nichts geworden.«

Als sie die Toilette verließen, kam ihnen Bronsky entgegen. Carl überlegte, den Revolver auf seinen Kopf zu richten, aber bei Menschen löste der Elektronenschub wenig mehr aus als einen Migräneanfall, wie ihm Konrad erklärt hatte.

Carl hatte keine Einwände, als Konrad vorschlug, das Raumschiff der Thorpes zu suchen. Es sende Signale aus, die er mit Hilfe seines Chips empfangen könne. Carl war noch benommen von seiner Bluttat und fragte sich, wie sie moralisch zu beurteilen war. Hatte er Morde begangen, gleich mehrere hintereinander? Oder lediglich Ungeziefer vernichtet?

Langsam rollte ihr Wagen auf einem nicht enden wollenden Parkplatz aus. Sie waren noch immer in Bremen, unweit der Industriehäfen. »Verstehe. Der Space Park also«, sagte Carl und verstand in Wirklichkeit gar nichts. Abgesehen davon, dass er schuldig geworden war. Nicht erst mit der Schießerei. »Dieser Space Park sollte mal der größte überdachte Freizeitpark in Deutschland werden. Thematisch der Raumfahrt gewidmet, mit vielen Geschäften und Restaurants. War keine sechs Monate in Betrieb, dann kam die Pleite.«

Durch ein offenes Fenster gelangten sie in das Gebäude. Eine Notbeleuchtung an der Decke erlaubte die Orientierung, doch viel zu entdecken gab es nicht. Die Halle, größer als ein Fußballstadion, stand seit Jahren leer.

»Da! Zucker.« Konrad zeigte auf den Boden, über den

sich eine feine weiße Spur zog. »Ich kann die Thorpes geradezu riechen.«

»Aber wie sollen sie hergekommen sein? Wo ist ihr Raumschiff?«

»Ganz in der Nähe, ich …«

Carl spürte einen heftigen Schlag auf den Kopf und verlor das Bewusstsein. Als er wieder zu sich kam, saß er gefesselt auf einem Stuhl. Der Raum, in dem er sich befand, war grellweiß. Nicht groß, ein Halbrund. Mehrere schildkrötenähnliche Gestalten schienen in ein Problem vertieft zu sein, unter ihnen auch Konrad, in der Gestalt Yrrs. Sie beugten sich über Schalttafeln, eine Art Cockpit in Höhe der Fensterfront. Durch die getönten Scheiben sah Carl den Space Park. Auch wenn sein Kopf sich anfühlte wie flüssiger Brei, schloss er aus der Perspektive, dass sie sich im Hafenbecken am hinteren Ende des Parks befanden. Ein Becken, das nicht länger genutzt wurde.

Kein Zweifel, er war an Bord eines Raumschiffs. Das merkwürdige Personal, Thorpes vermutlich, übte sich in der Transformation seiner Körper. Eines der Wesen studierte einen Modekatalog und nahm das Aussehen verschiedener Männer und Frauen an. Blitzschnell wurde aus dem Dressman die jugendliche Verführerin, dann eine leicht mollige Frau in den besten Jahren, schließlich ein zupackender Naturfreund im Freizeitdress. Allerdings gelang die Verwandlung nur teilweise. Dem Dressman fehlte ein Bein, der Busen der Verführerin blähte sich auf, bis er platzte, der Molligen

entwichen Kakerlaken in Höhe der Achseln, der Naturfreund trug sein Gesicht dort, wo gemeinhin der Hinterkopf seinen angestammten Platz hatte.
Carl, obgleich in misslicher Lage, fing lauthals an zu lachen.
Alle Blicke richteten sich auf ihn, und mit Ausnahme von Konrad waren diese Blicke nicht eben freundlich.
»Carl«, sagte er, »es gibt hier eine Reihe von technischen Problemen. Abgesehen davon würden dir die Thorpes am liebsten den Schädel wegblasen. Ich schlage vor, du verhältst dich ruhig, bis die Lage geklärt ist.«
Neben den Thorpes gab es einen Roboter an Bord. Er schritt auf und ab und sah ihn gelegentlich gedankenverloren an. Weiß war er und hatte einen kugelrunden Bauch, auf dem ein ebenfalls runder Kopf ruhte. Seine spindeldürren Ärmchen hatte er auf dem Rücken verschränkt, er schien außerordentlich betrübt zu sein.
»Hallo«, sagte Carl leise.
»Hallo«, erwiderte der Roboter ebenso leise, verschwörerisch fast. Seine Stimme war mechanisch, aber gefühlvoll.
»Wie heißen Sie denn?«
»Ich habe keinen Namen. Die Thorpes nennen mich Robomop. Ich soll auf Sie aufpassen. Ansonsten mache ich hier sauber und versuche, ihnen gutes Benehmen beizubringen. Und Wissen zu vermitteln.«
»Da haben Sie sicher keine festen Arbeitszeiten.«
Robomop schüttelte langsam den Kopf. »Ich bin ein Geschöpf der Thorpes. Allerdings habe ich das Pro-

gramm, das sie mir eingegeben haben, längst weiterentwickelt und bin ihnen mittlerweile haushoch überlegen.«
»Das klassische Angestelltendilemma.«
»Es gibt keine bessere Welt, nirgends.«
Carl seufzte und machte vermutlich einen ähnlich derangierten Eindruck wie Robomop.
»Wollen Sie wissen, wo das Problem liegt?«, fragte der.
»Klar.«
»Die sind auf der Weser gelandet und haben die letzten zweihundertdreiundfünfzig Komma vier Meter wie ein Schiff zurückgelegt. Um hier anzulegen. Allerdings klemmt der Rückwärtsgang, deswegen können sie nicht wieder starten. Sonst wären die längst wieder weg. Mit Yrr. Und mit Ihnen natürlich, Herr Siering. Sie sollen unterwegs ins Weltall geschossen werden.«
»Na ja, ich war auch nicht gerade gastfreundlich.«
Metall stieß auf Metall. Der runde Kopf und der runde Bauch prallten aufeinander. Robomop kicherte. »Ich finde, das haben Sie gut gemacht.«
»Sie sind echt sauer auf die Thorpes, was?«
»Sehen Sie, ich bin eines der klügsten Geschöpfe im Universum. Aber ich darf hier nur sauber machen. Und Sie bewachen. Ist das gerecht?«
»Das Problem kenne ich. Mein Thorp heißt Bronsky.«
»Eine banale Existenz. Erfolgreich. Zwanghaft selbstbezogen.«

»Ja. Wir reden von demselben Mann.«
»Ich könnte das Problem mit dem Raumschiff ohne weiteres lösen, wenn ich dürfte.«
»Nur nichts überstürzen, Robi. Ich hab's nicht eilig.«
Robomop fing unvermittelt an zu schluchzen. »Sie … Sie haben mich Robi genannt.«
»Entschuldigung, ich wollte Ihnen nicht zu nahe treten.«
»Sie … Sie geben mir einen Kosenamen. Und Sie entschuldigen sich, weil Sie glauben, meine Gefühle zu verletzen. Das würden die Thorpes niemals tun! Herr Siering, Sie sind ein feiner Mensch.«
»Robi …«, wiederholte Carl beinahe zärtlich. Einen zusätzlichen Verbündeten konnte er gut gebrauchen, und der Gedanke, sein Leben in den Weiten des Weltraums zu beenden, versetzte ihn nicht in Begeisterung.
»Darf ich Carl zu Ihnen sagen?«
»Ich bitte darum. Was mich allerdings stört, sind meine Fesseln. Könnten Sie die lösen?«
»Das stünde im Widerspruch zu meinem eigentlichen Auftrag.«
»Verstehe.« Auf Carls Gesicht zeigten sich Schmerz und Melancholie.
»Carl, ein Roboter, der nicht gehorcht, wird schnell zu Altmetall.«
Da hatte er wohl recht, und Carl schwieg. Ohnehin erhielt Robi den Befehl, die Toiletten zu reinigen, und er trottete davon. Die Thorpes redeten mal in ihrer

Sprache, mal auf Deutsch. Vermutlich hatten sie es im Schnellkurs gelernt wie Konrad. Doch sie sprachen mit Aussetzern, manchmal begleitet von schrillen Misstönen. Wie ein Stück Kreide, das metallisch über die Wandtafel fuhr. Ein Thorp baute sich vor ihm auf und versuchte, Carls Gestalt anzunehmen. Dasselbe Problem. Das rechte Bein fehlte, das Gesicht saß am Hinterkopf. Der Bursche wurde richtig wütend, weil er sich blamierte. Schließlich nahm er seinen Kopf und drehte ihn um hundertachtzig Grad, bis das Gesicht an der richtigen Stelle saß. Daraufhin fiel ihm der rechte Arm ab. »Abber Arm«, murmelte er, während ein neuer nachwuchs.

Mein Gott, dachte Carl. Was für ein Irrenhaus.

Nachdem er sich die Handrücken fast wund gescheuert hatte, lösten sich endlich seine Fesseln. Robi schritt mit einer Klobürste durch das Halbrund und nickte ihm freundlich zu. Als Carl die Klobürste sah, ging ihm ein Licht auf.

»Konrad?«

»Carl, jetzt nicht. Wir haben zu tun.«

Carl erhob sich und legte die wenigen Schritte zur Kommandokonsole zurück. Dort standen die Herren des Universums, in Konstruktionspläne vertieft.

»Gentlemen«, sagte Carl, »ich hätte da mal eine Frage. Warum eigentlich hat noch niemand das Raumschiff entdeckt?«

»Weil es unsichtbar ist«, erwiderte Konrad unwirsch, »weil es ...« Er stutzte.

»Houston, haben wir da ein Problem?«, setzte Carl nach.
Carls Frage, so arglos sie daherkam, hatte ins Schwarze getroffen. Er wusste von Konrad, dass die Raumschiffe der Zorraner höchstens einen Tag nach ihrer Landung unsichtbar waren.
»Was ich schon immer fragen wollte: Warum nicht deins im Teufelsmoor?«
Konrad räusperte sich. »Na ja, weil ich … Ich war so erschrocken, als ich dich sah, dass ich …«
»Haddu Knopf nich funn«, sagte ein Thorp, Mutant aus der Rubrik Sport und Freizeit, Katalogseite einhundertfünf. Stolz und mit breitem Grinsen stand er vor Carl. Bis ihm der Kopf abfiel. Ein kurzes Zucken, ein Geräusch von Bonbonpapier, das sich knisternd entfaltete. Anschließend schoss ein spargelähnliches Gewächs aus der Schulter empor und verdichtete sich zu einem neuen Kopf, dieses Mal allerdings ohne Mund und Nase.
Jedenfalls, so Konrad, sei die Lage wie folgt. Die Tarnkappe, die das Raumschiff unsichtbar mache, werde sich innerhalb der nächsten Stunden verflüchtigen. »Danke, dass du mich daran erinnert hast, Carl.«
Robi begann, den Boden feucht aufzuwischen, bis ihm ein Thorp in den Hintern trat. Die Nervosität an Bord war mit Händen zu greifen, und vermutlich empfahl es sich, möglichst schnell auf Nimmerwiedersehen zu verschwinden.
»Eine ebenso schlichte wie schicksalhafte Frage haben

Sie da gestellt«, jubilierte Robi gerade laut genug, dass Carl ihn verstand. »Warum nur will niemand auf mich hören. Die Lösung des Problems liegt doch auf der Hand.«
Carl griff nach einer Art Müsliriegel, die auf dem Cockpit lag. Biss hinein – ein merkwürdiger Geschmack, nicht unangenehm, aber unverdächtig, ein Leibgericht für Erdbewohner zu werden. »Granulierter Fledermausdreck«, erklärte Robi und hielt Carl sogleich eine Tüte hin, in die er spucken konnte. »Konrad ist ein sehr kluger Ghul«, fuhr er fort. »Er würde die Bande auch am liebsten auf den Mond schießen. Aber er sucht nach einer diplomatischen Lösung. Damit die Erde nicht gesprengt wird. Wenn Sie mich fragen, Carl: Das macht er vor allem um Ihretwillen. Und darin hat er meine volle Unterstützung!« Robi schlurfte davon, abbe Arme einsammeln.
»Ist doch schön, wenn die Thorpes nicht wegfliegen können und das Raumschiff entdeckt wird«, überlegte Carl laut.
»Menschenskind, du verstehst von Politik ja noch weniger als ich«, kommentierte Konrad ungehalten. »Willst du einen Krieg der Welten riskieren? Dir ist hoffentlich klar, wer ihn gewinnen würde.«
»Wir, wir, wir!«, jubelten mehrere Thorpes, Katalogseiten vierzehn bis zweiundzwanzig. Auf Carl wirkten sie wie pubertierende Teletubbies. Robi wollte etwas sagen, doch Seite neunzehn trat ihm gegen den Bauch, und er fiel um. Carl half ihm wieder auf die

spindeldürren Beine. Robi fragte, ob wenigstens er seinen Vorschlag hören wolle.
»Klar, Robi. Sie können mir alles sagen. Von nun an sind wir Freunde.«
»Stimmt das auch wirklich? Oder wollen Sie mir lediglich schmeicheln?«
»Wir sind Freunde, die einander das Leben erleichtern. Einverstanden?«
»Das ist ein Staubsauger«, lästerte Konrad. »Wenn du magst, besorge ich dir gerne einen sprechenden Schraubenzieher.«
Robi überhörte den Seitenhieb. »Es gibt nur eine Lösung, Carl. Sie müssen das Raumschiff fluten und versenken. Die Thorpes können erst einmal im Space Park unterkommen. Und Bronsky, Ihr Freund«, Robi kicherte erneut, bis das Metall aufeinanderstieß, »der soll gefälligst den Space Park kaufen.«
»Das wird er kaum tun.«
»Doch doch, der ist leicht zu manipulieren. Glauben Sie mir, auf dem Gebiet kenne ich mich aus.« Daraufhin verblüffte er Carl mit einem Plan, der schlicht und ergreifend genial war.

ELFTES KAPITEL

Der amerikanische Freund

Barkenhoff, zehn Uhr fünfzehn. Ein gutgekleideter junger Mann Mitte zwanzig, Typ George Clooney, betrat Bronskys Büro, begleitet von Carl. Eine schwüle, spätsommerliche Hitze lag in der Luft. In Gedanken ging Carl ein letztes Mal die einzelnen Schritte durch und befand sie für gut. Konrad Mayfield, Investor aus New York. Interessiert an einer langfristigen Partnerschaft im Bereich Geschäftsimmobilien. Der Paulaner sei eine erfolgreich umgesetzte Vision. Glückwunsch. Doch nichts sei schnelllebiger als der Erfolg. Die Zukunft der Immobilienbranche liege in der Sparte Freizeit- und Erlebnisparks.

»Eine gewagte Ansicht«, erwiderte Bronsky, in seinem Sessel versunken, die Hände vor dem Gesicht gefaltet. Seine klassische Denkerpose, registrierte Carl wohlwollend.

»Und doch leicht zu belegen. Schauen wir uns Coney Island an, den Vergnügungspark vor den Toren New Yorks. Jahrzehnte alt, heruntergekommen. In diesen

Tagen werden die letzten Vorbereitungen getroffen, um Coney Island von Grund auf zu sanieren. Es geht um Investitionen im dreistelligen Millionenbereich. Jeder mit Rang und Namen ist daran beteiligt.«
Bronsky erkundigte sich nach Lebensweg und Werdegang des Besuchers. Vor allem interessierte ihn, woher der Amerikaner seinen zweifelsohne tüchtigen, doch auf internationalem Parkett eher, bei allem Respekt, unerfahrenen Mitarbeiter Carl Siering kenne, dessen Anregung sich dieses Treffen verdanke.
Mr. Mayfield, charmant, weltläufig, die Blicke der weiblichen Angestellten am Empfang auf sich ziehend wie ein Magnet, machte sich locker auf seinem Stuhl, winkelte das rechte Bein auf seinem linken Oberschenkel und sprach sein Bedauern aus über die forsche Art seines Auftretens: »Hat Ihnen Carl das nicht gesagt?« Ein kurzes, verschmitztes Lächeln, das Eingeständnis einer Bringschuld.
Und er legte Bronsky ein Dossier auf den Tisch, das seine gesamte Biographie enthielt, angefangen mit einem Elitekindergarten in Brooklyn. Zweisprachig aufgewachsen, die Mutter stamme aus Bremerhaven, der Vater aus Miami. Zwei Hafenstädte, zwei Schicksale, vereint in New York, er wiederum das Zeugnis ihrer Liebe. Carl sei der Neffe seiner Mutter. Die Welt: ein Dorf.
»Wussten Sie«, fragte der Amerikaner, »dass jeden Menschen, egal, wo er lebt, höchstens drei Personen vom Präsidenten der USA trennen? Carl Siering zum

Beispiel kennt mich. Ich kenne den Bürgermeister von New York. Und der wiederum … Wie gesagt: Wir leben in einem Dorf. Träumen aber von der großen weiten Welt. Da wiederum schließt sich der Kreis zu den Freizeit- und Erlebnisparks.«

Bronsky erweckte den Eindruck, die Orientierung verloren zu haben. Dieser gutaussehende, selbstbewusste junge Mann verfehlte seine Wirkung nicht.

»Sie wissen«, sagte Bronsky, »dass ein solches Projekt nicht weit von hier vor einiger Zeit gescheitert ist. Fast eine halbe Milliarde – versenkt. In Bremen hat der Senat kaum noch Geld, die Straßen auszubessern. Weil er sich verhoben hat. Weil er glaubte, der Space Park rechne sich.«

Höflich hob Konrad Mayfield den rechten Zeigefinger. »Aus diesem Grund«, sagte er, »bin ich heute bei Ihnen.« Er schob seinen Stuhl näher heran an Bronskys Schreibtisch. »Mir ist zu Ohren gekommen, dass die Nutzungsrechte für den Space Park neu vergeben werden sollen. Für einen – wie sagt man auf Deutsch: für eine Birne mit Quark?«

»Für einen Apfel und ein Ei«, verbesserte ihn Carl.

»'n Appel und 'n Ei. Natürlich. Wie dumm von mir. *Really stupid.*«

Mit seinen weiteren Ausführungen ließ sich der Besucher aus New York Zeit. Geschickt streute er kleine Informationshäppchen, geriet ins Schwärmen über den Paulaner, der auch in Amerika großen Widerhall finde. Doch das Original sei kaum zu überbieten: die

Schönheit der Natur, der Charme Worpswedes, der geschichtliche und kulturelle Hintergrund, Boris, nein, Paula Modersohn-Becker, das alles schaffe ein einzigartiges, ein unverwechselbares Ambiente.

Carl entging nicht, dass Bronsky mittlerweile an seiner Unterlippe knabberte.

»Was genau ist Ihnen zu Ohren gekommen?«, erkundigte er sich.

»Es geht um dreißig Millionen. Nutzungsrechte für zwanzig Jahre, Erstoption auf Verlängerung.«

»Warum greifen Sie dann nicht zu?«, fragte Bronsky, Schweiß auf der Stirn.

Konrad Mayfield lächelte und zeigte zwei Reihen makellos weißer Zähne. »Warum, fragen Sie? Nun, die Frage ist berechtigt.« Er legte seine rechte Hand auf den Schreibtisch und deutete auf Bronsky. »Ich denke, ein langfristiges Engagement bedarf der richtigen Partnerschaft. Unser Kapital, Ihr Know-how – vielleicht wird der heutige Tag der Beginn einer wunderbaren Freundschaft.«

Konkret stelle er sich die Zusammenarbeit vor wie folgt: Die Holding, die er vertrete, erwerbe die Nutzungsrechte, Bronsky wiederum sei federführend bei der inhaltlichen Ausrichtung des neuen Space Parks. Sofern erwünscht, stünden ihm Partner zur Seite, die Bronsky marktfähige Konzepte vermittelten. Partner, die auf dem Gebiet der Weltraumkunde über einzigartiges Wissen verfügten. Der neue Space Park schaffe perfekte Illusionen, bis hin zur Raumfahrt in entfernte

Galaxien, drei Millionen Lichtjahre entfernt. Der alte Park sei doch in erster Linie an seinen Kulissen aus Pappmaché gescheitert. Der sogenannte Space Walk, der sich dort als Höhepunkt präsentierte – Herr im Himmel, »genauso gut könnte man doch, lieber Bronsky, Hundehütten mit dem Label ›Paulaner‹ vermarkten«.

Die Augen des Umworbenen wanderten hin und her, ruhten mal auf Carl, dann wieder, deutlich länger, auf dem forschen Investor. Da flatterte sie einmal mehr, die Piratenflagge am Mast seiner Eitelkeiten. Wie jeder gute Geschäftsmann hätte Bronsky nein sagen, auf sein Kerngeschäft verweisen können. Aber der Gedanke, Carl Siering und sein Verwandter folgten möglicherweise einer Spur, die am Ende gleichermaßen Gewinn und Prestige verhieße, und Bronsky wäre nicht mit an Bord, dieser Gedanke vertrug sich nicht mit seinem Selbstbild.

»Sie müssen verstehen«, erklärte Bronsky, »dass ich in erster Linie Künstler bin. Das Geschäftliche ist für mich zweitrangig.«

Konrad Mayfield nickte interessiert.

»Ich muss mich nicht mehr beweisen«, fuhr Bronsky fort. »Alles, was ich erreichen wollte, habe ich erreicht. Und wissen Sie, was für mich das Schönste ist?«

»Haben wir da nicht alle dieselben Prioritäten?«, merkte der amerikanische Freund an.

»Einverstanden, das Zweitschönste.« Bronsky lächelte, die Hände erneut in Kirchturmpose. Er schwieg, bis es peinlich zu werden drohte. »Es ist die Dankbarkeit in den Gesichtern derer, die im Paulaner ihre Heimat gefunden haben.«

»Ich wusste, dass wir die richtigen Partner sind. Ich gehe aus von jährlich mindestens einer Million Besucher im neuen Space Park. Das bedeutet, lieber Bronsky, eine Million dankbarer, glücklicher Gesichter, jung wie alt. Gibt es Göttlicheres als den Glanz in den Augen eines verzauberten Kindes?«

Bronsky, der Blick versonnen, sprach von der Suche nach Anerkennung. Nach Liebe. Der Paulaner sei Liebe. Dafür lebe er. Wenn der Space Park diesem Impuls Rechnung trüge, wäre nichts unmöglich, was ihn betreffe.

»Da draußen im All«, sagte Carl, »gibt es andere Welten, andere Galaxien, gibt es Leben. Davon bin ich überzeugt. Wie oft schon habe ich von Außerirdischen geträumt, die längst unter uns sind, beseelt von dem einen frommen Wunsch: zu sein wie du, Bronsky. Ehrlich, geradeheraus, dem Leben zugewandt. Der Menschheit zum Segen.«

Bronsky zog die Augenbrauen zusammen. »Wo ist eigentlich dein Pudel, Carl?«

»Haben wir den nicht auf dem Weg hierher versehentlich überfahren?«, fragte Konrad Mayfield.

»Nein, das war die Katze von Charlotte, Bronskys Frau.«

»Das ist mir aber unangenehm«, entfuhr es dem Amerikaner, die Augen schreckgeweitet.

»Meine Herren, ich schlage vor, wir konzentrieren uns auf das Wesentliche«, glättete Bronsky die Wogen.
»Die Liebe?«, fragte Carl.
Bronsky warf ihm einen Blick zu, der abgrundtiefe Resignation erkennen ließ. Dann nannte er seine Bedingungen.

Konrad Mayfield machte sich keine Illusionen. Das Schicksal der Erde hing an einem defekten Raumschiff im Brackwasser des Hafenbeckens. Die Thorpes wollten Spaß, seine Eltern, dass er nach Hause kam. Er selbst wäre am liebsten ein harmloser Geschäftsmann, unerkannt auf Reisen. Und ausgerechnet Robomop, einer Blechbüchse, hatten sie diesen in der Tat hellsichtigen Plan zu verdanken. Einen Plan, auf den er selbst hätte kommen müssen.
»Konrad, du bist so nachdenklich.«
»Ich sehne mich nach Heimat. Aber ich weiß nicht, wo das ist.«
Carl nahm die Post aus dem Briefkasten. Zum ersten Mal betrat Konrad das Haus aus einer anderen als der Hundeperspektive. Er war erstaunt, wie klein die Möbel auf einmal wirkten. Dann sah er sie, Lucia. Ein goldener Engel auf der Treppe, tänzelnd mehr als schreitend, gedankenverloren. Beider Blicke trafen sich, auch sie war erschrocken, überrascht. Er wagte kaum, ihr die Hand zu reichen, als Carl ihr den falschen Amerikaner vorstellte. Tausend Nadeln, die in ihn drangen. Der brennende Wunsch, ein anderer zu

sein. Ein Mann, der sie eroberte. Gradlinig und selbstbewusst. Kein Außerirdischer, der eine Maske trug. Fünftausend Jahre älter war.
Carl, dem die gegenseitige Faszination nicht zu entgehen schien, stellte den neuen Geschäftspartner in den wärmsten Worten vor.
Um dann allerdings einen bösen Schwerthieb zu landen: »Wie geht es eigentlich Ihrer schwangeren Frau, Herr Mayfield?«
»Ganz gut, soweit ich weiß. Die Scheidung läuft, das Kind stammt von ihrem Therapeuten.«
»Möchten Sie einen Kaffee?«, fragte Lucia, sich langsam, sehr langsam von Konrads Hand lösend.
»Möchten Sie vielleicht Pellkartoffeln mit Hering?«
Carls Gesichtausdruck erinnerte sehr an Jack Nicholson in dem Film »Shining«. In jenem Moment, als er mit der Axt die Badezimmertür einschlug.
»Wo ist eigentlich Konrad?«, fragte Lucia.
»Ja, wo ist er denn, der kleine Prinz?«, setzte Carl nach.
»Vielleicht unterwegs in geheimer Mission?«, erwiderte der große Konrad.
»Pudel müsste man sein!«, rief Lucia. »Jetzt mache ich aber erst mal einen Kaffee. Paps, du könntest eigentlich Kuchen besorgen.«
»O ja, nichts geht über ein gutes Stück Kuchen«, stimmte Konrad zu.
»Gute Idee«, erwiderte Carl gut gelaunt. »Schau doch mal in die Speisekammer, Lucia. Deine Mutter hat da

neulich was eingekauft. Butterkuchen, soweit ich weiß.«
»Der ist doch schon steinhart.«
»Hauptsache, er schmeckt. Nicht wahr, Herr Mayfield?«
Konrad spürte, wie ihn Lucias Seele streifte. Sie reckte sich, nahm die Kaffeedose vom Regal. Wäre er bereit, ihretwillen seine Unsterblichkeit aufzugeben? Die letzten tausend Jahre hatte er nicht so viel Anmut und Sehnsucht, Hoffnung und Schönheit erlebt wie in diesem Augenblick.

Konrad hatte gute Sicht auf Bronskys Welt. Zwei technisch erfahrene Kakerlaken filmten ihn auf seiner Fahrt zum Bremer Senat. Eine hielt sich in seinem Haar versteckt, die andere in der Brusttasche seiner Anzugjacke. Beide lieferten gestochen scharfe Bilder, die Carl und Konrad auf dem heimischen Computer verfolgten.
Düster starrte Bronsky auf die Straße vor sich. Spie Gedankenfetzen aus, führte Selbstgespräche. »Das ist doch alles Wahnsinn! Wahnsinn! Da passiert so was, und niemand schaut hin.«
Missmutig. Nach diesem Wort hatte Konrad gesucht. Bronsky wirkte missmutig. Unzufrieden. Warum? Was fehlte ihm zum Glück?
»Erst dieses Ufo im Teufelsmoor. Großer Wirbel in den Medien, plötzlich ist alles vorbei. Nur weil die Politik auf einmal abwiegelt. Da habe sich jemand einen Spaß

erlaubt und seinen Elektroschrott in freier Natur entsorgt. Und die Leute glauben den Blödsinn auch noch!«

Bronsky drehte am Autoradio, minutenlang, fluchte, gab auf. »Irgendwas stimmt da nicht. Aber was? Der Pudel ist doch kein normaler Pudel. Das kann mir keiner erzählen. Und Carl, du meine Güte! Hält sich auf einmal für wer weiß wen. Ist immer dasselbe. Du gibst diesen Burschen den kleinen Finger, und sie nehmen die ganze Hand.«

Er sang. *Neunundneunzig Luftballons auf ihrem Weg zum Horizont, hielt man für Ufos aus dem All.*

»Der Senat ist pleite. Die haben gar keine Wahl. Die werden mir den Space Park schon geben. Marsmenschen, Krieg der Sterne, das mögen die Leute. Gerade jetzt, nach dem Ufo. Wenn die Brüder aus dem All nicht Flagge zeigen, mache ich sie eben zum Themenpark. Das ist ja wohl das mindeste.«

Neunundneunzig Düsenflieger, jeder war ein großer Krieger.

»Ich brauche keine Geschäftspartner aus Amerika. Danke für den Tipp, Mister Gernegroß Neunmalklug aus New York.«

Hielten sich für Captain Kirk.

»Der ist ja richtig gut drauf«, kommentierte Carl.

»Läuft alles nach Plan«, bestätigte Konrad.

»Sieh nur. Das Bremer Rathaus.«

Bronsky schritt entschlossen durch die Gänge. Gotik, Weserrenaissance, Weltkulturerbe, es schien ihn nicht zu interessieren. Eine der beiden Kakerlaken machte sich selbständig und besichtigte die Güldenkammer, vor hundert Jahren von Heinrich Vogeler im Jugendstil entworfen. Mit Hilfe ferngesteuerter Stromstöße brachte Konrad sie zurück in Position.

Nach einigem Suchen betrat Bronsky einen gewöhnlichen Konferenzsaal, ohne Gold und Kandelaber. Er begrüßte die Anwesenden, Männer mittleren Alters in grauen Anzügen, bat um Entschuldigung für die Verspätung und setzte sich. Auf dem Tisch standen zahlreiche Aktenordner, Tee- und Kaffeekannen, Wasser und Limonade, ein Teller mit Gebäck. Konrad und Carl konnten nicht erkennen, wer von den Männern jeweils redete, die Kameras erfassten nicht den ganzen Raum. Das Stimmengewirr aber war beträchtlich.

– Herr Plakemeyer ist leider nicht da.

Bronsky: Wie schade.

– Sie kennen Herrn Plakemeyer?

Bronsky: Nicht persönlich.

– Er kennt Herrn Plakemeyer nicht?

– Mein Gott, Sie wissen auch nicht alles.

– Bitte, greifen Sie zu. Die Kekse sind von meiner Frau.

– Sind das noch die von letzter Woche?

– Nein, die hat sie gestern erst gebacken.

– Wo ist eigentlich Herr Plakemeyer?

– Ich meine, im Urlaub.

– Kärnten wieder?

– Südtirol.

– Ja, er wollte mal was anderes sehen.
– Soll viel regnen da.
– Nee, im Augenblick ist trocken.
– So. Ich nehme jetzt den Orangensaft.
– Herr Schneider, würden Sie sich bei dem Gebäck wohl zurückhalten?
– Warum?
– Sie haben schon fünf Kekse gegessen.
– Nein, das stimmt nicht.
– Aber mindestens vier.
– Also bitte, Herr Volkerts. Ich will mich mit Ihnen nicht streiten. Nicht darüber.
– Die Kekse sind nicht für Sie allein gedacht.
Bronsky: Hätten Sie Einwände, wenn wir zur Sache kämen?
– Herr Plakemeyer ist im Urlaub.
Bronsky: Es geht um den Erwerb der Nutzungsrechte für den Space Park.
– Wir sind nicht die Anteilseigner.
Bronsky: Aber Sie verwalten die Konkursmasse. Indirekt jedenfalls.
Schweigen.
Bronsky: Ich habe eine Vision. Ich will aus dem Space Park einen Paulaner der Unterhaltungswelt schaffen. Und mit ihm Hunderte Arbeitsplätze.
– Sehr lobenswert. Mit Zuschüssen dürfen Sie aber nicht rechnen.
Bronsky nickte.
– Da müssen Sie erst mal die Formulare ausfüllen.

– Herr Schneider, haben Sie die entsprechenden Papiere dabei?
– Nein, die hat Herr Plakemeyer in seinem Schreibtisch. Und der ist abgeschlossen.
– Dann fragen Sie seine Sekretärin.
– Die ist diese Woche krankgeschrieben.
– Gut, klären wir die Finanzen. Sie wissen, dass wir die Nutzungsrechte nicht unentgeltlich vergeben können.
Bronsky: Natürlich nicht. Ich biete Ihnen fünf Millionen für die nächsten zehn Jahre.
»Was für eine Ratte«, ließ Carl anerkennend vernehmen.
Getuschel im Konferenzsaal.
– Das können wir nicht akzeptieren. Zwanzig Millionen sind das unterste Gebot.
Ein großes Gefeilsche hub an, das sich über Minuten erstreckte und mit der allergrößten Leidenschaft, ja Erbitterung ausgetragen wurde. Es wurde gedroht, es folgten Rückzieher, Zahlen schwirrten durch die Luft wie Wurfmesser, die Tee- und Kaffeekannen leerten sich, Wasser- und Limonadenflaschen wurden mit Emphase geöffnet.
– Herr Schneider, Sie kauen gerade den letzten Keks.
– Ich verbitte mir Ihre Unterstellungen.
Sie einigten sich auf zehn Millionen für zwanzig Jahre.
»Jeder andere hätte das Doppelte zahlen müssen«, stellte Konrad fest.

»Wahrscheinlich hat Bronsky Glück, dass dieser Plakemeyer im Urlaub ist.«

»Ja, aber warum haben Leute wie er immer Glück? Da läuft etwas grundsätzlich schief, wenn du mich fragst. In der Evolution.«

Die Tür des Konferenzsaals öffnete sich, und ein großgewachsener, hagerer Mann trat ein, dröhnende Bassstimme, das Gesicht ein einziger Faltenwurf. Jedem der Anwesenden reichte er zunächst die Hand, im zweiten Durchgang umarmte er sie Mann für Mann, auch Bronsky. Dabei zeigte er eine Inbrunst, als wäre er soeben Großvater gesunder Vierlinge geworden.

»Das ist der Bürgermeister«, erklärte Carl.

»Die Leute herzen, bis sie umfallen. Muss ich unbedingt meinem Vater empfehlen.«

Die Kakerlake in Bronskys Brusttasche allerdings starb bei der Umarmung den Heldentod. Zum endgültigen Bildausfall kam es, als die zweite Küchenschabe, die in Bronskys Haaren, infolge der heftigen Turbulenzen auf den Fußboden fiel, lautstarke Bekundungen von Abscheu und Ekel hervorrufend. Das Letzte, was Carl und Konrad aus dem Bremer Rathaus vernahmen, war ein Geräusch wie das einer Walnuss im Griff des Nussknackers.

ZWÖLFTES KAPITEL

Späte Einsicht

Die Offenbarung kam beiläufig, während Carl mit Alexandra und Lucia in der Küche beim Abendbrot saß. Glücklicherweise redeten sie wieder miteinander und erkannten das einigende Band kleiner Rituale. So hatten sie beschlossen, einmal am Tag gemeinsam zu essen. Weder Alexandra noch Lucia konnten sich mit dem Verlust des Pudels abfinden, dessen Verschwinden ihnen ein Rätsel war. Mehrfach schon hatte Carl die Befürchtung geäußert, er sei, Gott behüte, überfahren worden. Tagelang war Alexandra in Worpswede unterwegs gewesen, hatte Nachbarn, Freunde und Passanten nach möglichen Hinweisen befragt, Suchzettel mit ihrer Telefonnummer und dem Versprechen einer großzügigen Belohnung an Bäume und Laternenpfähle geheftet. Vergebens.

Schlimmer noch, Alexandras künstlerischer Quell war versiegt. Nachts entstanden nur noch sporadisch Bilder. Konrad Mayfield hatte sich im vornehmen Bremer Park Hotel einquartiert und fand kaum noch Zeit und Gelegenheit, um zu malen. Alexandra reagierte mit Schlaflosigkeit, wachsender Unruhe und Nervosität. Sprach davon, dass bei ihr »ein Faden gerissen« sei.

»Wie meinst du das?«, fragte Lucia.

»Ich fühle mich leer. Ausgebrannt.«

»Jeder Künstler hat seine Schaffenskrisen.«

Alexandra seufzte. »Ich bin keine Künstlerin. Ich bin – ein Niemand. Jedenfalls keine Malerin.«

Carl legte seine Hand auf ihre: »Sei nicht so streng mit dir.«

»Carl, Lucia … ich muss euch etwas gestehen.« Alexandra hatte Tränen in den Augen. »Die Bilder sind nicht von mir.«

Dem kurzen Schweigen folgte ein verlegenes »Das kann doch gar nicht sein« von Carl wie von Lucia.

»Ich weiß, das alles ist absurd«, fuhr sie fort. »Von wem sollten sie denn sonst sein. Um ehrlich zu sein, ich habe nicht die leiseste Ahnung. Vielleicht bin ich tatsächlich eine Schlafwandlerin. Vielleicht habe ich mich nachts in ein anderes Wesen verwandelt. Ich weiß es einfach nicht. Was immer es war, es ist vorbei. Und es kommt nicht wieder. Das spüre ich.«

Lucia umarmte ihre Mutter. »Deine Bilder haben mir sehr gut gefallen. Wir finden schon eine Lösung.«

»Ich werde«, sagte Alexandra, »eine Art Presseerklärung abgeben. Und mitteilen, dass ich nicht mehr male. Neue Herausforderungen suche.«

»Ja«, sagte Carl. »Das ist gut.«

»Nein, das ist gar nicht gut. Aber ich habe keine Wahl.«

Sie aßen schweigend. Carl hatte sich auf Notlügen und Hilfsprogramme eingestellt. Unter anderem hatte er Kunststudenten anheuern und ihnen Schweigegeld zahlen wollen. Auch Konrad sah die Probleme, die auf Alexandra zukamen. Aber er konnte sich nicht zweiteilen, und die Thorpes verlangten ihren Tribut.
Bedächtig schnitt Alexandra einen Pfirsich auf und sagte, sie habe sich nie abgefunden mit dem, was sie sei. Eine Lehrerin. »Ich wollte immer mehr erreichen, versteht ihr. Nicht so wie Bronsky, ganz nach oben. Das nicht. Aber ich brauche einfach das Gefühl, Spuren zu hinterlassen. Deswegen war ich so glücklich mit den Bildern. Ich hatte einen großen Auftritt. Und jetzt bin ich wieder im Alltag angekommen. In der Wirklichkeit. Vielleicht war das mein Fehler. Diese ständige Sehnsucht nach einem anderen Leben. Ich meine, selbst wenn ich es hätte, eine zweite Paula wäre: Was dann? Findet man sein Glück auf der Trauminsel? Vielleicht muss ich lernen, den Augenblick zu genießen. Hier mit euch zu sitzen. Mit euch zu reden. Einen Pfirsich zu essen. Vielleicht wird sich alles Weitere fügen.«

»Zunächst tauchen wir den Löffel in die Suppe«, erklärte Carl und demonstrierte den Vorgang mit großer Geste. Er hatte das Gefühl, in einen Teilchenbeschleuniger geraten zu sein, so sehr überstürzten sich die Ereignisse. Anhaltende Probleme bei verschiedenen Bauvorhaben im Fernen Osten hatten Bronsky veranlasst, nach China und Japan zu reisen. Gleichzeitig aber verlangte der Space Park nach einem tragfähigen Konzept.

»Bitte beachten Sie: Der Löffel wird zum Mund geführt, nicht der Mund zum Löffel.«

Zu Carls größter Überraschung hatte Bronsky ihn gebeten, sich der Sache anzunehmen. Den Space Park neu zu erfinden.

»Spucken Sie niemals den Inhalt Ihres Mundes dem Nachbarn ins Gesicht. Niemals, verstanden?«

Bronsky ließ ihm sogar freie Hand, seinen amerikanischen Verwandten an dem Projekt zu beteiligen. Zeigte Bronsky gar ein schlechtes Gewissen, weil er Konrad Mayfield auf wenig charmante Weise übervorteilt hatte?

»Nein, auch nicht auf den Boden spucken. Tut mir leid.«

Bronsky schenkte niemandem etwas, nicht einmal sich selbst. Doch Carl konnte er lenken, selbst aus der Ferne. Zumindest glaubte er das. Zu seiner großen Freude bemerkte Carl, dass ihn die Beweggründe dieses Mannes immer weniger interessierten. Auch sein eigenes Unglück hatte sich im aufziehenden Nebel des nahenden Armageddon verflüchtigt, im Grunde von heute auf morgen. Er stand auf den Trümmern seiner Ängste und Sehnsüchte und atmete Freiheit. Noch nie war ihm sein Leben so vielseitig und aufregend erschienen. Die wenigsten Menschen erkennen die dunklen Mächte, die sie manipulieren. Er immerhin hatte die Gelegenheit, diesen Mächten eins auszuwischen. Selbst wenn er vielleicht bald schon tot war. Die Zeit bis dahin aber wollte er nutzen. Seinen Spaß haben. Etwas bewegen.

»Herrgott, den Löffel in den Mund, kauen, schlucken! Nicht den Löffel, verdammt noch mal. Sondern was da drauf ist.« Carl konnte sich nicht erinnern, jemals einer solchen Ansammlung von Vollidioten begegnet zu sein. Und noch absurder erschien ihm, dass von diesem Trainingsprogramm im leeren Space Park die Zukunft des Planeten abhing.

»Wenn Sie noch einmal Köpfe nach mir werfen, schieße ich Ihnen erst ins Gesicht, dann auf die Brust.« Kaum hatte Carl den Satz beendet, blickte er in die Mündungen mehrerer Maschinenpistolen.

»Schon gut, werfen Sie weiter mit Ihren Köpfen. Ich bin mir sicher, dass Sie damit die Herzen der Frauen im Sturm erobern.«

»Ficken!«

»Immer mit der Ruhe, Freunde. Erst mal müsst ihr lernen, euren Charme etwas verhaltener einzusetzen.«

Konrads Idee, die sich Robomops Anregung verdankte, war ebenso schlicht wie genial. Wenn sie verhindern wollten, dass die Erde einem Freizeitpark zum Opfer fiel, mussten sie eben die Erde in einen Freizeitpark verwandeln. Ob die Thorpes sich darauf einließen, war eine andere Frage. Doch der Space Park sollte den Anfang machen. Dem weitere Erlebniswelten folgen würden, weltweit, ähnlich dem Modell des Paulaners. Gleichzeitig bot der Space Park eine perfekte Tarnung, um den Flugverkehr aus Zorr in unauffällige Bahnen zu lenken. Die unsichtbaren Ufos, von irdischer Technik nicht zu orten, konnten auf der Weser niedergehen, im Hafenbecken andocken, neue Besucher anlanden. Saufen, Shoppen, Fressen – kein Problem. Aber welche Frau, welcher Mann ließe sich von Kakerlaken befummeln?

Der Grat, den sie beschritten, war schmal. Niemand wusste, ob das Experiment gelingen würde. Wenn nicht, dann »rums bums«, wie Robi sagte. Obwohl Carl entschlossen war, jede weitere Annäherung zwischen Konrad Mayfield und seiner Tochter zu verhindern, bewunderte er doch dessen Tatkraft. So ließ Konrad, der im Space Park Yrrs Gestalt annahm, im Bereich des Hafenbeckens Sichtblenden aufstellen. Anschließend hoben die Thorpes das auf Grund gesetzte Raumschiff. Flink und entschlossen gingen sie zu Werk, Carl Blicke zuwerfend, die zu sagen schienen: Warte, warte nur ein Weilchen …

Sie bockten das Ufo neben der Kaimauer auf, als künftiges Flaggschiff und Markenzeichen. Dann entkernten sie das Raumschiff. Alle wichtigen elektronischen Teile wurden entfernt und durch Plastik-Imitate ersetzt, die Carl zuvor in verschiedenen Baumärkten erstanden hatte. Die Thorpes zeigten größten Eifer – Konrad hatte ihnen den Space Park als eine gigantische Liebesmaschine verkauft. In einem Seitenflügel des

Gebäudes entstand auf Konrads Anregung die Schaltzentrale, getarnt als Büroeinheit. Von hier erfolgte die Kommunikation Richtung Zorr, zunächst mit Hilfe der ausgelagerten Ufo-Technik.

Konrad schrieb eine lange Neutronenmail an seine Eltern und bat um die Zusendung einer ganzen Flotte Raumschiffe mit technischen Hilfsmitteln für die Ausstattung des Space Parks. Gleichzeitig erstellten Carl und Robi eine Liste von Empfehlungen und Verboten, die den Thorpes den Aufenthalt auf der Erde erleichtern sollte.

Erstens: Das Werfen mit Köpfen oder Gliedmaßen ist untersagt.

Zweitens: Bis auf weiteres begegnen Thorpes den Menschen freundlich und zuvorkommend.

Drittens: Thorpes achten den menschlichen Körper und provozieren nicht durch Entstellungen.

Viertens: Die Kleidung ist unauffällig und dezent. Nur ein Thorp, der nicht auffällt, ist ein guter Thorp.

Fünftens: Kein Mensch darf zum Sex mit Thorpes gezwungen werden. In Zweifelsfällen vorher fragen oder bar bezahlen. Am besten beides.

Abschließend wandte sich Carl an die Außerirdischen. »Ich weiß, dass Sie mir gegenüber Vorbehalte haben. Bitte glauben Sie mir aber, wenn ich Ihnen den folgenden Rat gebe. Ihre … äh, Leidenschaft wird vor allem Früchte tragen, wenn Sie Ihrer Auserwählten mit Charme und Esprit begegnen. Reden Sie wo immer möglich in zusammenhängenden Sätzen, erkennen Sie den Wert guter Tischmanieren. Und vor allem: Erliegen Sie um Himmels willen niemals der Versuchung, mit Ihrem Stammbaum zu prahlen.«

Carl kam sich vor wie auf einer riesigen, surrealen Baustelle und freute sich mit Konrad und Robi, als die Antwort aus Zorr eintraf. Die politische Führung, allen voran Konrads Vater, war bereit, sich auf das Experiment »Freizeitpark Erde« einzulassen. Bis zum Jahresende. Dann werde neu entschieden. Bis dahin habe Konrad hoffentlich zurückgefunden zu Einsicht und Vernunft.

Es dauerte nicht lange, bis die ersten Raumschiffe auf der Weser landeten und im Hafenbecken andockten. Dabei kam es gelegentlich zu Beinahezusammenstößen mit dem einen oder anderen Containerschiff, doch die Zorraner lernten schnell dazu und umflogen jedes Hindernis. Die Kommandanten waren überwiegend Ghules, die Handlanger Thorpes. Während Letztere erwartungsvoll an Land strömten, weigerten sich die Ghules, die Raumgleiter zu verlassen. Das Projekt Space Park sei reine Zeitverschwendung, sagten sie. Schließlich liefen die Vorbereitungen schon auf vollen Touren. Für das größte Feuerwerk aller Zeiten.

Mit erstaunlicher Präzision verwandelten die Thorpes den Space Park in einen Abenteuerspielplatz, wobei eigene Computerspiele ebenso als Vorlage dienten wie irdische Science-Fiction-Phantasien, darunter Herr der Ringe, Matrix oder Planet der Affen. Für beson-

ders gelungen hielt Carl die dreidimensionale Reise durch die Milchstraße inklusive Krieg der Sterne: Machtbesessene Mutanten sprengen die Erde, auf der Suche nach Sex und Spaß. Ein echter Knüller waren auch die Space Cars. Sie flogen in drei Metern Höhe von unsichtbarer Hand gesteuert durch die Halle: eine wahrhaft intelligente Lösung großstädtischer Verkehrsprobleme. Ihre Energie bezogen sie aus sonnengespeisten Batterien. Die Thorpes ermutigten ihn zu einer Probefahrt, und Carl mochte ihr freundliches Angebot nicht ausschlagen. Kaum saß er im Wagen, schoss der los wie eine Rakete. Die Beschleunigung brach ihm fast das Genick, und durch die Fliehkräfte konnte er kaum atmen. Erst nach Minuten erlöste ihn Konrad von seiner Tortur, während die Küchenschaben noch immer johlten.
Mit jedem Raumschiff kamen neue Thorpes nach Bremen. Im Space Park herrschte Hochbetrieb, an allen Ecken und Enden wurde gebaut und gewerkelt, genietet und geschweißt, vermessen und verlegt. Dabei gaben sich die Außerirdischen zunehmend zivilisiert. Im Gebrauch ihrer Gliedmaßen hatten sie mittlerweile Routine, ebenso in der Verwendung von Messer und Gabel. Ihre sprachlichen Aussetzer wurden weniger, neuerdings übten sie sich gar in der Kunst der Verführung. Sie lächelten viel und sagten Sätze wie: »Dein Mann hat einen schweren Stand, ich hab einen Ständer.«
Gelegentlich wagten sich einige Thorpes in die Stadt

hinaus, auf der Suche nach Abenteuern. Dann wurden sie von der eigens für solche Fälle eingerichteten Delta Force aufgelesen, bevor die Dinge aus dem Ruder liefen. Allein der Gedanke, der ganze Schwindel könnte auffliegen, bereitete Konrad schlaflose Nächte. Carl war ihm ein stiller Verbündeter. Allerdings musste Carl oft genug seine Schmerzgrenze überwinden. Vor allem hasste er die Fahrten in den Baumarkt, um Dichtungsringe oder Toilettenschüsseln einzukaufen.

Saßen Carl und Alexandra abends zu Hause beim Essen zusammen, kam er sich vor wie ein Thorp. Redete in Halbsätzen, manchmal reduziert auf Äußerungen wie »haben« oder »Tee«. Er war ständig in Sorge, sich zu verplappern, sich und sein Leben im Space Park zu verraten.

Eines Abends, im Radio lief eine Sendung über Alexandras Lieblingssänger Johnny Cash, sagte sie unvermittelt, dass es ihr leidtue. Die vielen Fehler, die sie gemacht habe. »Ich hätte dich niemals überreden dürfen, diese Stelle bei Bronsky anzunehmen.« Seither sei es in ihrer Ehe nur noch bergab gegangen. Darüber sei sie sich längst im Klaren.

Carl hörte ihre Worte, doch sie berührten ihn nicht.

»Sag etwas, Carl.«

»Was soll ich denn sagen?«

»Du meinst, wir haben keine Zukunft?«

Es fiel ihm schwer, über Gefühle zu reden. Nachdem seine Mutter gestorben war, hatte er von seinem Vater wenig mehr gehört als ein knorriges »Ach«. Keine

Tränen, keine Trauer. Nicht sichtbar. Allein dieses »Ach«. Carl war damals zwölf, und noch auf dem Friedhof hatte er seinen Vater bedrängt, mehr zu sagen als nur das. »Was willst du denn hören, Kind«, hatte der erwidert, und so richtig hatte Carl das auch nicht gewusst. Auch die Verwandten am Grab beschränkten sich auf ein leises Schluchzen und die Frage, wer von ihnen wohl als Nächstes in der Grube liege. »Ach«, klagten sie beim Leichenschmaus, »der Kaffee hier ist aber schlecht.«

Ein einziges Wort, und es hatte jahrelang einen Therapeuten ernährt. Seinen eigenen, genauer gesagt. Dessen Analyse allerdings erschöpfte sich darin, ihn wieder und wieder darauf hinzuweisen, dass der Tod unausweichlich sei.

Eines Tages beendete Carl die Sitzungen. »Ach so«, sagte er, stand auf und ging. Als Alexandra ihm wenig später offenbarte, dass sie schwanger und er wohl der Urheber sei, sagte er nur: »Ach du Scheiße.« Er pilgerte zum Grab seines Vaters, zum ersten Mal seit dessen Beerdigung, und legte dort ein kleines Blumenbeet an. Es war seine Art, sich mit der Vergangenheit zu versöhnen. Diese kleine, spontane Aktion half ihm, die Welt anders zu sehen. Mehr noch, er war entschlossen, sie neu zu gestalten. Dann aber kam Bronsky, und nach ihm die Außerirdischen. Und seine Frau – mein Gott, sie redeten wieder miteinander. Reichte das nicht, für den Anfang? Konnte sie nicht zufrieden sein und in Ruhe Johnny Cash hören? Gefühle machten

ihn schwindelig. Davor hatte er Angst. Mehr als vor irgendeinem großen Knall.
»Carl? Sag was.«
»Weiß nicht.«
»Was weißt du nicht?«, hakte Alexandra nach.
»Wie es mit uns weitergeht.«
»Aber du musst doch wissen, was du willst.«
Carl wusste es nicht. Er dachte und handelte rational. Er mochte nicht alleine sein. Das war er nicht gewohnt. Seit dem Tauwetter in ihrer Beziehung sah er keinen Anlass mehr für Grundsatzfragen. Seine Ehe bot Verlässlichkeit, die Routine empfand er als bequem. Gelegentlich überkamen ihn ähnliche Gelüste wie die Thorpes, und er widerstand ihnen nicht, wenn sich die Gelegenheit bot. Das aber geschah immer seltener. Dennoch gab es für ihn kein Shangri La einer neuen Beziehung, schon gar nicht mit einer deutlich jüngeren Frau. Jeder Trennung folgte ein neuer Alltag, mit anderen Problemen.
»Findest du mich begehrenswert?«, fragte Alexandra mit starrem Gesicht.
»Natürlich.«
»Und warum glaube ich dir das nicht?«
»Vielleicht willst du es nicht glauben.«
»Doch. Dein Tonfall verrät dich. Ich bin dir egal. Vollkommen egal.«
Carl holte Luft, tief und geräuschvoll. Dann atmete er durch die Nase wieder aus.
»Liebling, warum kündigst du nicht«, warf Alexandra

in den Raum. »Wenn du willst, können wir von hier wegziehen. Ich verdiene genug für uns beide. Mach dort weiter, wo du damals aufgehört hast. Du bist ein guter Architekt.«

»Du hast Ideen!«

»Das war doch immer dein Ziel. Etwas schaffen, das die Zeit überdauert.«

Er wollte endlich ins Bett.

»Bist du sauer auf mich?«

»Nein!« Carl bemühte sich um einen normalen Tonfall. »Nein. Wirklich nicht.«

Alexandra stellte ihr Weinglas ab, erhob sich. Ging die zwei Schritte auf ihn zu, setzte sich rittlings auf seinen Schoß. Legte die Wange an seine, versenkte ihre Arme zwischen der Stuhllehne und seinem Rücken. »Küss mich«, sagte sie, und Carl bemerkte ihren Mundgeruch.

DREIZEHNTES KAPITEL

Johnny Cash lebt

Carl dachte an das Blumenbeet am Grab seines Vaters, während Konrad Mayfield mit klangvollen Worten die Leitstelle präsentierte, das technische Herz des Space Parks. Sie lag gleich neben der geheimen, gut abgeschirmten Schaltzentrale, von der aus die Kommunikation mit Zorr erfolgte. Dort hatte auch die Delta Force ihren Sitz, dort erteilte Robi den neu angelandeten Außerirdischen Crashkurse zu allen Fragen menschlicher Zivilisation, ohne allerdings für Mord und Totschlag zu werben. Alles in allem eine gut geölte Maschinerie, die Illusionen erzeugte und Machtverhältnisse elegant verschleierte, im Himmel wie auf Erden.

Nicht nur Bronsky, auch den Vertretern des Bremer Senats hatte es regelrecht die Sprache verschlagen. Innerhalb kürzester Zeit hatten zwei Außenseiter, Carl und sein amerikanischer Verwandter, eine bautechnische Meisterleistung vollbracht – mit einem Heer williger Helfer, die unentwegt lächelten und den Eindruck erweckten, nur für die Arbeit zu leben. Allein die Rekrutierung einer so großen Zahl schlichter, doch strebsamer Charaktere rang Bronsky das Eingeständnis ab, hier seien Nägel mit Köpfen gemacht worden. Blondgelockte Hostessen in weißer Bluse und rotem Kleid schenkten den Herren Champagner ein und servierten Häppchen.

Bronsky zog Carl zu sich heran: »Wie habt ihr das gemacht?«

Da er kaum die Wahrheit sagen konnte, bemühte Carl die transatlantische Wertegemeinschaft und ihren historischen Werdegang – vom Rosinenbomber bis zum Space Park.

Gegen Ende der Führung lud Bronsky die Baumeister und die Herren vom Senat zu einem Dinner zu sich nach Hause. Zum Abschied hob er seinen Arm und reckte den Daumen in Carls Richtung. Die Thorpes ließen diese für sie neue Geste sofort in ihre Motorik einfließen. Zu Hunderten hoben sie die Arme und reckten die Daumen. Dabei geschah, was nicht geschehen durfte. Zahlreiche Arme fielen von den Schultern.

Oh, mein Gott, raunten die Senatoren. Einer von ihnen, Arzt von Beruf, eilte sofort zu den Verunglückten. Konrad sandte ein elektronisches Signal an Robi, der umgehend mit einer Gedächtnispistole erschien und die Erdlinge, ausgenommen den beiseitegetretenen Carl, in blaues Licht hüllte. Die armlosen Thorpes machten sich verstohlen aus dem Staub. Robi ermahnte sie, zunächst ihre verlorenen Gliedmaßen einzusammeln. Das taten sie auch, wenngleich murrend. Nachdem aber Carl und Konrad vom Parkplatz zurückgekehrt waren, wo sie den hohen Besuch verabschiedet hatten, probten die Thorpes den Aufstand. Entsagung und Verzicht, das sei jetzt vorbei. Sie wollten endlich zum Schuss kommen. Davon abgesehen ließen sie sich nicht länger von einem Roboter herumkommandieren. Nur mit Mühe gelang es Konrad, die aufgebrachten Gemüter zu beruhigen. Doch verstand er ebenso wie Carl, dass etwas geschehen musste. Die Zukunft der Erde hing wesentlich von der Triebbefriedigung einiger mutierter Kakerlaken ab, die nicht länger mit sich spaßen ließen.

Lucia stand an Konrad Mayfields Seite und konnte ihre Augen nicht von ihm abwenden. Ständig fuhr sie mit der Hand durchs Haar und schob einige Strähnen hinter ihr rechtes Ohr. Das herzliche Einvernehmen zwischen seiner Tochter und dem vormaligen Pudel trieb Carl die Zornesröte ins Gesicht.

Die Besuchergruppe hatte sich auf der Veranda von Bronskys Villa eingefunden, die letzten Strahlen der spätsommerlichen Sonne genießend. Charlotte hatte ein gesundes, buntes Büfett anrichten lassen, einen Querschnitt durch die Gemüsesorten der Saison, teils in pürierter Form, ein Hohelied veganer und glutenfreier Kost, bereichert um zahlreiche Tofu-Variationen vom grauweißen Grillwürstchen bis zum saftlosen Steak. Die Mitglieder des Senats, geübt in Rhetorik, waren voll des Lobes, beließen es aber dabei, hin und wieder an einer Karotte zu knabbern. Einer der Gäste aus Bremen ließ eine Tüte Erdnüsse kreisen. Konrad erweckte den Eindruck, Lucia seine ungeteilte Aufmerksamkeit schenken zu wollen. Dazu kam er aber nicht, da Bronsky ihn immer wieder mit neuen Fragen bestürmte. Vor allem drängte ihn zu erfahren, wie Konrad in so kurzer Zeit ein dermaßen hochmotiviertes Team habe zusammenstellen können.

»Nun, wie Sie wissen, komme ich aus einer anderen Welt«, erklärte er freundlich. »Aus Amerika.« Und dort hätten sich längst unternehmerische Prinzipien durchgesetzt, deren Potenzial Europa erst noch erkennen müsse. »Es geht um bedingungslose Loyalität und Effizienz. Wer bei mir einen Vertrag unterschreibt, erklärt sich bereit, keinerlei Kritik zu üben. Ich dulde ausschließlich Meinungsäußerungen, die helfen, den Ertrag zu steigern. Freizeit gibt es nicht. Wir arbeiten sieben Tage die Woche. Wer krank ist, nimmt Urlaub oder fliegt.«

Die Senatoren schwiegen mit offenem Mund.

»Das ist … das ist gut«, sagte Bronsky, die Worte einzeln hervorpressend, als litte er unter Darmverstopfung.

»Ein Erlebnispark«, ergänzte Konrad, »ist eine ernste Angelegenheit. Die wenigsten wissen mit ihrer Freizeit etwas anzufangen. Unterhaltung ist nichts anderes als Politik mit anderen Mitteln. In meiner Heimat setzen wir diejenigen, die sich amüsieren wollen, auf ein

Kettenkarussell. Es hört niemals auf, sich zu drehen, und bei Bedarf erhöhen wir die Geschwindigkeit. Damit diejenigen, die etwas zu sagen haben, in aller Ruhe ihren Geschäften nachgehen können. Das ist nicht gerade die feine englische Art, natürlich nicht. Aber, wenn wir ehrlich sind: Nirgendwo wird dieses Spiel anders gespielt.«

Lucia zeigte sich befremdet von dem Auftreten ihres Angebeteten. Der flüsterte ihr leise ins Ohr, für Carl nicht leise genug, er wolle diesen Leuten einen Spiegel vorhalten.

Charlotte, die Alexandra ein deutlich zu laut geführtes Gespräch über das überraschende Ende ihrer Karriere als Malerin aufzudrängen versucht hatte, fragte nunmehr Konrad Mayfield auf Englisch, ob er sich für Kunst und Malerei interessiere. Ihr schwerer Akzent erweckte den Eindruck, sie rede Plattdeutsch. Bronsky hielt es nicht für erforderlich, die Antwort abzuwarten. »Sie sind offenbar ein glühender Anhänger des Marktes«, stellte er fest.

»Alles regelt sich über den Preis«, bestätigte Konrad.

»Dann lassen Sie uns offen reden. Welche Verbesserungen empfehlen Sie bei der Vermarktung des Paulaners?«

»Ich würde ihn für neue Zielgruppen öffnen. Sie können Business Class fliegen oder aber einen Billigflug wählen. Die Flugzeuge sind in beiden Fällen die gleichen. Eine Fluggesellschaft jedoch, die allein auf Business setzt, wird auf Dauer nicht überleben.«

Carl konnte förmlich sehen, wie Bronsky in die Knie ging und sich an seinem Glas Sekt festhielt. Gedankenverloren trottete er zum Büfett, griff sich eine Tomate, in die er lustlos hineinbiss. Auch die Senatoren wussten nicht recht, was sie sagen sollten. Und doch waren sie erkennbar fasziniert von dieser tabulosen Einführung in die Marktwirtschaft.

Bronsky ließ nicht locker. »Sie meinen also, das Karussell müsse sich ständig drehen«, dachte er laut.

»Ständig. Es braucht schon einen sehr guten Grund, alles stehen und liegen zu lassen«, erwiderte Konrad, Lucia mit Blicken verzehrend.

»Also, ich für mein Teil, ich hab Hunger«, sagte Bronsky und klatschte in die Hände. »Ich bestelle uns mal ein paar Pizzas mit Salami und Schinken und allem, was dazugehört.«

Charlotte zog sich beleidigt in die Küche zurück, während Bronsky die übrigen Herrschaften bat, im Wohnzimmer Platz zu nehmen, inmitten der Gemälde seiner Frau, die einige Senatoren beherzt zur Seite schoben. Anschließend ploppten die Biere, die Gäste tranken aus der Flasche und lösten die Krawatten. Es wurde richtig gemütlich, krachlederne Scherze konkurrierten mit derben Anekdoten.

Als die Runde eine gute Stunde später noch immer beisammensaß, vor sich leere Pizzakartons und Batterien geköpfter Bierflaschen, empfahl sich Carl. Auch an diesem Abend war er entbehrlich. Die Männer zogen her über Bayern München, wo es mehr Geld als

Verstand gab, anders als bei Werder Bremen. Deswegen würden die Bremer auch so selten Deutscher Meister.

Alexandra war schon vor geraumer Zeit gegangen, nachdem Carl sie angeherrscht hatte, ihm nicht ständig auf die Nerven zu gehen. Die Zukunft, ihrer beider Zukunft, mein Gott, die sei im Zweifel ein Schwarzes Loch.
Spontan entschied er sich für einen Spaziergang Richtung Worpswede. Verfiel in Schwermut, empfand Reue, fühlte sich einsam. Als es in Strömen zu regnen begann, rannte er nach Hause. Es war schon weit nach Mitternacht, und er bemühte sich, keinen Lärm zu machen. Auf keinen Fall Alexandra wecken, erneut sinnlose Gespräche führen. Auf Zehenspitzen schlich er durch die Küche, doch eine innere Stimme sagte ihm, dass irgendetwas nicht stimmte. Was sollte schon sein, sagte er sich. Du siehst schon Gespenster. Halt! Da war es wieder. Ein merkwürdiges Wimmern und Stöhnen. Leise, anhaltend, leidenschaftlich. Vorsichtig ging Carl die Treppe hinauf, die Geräusche verdichteten sich zu einem regelrechten Stakkato. Die Töne kamen aus Alexandras Schlafzimmer, stellte er fest. Und verstand, dass sie nicht allein war. Jetzt hörte er ein gieriges Schmatzen, gewaltig, brunftig, zügellos. So mochte es zugehen, wenn die Zähne des Löwen in den Hals der Gazelle drangen. Der sanfte Flötenklang seiner Frau im Duett mit roher Begierde. Ebenso beun-

ruhigt wie verunsichert klopfte Carl an Alexandras Tür. »Geht es dir gut?«, fragte er zögerlich.
Augenblicklich kehrte in Alexandras Zimmer Stille ein. Dann erklang Musik, »I walk the line« von Johnny Cash – in einer Lautstärke, die den CD-Spieler auf ihrem Nachttisch fast zum Explodieren brachte. Er vernahm das Rascheln von Bettwäsche, sah regelrecht die Fluchtbewegung eines Eindringlings. Dann öffnete er die Tür, die zu seinem Erstaunen nicht abgeschlossen war.
Alexandra lag in ihrem Bett, züchtig von Nachthemd und Bademantel verhüllt, und hielt ein Buch in Händen, »Der dritte Mann« von Graham Greene. Humor hatte sie, das musste Carl ihr lassen. Sie fragte, ob er noch Lust habe auf einen Wein, im Wohnzimmer. Ihr Tonfall verriet Anspannung, Panik fast. Die Luft roch nach Samen und Schweiß, und wie in Zeitlupe bewegte sich Carl zum Kleiderschrank, dem einzigen Ort, wohin sich der Eindringling geflüchtet haben konnte, sofern er nicht unter dem Bett lag.
»Nein!«, rief Alexandra, doch Carl öffnete auch diese Tür. Und erstarrte. Warf sie wieder zu. Sah entgeistert seine Frau an. Hatte wenig Zeit zum Nachdenken, denn eine Hand schoss aus dem Kleiderschrank hervor, zerschmetterte dabei das Sperrholz und griff nach Carls Hals. Er bekam keine Luft und hatte das Gefühl, in einen Schraubstock geraten zu sein. Zappelte hilflos, suchte Halt an der zerstörten Tür. Eine Latte löste sich, die Carl seinem Peiniger ins Gesicht rammte. Der

ließ einen fürchterlichen, markerschütternden Schrei hören und ließ ab von Carl. Mit dem Stuhl, auf dem Alexandra gewöhnlich ihre Kleidung ablegte, schlug Carl auf die Gestalt ein, die ihm entgegenwankte, eine Schimäre, zur Hälfte Mensch, zur Hälfte Kakerlake; die zerfließenden Gesichtszüge waren die von Johnny Cash. Der Außerirdische blutete stark, eine schleimige, eitrige, gelbflüssige Substanz trat aus zahlreichen Öffnungen hervor. Alexandra schrie kurz und heftig, dann verlor sie das Bewusstsein.
Der Stuhl zerbrach, der Kerl riss sich den Kopf ab und warf damit nach Carl. Das Geschoss durchschlug die Wand, und Carl floh in Richtung Küche, zu den Messern, instinktgeleitet, ohne Plan. Griff sich zwei Grillspieße, jeweils einen halben Meter lang, während hinter ihm in der Küchentür bereits der Alptraum lauerte. Das Wesen grunzte und stammelte Laute, die Carl nicht verstand. Der Kopf wuchs ihm nach, erst kirschen-, dann kohlkopf- und schließlich menschengroß, ein lächelndes Johnny-Cash-Konterfei auf Kerbtierbrust und Gliederfüßen. Dann aber nahm der Eindringling Carls eigene Gesichtszüge an, höhnisch grinsend: »Warum sollte ich dir Illusionen verkaufen?«, fragte er, und seine Stimme schabte und schrammte. Er schleuderte eine gelbe Flüssigkeit auf Carl, die ein unerträgliches Jucken verursachte, selbst durch die Kleidung hindurch.
Carl reagierte, indem er mit den Grillspießen und mehreren Küchenmessern nach seinem Doppelgänger

warf. Der wich aus und bombardierte ihn mit seinem Sekret, bis Carls Haut regelrecht in Flammen stand. Wie ferngesteuert holte Carl einen Hammer aus dem Unterbau der Spüle hervor.
In der Küche roch es mittlerweile wie in Alexandras Schlafzimmer nach Körperflüssigkeiten. Doch Carl gab sich der Übelkeit, die ihn überkam, nicht hin, stattdessen stürzte er sich mit dem Mut der Verzweiflung auf den Fremden und hämmerte blindwütig auf ihn ein. Nur das Gesicht sparte er aus. Das brachte er nicht fertig. Seinen eigenen Schädel zu zertrümmern.
Die Kakerlake sackte zu Boden, Carl zerfetzte ihre berstenden Flügel und rammte ihr sämtliche Messer in den Rücken, die er finden konnte. Bis sie sich nicht mehr bewegte. Der Boden der Küche war bedeckt von gelbem Schleim. Carl hielt sich an der Spüle fest, außer Atem und erschöpft. Und spürte wohl, wie er sich eines quälenden Gedankens zu erwehren suchte, der schleichend von ihm Besitz ergriff, ein Wundmal, das die Zeit niemals würde heilen können: Alexandra hatte Sex mit einer Küchenschabe. Konnte sie davon schwanger werden?
Er drehte den Wasserhahn auf und ließ Wasser über seine schmerzenden Hände laufen. Fast gefror ihm das Blut in den Adern, als sich der Außerirdische noch einmal erhob und seine Gestalt veränderte, mit letzter Kraft. Vor Carls Augen stand sein vollkommenes Ebenbild, ein perfekter Klon. Hasserfüllt starrte der ihn an, bevor er reglos zu Boden sackte. Aus den Wun-

den floss Blut, rotes, zähflüssiges Blut. Sein eigener, geschundener Körper lag da, in einer größer werdenden Blutlache, die in phantasievollen Mustern mit der gelben Flüssigkeit verschmolz. Carl, kurz vor einem Nervenzusammenbruch, hörte Alexandra stöhnen und wehklagen. Er holte die Gedächtnispistole und versorgte sie umgehend mit Erinnerungsverlust. Einen Augenblick spielte er mit dem Gedanken, die Pistole auf sich selbst zu richten. Stattdessen rief er Konrad auf dem Handy an und erklärte in dürren Worten, was geschehen war. Konrad überlegte einen Augenblick. Dann schlug er vor, Lucia im Bremer Park Hotel unterzubringen. Nach Hause könne sie ja im Augenblick nicht. Carl war einverstanden.

Konrad erkannte sofort, dass Carl unter Schock stand. Als er eintraf, wischte der gerade den Küchenboden feucht auf. Konrad dachte an Lucia, spürte noch den Kuss auf seinen Lippen, den sie ihm zum Abschied gegeben hatte. Am liebsten würde er mit ihr durchbrennen, egal wohin. Er war ein verliebter Teenager, dem keine Stunde schlug. Alles war Sehnsucht, alles war gut.

Carl aber brauchte Hilfe. Er versicherte, er habe die Küche schon fünf- oder sechsmal gewischt, alle Fenster geöffnet. Dennoch roch es nach Samen und Schweiß. Carl redete ohne Unterlass, wie in Trance. Alexandra schlafe, er habe ihr ein Schlafmittel verabreicht. Die zerstörte Tür des Kleiderschranks entfernt, die Spuren in ihrem Zimmer beseitigt, abgesehen von dem Loch in der Wand, für das er noch eine Erklärung benötige. Auch die Bettwäsche habe er abgezogen und im Garten verbrannt. Am liebsten würde er das ganze Haus in die Luft jagen.

Die Leiche, die sein Ebenbild war, hatte er allerdings nicht angerührt. Konrad holte eine Decke aus dem Wohnzimmer und legte sie über den Toten.

»Was ist das für ein gelbes Zeug, mit dem er nach mir geworfen hat?«, fragte Carl.

Konrad zögerte mit der Antwort. »Wenn du es unbedingt wissen willst: Es ist Verdauungsflüssigkeit. Urin, mit andern Worten. Von den Talgdrüsen abgesondert und daher dickflüssig.«

Carl erweckte den Eindruck, sich übergeben zu müssen. Er hustete und machte Spuckgeräusche. »Mir wird das alles zu viel, Konrad. Dieser Tote da – das geht nicht. Das ertrage ich nicht.«

»Es ist seine Art, sich zu rächen. Du sollst keine Nacht mehr ohne Alpträume verbringen.«

Unruhig lief Carl in der Küche auf und ab. »Konrad, wenn ich gewusst hätte, was mich erwartet, hätte ich mich lieber ein zweites Mal aufgehängt. Oder wäre schreiend davongelaufen, als du gelandet bist. Ich will keine Leiche in meiner Wohnung, die aussieht wie ich. Und ich lasse nicht zu, dass irgendein verdammter Außerirdischer meine Frau vögelt. Weder meine Frau noch meine Tochter. Habe ich mich klar und deutlich ausgedrückt, Mr. Mayfield?«

Konrad nickte. »Wir müssen den Toten beseitigen«, sagte er. »Am besten, wir vergraben ihn.«
»Du hast Nerven! Wo denn? Im Garten?«
»Das wäre die beste Lösung.«
»Nur über meine Leiche.«
Gegen seinen Willen musste Konrad grinsen. Mehr noch, er fing an zu lachen. »Entschuldige, Carl, aber deine Drohung hat etwas … Verspieltes.« Im Vorbeigehen legte er Carl die Hand auf die Schulter. Begab sich zur Verandatür und hielt Ausschau. »Da hinten«, sagte er. »Wir könnten ihn neben dem Apfelbaum begraben.«
»Ich empfinde Ekel«, sagte Carl. »Ekel und Selbsthass. Du, du bist immerhin George Clooney. Du wusstest schon, warum du dessen Äußeres gewählt hast und nicht meins. Anders als dieser dämliche Thorp.«
Konrad nahm Carl an den Arm. Willenlos ließ der sich ins Wohnzimmer führen und in einen Sessel setzen. »Carl«, sagte Konrad. »Dein Problem sind nicht Typen wie der da drüben. Dein Problem ist, dass du dich selbst nicht magst. Du glaubst, du seist ein Niemand. Das redest du dir ein, seit deiner Kindheit. Aber solange du dich nicht so annimmst, wie du bist, kannst du auch nicht lieben. Weder dich selbst noch andere.«
Dann geschah etwas, das Konrad nie für möglich gehalten hätte. Carl legte die Hände auf seine Knie, blickte in eine unbestimmte Ferne und fing an zu weinen. Er weinte hemmungslos, wie ein Kind. Noch nie hatte Konrad einen erwachsenen Menschen weinen

sehen. Geschweige denn einen Ghul. Ob Thorpes weinten, wusste er nicht.

»Du hast recht. Ich sage es nur ungern, aber du hast recht.« Carl suchte ein Taschentuch. »Ich habe mich wirklich nie gemocht. Seit ich denken kann, wollte ich immer ein anderer sein.«

»Das ist normal.«

»Normal! Niemand kann aus seiner Haut.«

»Hör zu, ich kann mir sehr gut vorstellen, wie du dich fühlst. Glaub mir, wir kriegen das schon wieder hin. Sieh es doch mal so: Ohne dich gäbe es die Erde nicht mehr. Du hast den Lauf der Welt mehr beeinflusst als jeder andere vor dir. Daran solltest du immer denken. Egal, was noch geschehen mag.«

Carl hatte sein Gesicht getrocknet und schwieg. Sie mussten sich um die Leiche kümmern. Draußen dämmerte es schon. Konrad holte zwei Spaten aus der Garage und reichte einen Carl. Der sagte, er wolle nicht bei jedem Blick in den Garten an diesen Horror erinnert werden. Konrad entgegnete, sie hätten keine Wahl.

Sie versuchten, ein Grab auszuheben, doch wo immer sie gruben, stießen sie auf Felsgrund. Bald schon hatten sie den Rasen großflächig zerstört, ohne tiefer als zwanzig oder dreißig Zentimeter vorzudringen. Den Leichnam lediglich zu verscharren erschien ihnen zu riskant. Ein heftiger Regenguss, ein spielendes Kind, ein Hund mit Spürnase – es wäre die programmierte Katastrophe.

»Der Vorgarten!«, rief Konrad und machte sich sofort ans Werk, bevor Carl begriff. Dieses Mal hatten sie Glück. Sie gruben einen Meter fünfzig tief. Das sollte reichen.

»Wir haben keinen Sarg«, stellte Carl fest, als sei das von Bedeutung.

»Wir nehmen die Decke.«

Sie packten den Toten, Konrad an der Schulter, Carl an den Füßen. Vorsichtig trugen sie ihn zu seiner Ruhestätte.

Carl hatte Sorge, sein Klon könnte tropfen und Spuren auf dem Teppich hinterlassen, was aber nicht geschah. »Ist das nun ein Mensch oder ein Kloakentier?«, wollte er wissen.

»Gute Frage.«

Als sie den Toten in die Grube warfen, krähte ein Hahn.

Carl erkundigte sich, ob Konrad für Lucia ein eigenes Zimmer gebucht habe. Im Park Hotel.

»Nun, es war alles ausgebucht, ich ...«

»Willst du sagen, sie schläft in deinem Zimmer?«

»Warum denn nicht? Ich bin doch gar nicht da.«

»Das konntest du aber vorher nicht wissen.«

»Nein, aber ich hatte eine Vorahnung.«

»Eine Vorahnung. Aha.«

»Ich hätte auf der Couch übernachtet.«

»Natürlich hättest du das.«

»Hör mal, glaubst du, ich würde irgendwas tun, was Lucia nicht möchte?«

»Lucia ist noch ein Kind. Sie weiß doch gar nicht, wohin die Reise geht.«
»Na ja, also, gemessen daran scheint sie mir recht erfolgreich zu sein.«
»Willst du sagen, du kennst meine Tochter besser als ich?«
»Nein …! Du kennst sie am besten.«
»Das will ich dir aber auch geraten haben.«
Gemeinsam schaufelten sie das Grab zu und setzten die Grasnarben wieder an ihre alten Stellen. Der Vorgarten durfte keinen Verdacht erregen.
»So«, sagte Carl. »Jetzt gehen wir ins Wohnzimmer und versuchen zu schlafen. Nachher holen wir dann Lucia im Hotel ab.«
Alexandra weckte sie mit einem verschlafenen »Guten Morgen!«. Nicht ohne Verwunderung, lagen doch ihr Gatte und Konrad Mayfield Seite an Seite auf dem ausgeklappten Sofa. Dann fiel ihr Blick auf den Garten.
»Du meine Güte! Wie ist das denn passiert?«
»Tja. Vermutlich Wildschweine«, sagte Carl.
»Deswegen sind wir hier. Um sie zu vertreiben«, ergänzte Konrad.
Alexandra sagte, sie habe in der vorigen Nacht so zügellos geträumt wie nie zuvor. Von Carl. Aus purer Leidenschaft habe sie die Schranktür und sogar die Wand zertrümmert, »und stell dir vor: Da ist tatsächlich ein Loch«. Am schönsten aber sei, »dass ich in deinem Bett aufgewacht bin«.

»Ich glaube, ich lasse euch besser allein«, sagte Konrad.
»Nein, du bleibst! Wir gehen gemeinsam.«
Konrad fügte sich. Im Badezimmer stellte er das Radio ein, blieb hängen bei dem Lied »Ring of Fire«.
»Ach, Johnny«, hörte er Alexandra seufzen. »Von dem habe ich letzte Nacht auch geträumt.«

VIERZEHNTES KAPITEL

Der Fischer und seine Rute

Es geschah am selben Tag, als der Space Park wieder eröffnet wurde. Ein EADS-Team, vier Männer und eine Frau, machten sich festen Schrittes auf den Weg zum aufgedockten Raumschiff am Hafenbecken. Durch die offen stehende Luke betraten sie das Flugobjekt, in dem zwei Thorpes in Menschengestalt ihren Rausch ausschliefen. Diskret sahen sich die Besucher um, machten Fotos, entnahmen Bodenproben mit Hilfe eines Handfegers. Die Bauart des Ufos, stellten sie fest, ähnelte dem Fund im Teufelsmoor.

Robomop hatte den Besuch der Experten als Erster registriert, auf einem Monitor. Daraufhin stellte er den Ton an und zeichnete ihre Unterredungen auf.

Als die Thorpes erwachten, gutgebaute Space Cowboys, erhoben sie sich schwerfällig und fragten, ob sie behilflich sein könnten. Woher sie kämen, fragte die Frau, und die Cowboys antworteten wahrheitsgemäß »von einem anderen Stern«. Scherzhaft fragte ein Wissenschaftler, was sie denn auf die Erde verschlagen habe, und die offenherzige Antwort lautete »Doppel SF«. Um ihre Glaubwürdigkeit zu unterstreichen, küsste ein Cowboy die Frau leidenschaftlich. Die griff in ihre Tasche und holte einen Gegenstand hervor, der auf dem Monitor ohne Vergrößerung nicht zu erkennen war. Wie sich herausstellte, war es eine Spritze, die sie dem Küssenden seitlich in den Arm rammte. Sie entnahm eine Blutprobe, doch war die Flüssigkeit nicht rot, sondern gelb. Es kam zu einem Handgemenge, in dessen Verlauf der zweite Cowboy einem Wissenschaftler den Kopf abriss. Bestimmt kein böser Wille, nur reagierten Menschen in der Regel empfindsamer als Thorpes auf den Verlust ihrer Schädelmasse. »Mir erscheint der Begriff Tragik in diesem Zusammenhang durchaus angebracht. Alle Beteiligten folgten ihren gewohnten Verhaltensmustern, und am Ende war das Durcheinander beträchtlich«, gab Robi später Carl und Konrad gegenüber zu Protokoll.

Die übrigen Wissenschaftler suchten panisch das Weite, doch war soeben ein weiteres Raumschiff im Hafenbecken angelandet. Erwartungsfroh stürzten sich die Neuankömmlinge auf die Erdlinge und versuchten, deren Aussehen zu kopieren. Die Originale verfielen daraufhin in eine Art Schockstarre. Unvertraut mit menschlichen Empfindungen, hielten die Außerirdischen die reglosen Körper für tot und warfen sie ins Wasser. Wenig später zog sie der herbeigeeilte Robi wieder an Land und las den Thorpes heftig die Leviten. Die Wissenschaftler aber waren ertrunken, und

Robi ließ sie an Bord des Raumschiffs bringen. Er schlug vor, sie auf dem Rückflug würdevoll ins All zu schießen.
Unterdessen frühstückte Lucia im Hotel und zeigte sich wenig erfreut, als Konrad in Begleitung ihres Vaters erschien. Carl setzte sich zu ihr an den Zweiertisch und überließ es Konrad, sich selbst um einen Stuhl zu bemühen. Um jedes Gespräch der beiden zu unterbinden, gab Carl den Alleinunterhalter. Zufrieden stellte er fest, dass Konrad den Blickkontakt mit seiner Tochter mied. Bis es ihr zu bunt wurde.
»Paps, was soll das?«
»Was denn?«
»Na, das hier.«
»Warum? Freust du dich nicht, deinen Vater zu sehen?«
»Doch, aber mehr noch würde ich mich freuen, wenn du dich vorher angekündigt hättest. Und jetzt sag bloß nicht, dass du spontan sein wolltest. Du bist nie spontan.«
»Ach so«, sagte Carl in einem Tonfall, der Blitz und Donner verhieß. »Ich bin nicht spontan, meinst du.« Er rettete die Welt, warf sein Leben über den Haufen, teilte seine Frau mit einer Kakerlake – allein die Kunst, aus dem Augenblick heraus zu leben, beherrschte er zum Leidwesen Lucias nicht. Ungerührt zog Carl seinen rechten Schuh aus und stellte ihn auf den Tisch. Griff nach der Kanne, schenkte Kaffee ein, warf ein Stück Würfelzucker hinterher und vergaß mitnichten

die Milch. Dann rührte er in seinem Schuh um und trank ihn aus. Mittlerweile ruhten die Blicke sämtlicher Gäste im Frühstückssaal auf ihm, ihr Getuschel war kaum zu überhören. Lucia starrte ihren Vater entgeistert an, Konrad gab stoisch den Buddha.

»Ich bestell dann mal spontan die Rechnung«, sagte Carl.

»Ist schon bezahlt«, informierte ihn Konrad.

»Was … was ist eigentlich los …?«, fragte Lucia. »Ich meine, habe ich irgendjemandem was getan?«

»Hallo! Herr Ober! Hätten Sie vielleicht noch einen Tee? Für meinen linken Schuh?«

Konrads Handy klingelte. Es sei Robi, und er habe schlechte Nachrichten. »Carl, wir müssen los.«

»Moment!«, warf Lucia ein. »Wer ist Robi?«

»Ein Kollege. Wir haben da im Space Park ein technisches Problem«, sagte Konrad.

»Ich komme mit. Vielleicht erfahre ich ja von diesem Robi, was hier abgeht«, erwiderte Lucia.

Auf der Fahrt zum Space Park spürte Carl die Nässe durch die Socke hindurch an seinem Fuß. Dennoch fühlte er sich gut. Er hatte Konrad gründlich die Show gestohlen und hoffentlich einen Keil zwischen ihn und Lucia getrieben. Kaum angekommen, begrüßten die Thorpes Lucia mit einem lang anhaltenden Pfeifkonzert, das sie ignorierte. Verblüfft war sie allerdings, als ihr Robi einen Handkuss gab und betonte, die Zukunft liege ihr zu Füßen. Konrad erklärte, dass zu einem Space Park selbstverständlich auch sprechende

Roboter gehörten, und dieser sei ein besonders gelungenes Exemplar. Erneut verbeugte sich Robi elegant vor Lucia und fragte, ob sie eine Führung durch die Anlage wünsche.

»Ich würde gerne bei Ihnen bleiben. Es gibt offenbar ein Problem, das gelöst werden muss.«

»In der Tat, gnädige Frau. Dieses Problem gibt es. Aber jetzt mal unter uns: Sie wollen sich damit nicht ernsthaft befassen. Mit einem defekten Schaltkreis.«

Robi lächelte so herzlich und gewinnend, dass Lucia seinem Charme erlag. Mehr noch, sie kapitulierte. Ehrlich gesagt hatte Carl seine Tochter noch nie so durcheinander und verwirrt erlebt wie in diesem Augenblick. Ein Roboter, der reden konnte. Ihr Komplimente machte. Einen eigenen Willen besaß. Tja, Lucia. Nicht nur du bist außergewöhnlich. Selbstverständlich lehnte sie die angebotene Führung ab. Das war sie sich schuldig, als Teenager. Sie wolle den Space Park auf eigene Faust erkunden.

Die drei Verbündeten begaben sich in die Schaltzentrale. Mit Hilfe der jeden Winkel erfassenden Monitore behielt Carl seine Tochter im Blick, falls die Thorpes auf dumme Gedanken kämen.

Robi war tief betroffen über den Tod der Wissenschaftler. »Machen wir uns nichts vor«, sagte er. »Wir sind schuldig geworden. Von nun an sind wir nur noch Spieler, die ihren Gegnern hoffentlich immer einen Zug voraus sind.«

»Es war ein Unfall«, hielt Konrad fest. »Leider erwartet uns da draußen nicht das verlorene Paradies. Wir werden aber Verluste nach Möglichkeit vermeiden.«

»Du redest wie Bronsky«, sagte Carl und blickte auf den Monitor. Zwei Thorpes, die Carl an japanische Mangas erinnerten, grüßten Lucia. Sie hatten wuschelige blonde Haare, große Augen, kindliche Gesichter. Der eine war groß und kräftig, der andere schmächtig und klein. Als hätten sie auf Lucia gewartet, führten sie in ihrer Gegenwart einen ebenso sinnlosen wie temporeichen Dialog:

»Sag mal ehrlich, wie geht es deiner Hand. Der Schlag war hart.«

»Mach dir mal keine Sorgen. Übrigens freut es mich, dass wir uns endlich mal treffen. Robi hat mir schon viel von dir erzählt.«

»Robi? Ach hallo, ich wusste nicht, dass ihr euch kennt.«

Sie reichten einander die Hand, und der Große drückte dabei so kräftig zu, dass der Kleine die Zähne zusammenbiss vor Schmerz. »Das – ist – fies«, stammelte er.

»Die Krähe durchwühlt den Müll. Hast du wirklich geglaubt, du könntest mich besiegen?«

»Au verdammt, das tut weh. Hat denn niemand Mitleid?«

Vorbeigehende Thorpes kicherten laut und schüttelten den Kopf.

»Arbeiten Sie hier?«, fragte Lucia.

»Arbeiten? Also, deswegen sind wir eigentlich nicht gekommen«, sagte der kleine Manga.

»Weswegen dann?«
»Oh, also … ehrlich gesagt, Sie bringen mich in Verlegenheit.«
»Das kann ich verstehen. Ich bin immerhin die einzige Frau hier.«
»Machen Sie sich keine Sorgen. Ich lasse nicht zu, dass die Krähen Sie belästigen«, sagte der große Manga.
»Was für Krähen? Wovon reden Sie?«
»Wir sind eben nicht gewohnt, mit Menschen zu reden.«
»Vor allem nicht mit einer Frau«, ergänzte der Kleine.
»Ich hätte nie gedacht, dass Frauen überhaupt sprechen können.«
»Wollt ihr mich verarschen? Ihr benehmt euch wie …«
»Gigolos?!«, riefen die beiden im Duett.
»Eher wie haltlose Jugendliche, wenn Sie gestatten.«
»Schade«, sagte der Kleine. »Wir wirken auf Sie nicht verführerisch?«
»Nicht im Geringsten, nein.«
»Ich habe so viel Kraft«, sagte der Große, »ich könnte Sie auf Händen durch die Halle tragen. Sie sogar rollen, wenn Sie das wünschen.«
»Danke, nicht nötig. Ich bin gut zu Fuß.«
»Sagen Sie: Was braucht es, um eine Frau zu verführen?«, fragte der Kleine.
»Erwachsenes Benehmen zum Beispiel.«
»Verstehe.« Der Kleine zeigte sich enttäuscht. »Wir sind eher kämpferisch veranlagt und neutrotisch.«

»Neurotisch« verbesserte ihn der Große. »Jetzt zeige ich Ihnen mal, was ich kann«, sagte er an Lucia gewandt.

Er schlug Purzelbäume auf dem Boden, wobei er immer schneller wurde. So schnell, dass er nicht mehr aussah wie ein Mensch oder Manga. Oder Thorp. Carl dachte eher an einen Rollbusch.

Lucia klatschte. »Bravo! Das war sehr beeindruckend. Sie sind offenbar ein hervorragender Artist.«

»Ich habe lange nachgedacht, um den richtigen Namen für mich zu finden«, sagte der Große glücklich und stolz.

»Du hast gar nicht nachgedacht«, widersprach der Kleine. »Du hast einen Engländer, dem du zufällig auf der Straße begegnet bist, grün und blau geschlagen. Damit er dir sagt, was ›Rollbusch‹ auf Englisch heißt.«

»Tumbleweed!«, rief der Große.

»Das hätte er dir mit Sicherheit auch so verraten.«

»Ich will Amerikaner sein«, erwiderte der Große. »Die einzigen Menschen, die was taugen, sind die Amerikaner. Sie überwinden jede Grenze, genau wie ein Rollbusch. Deswegen heiße ich TUMBLEWEED!«

Lucia, so schien es Carl, sah diese merkwürdige Begegnung als eine Art Generalprobe des im Space Park gebotenen Unterhaltungsprogramms. Und ganz falsch war der Eindruck ja nicht. Jedenfalls stand sie ruhig und amüsiert da, die Hände in den Hosentaschen, während sich einige Space Cowboys zu der kleinen

Gruppe gesellten und Lucia mit Blicken verzehrten. Bis Tumbleweed sie anherrschte: »Verpisst euch, ihr Krähen!«
»Ich ziehe die leisen Töne vor«, sagte der Kleine. »Ich schreie nicht gerne.«
»Leise Töne!«, höhnte Tumbleweed. »Der da ist ein Schlagzeuger mit Auftrittsverbot. Weil er so laut die Trommel schlägt, dass es die Planeten aus der Umlaufbahn zu werfen droht. Abgesehen davon ist er der Herr der Fliegen. Ein richtiges kleines Scheusal. Pfui Deibel!«
»Hat er auch einen Namen?«, fragte Lucia freundlich.
»Ich heiße Dumbledoo. Ein schöner, phantasievoller Name, ob man ihn nun leise ausspricht oder laut. Außerdem passt er gut zu einem Schlagzeuger, finden Sie nicht?«
»Dumbledoo!«, rief Lucia. Anschließend hauchte sie seinen Namen.
»Siehst du, sie versteht mich!«, freute sich Dumbledoo und trat Tumbleweed gegen das Schienbein.
»Das redest du dir ein!« Tumbleweed schlug ihm die Faust ins Gesicht.
Lucia schüttelte den Kopf und ging weiter. Erreichte kurz darauf die »Piano-Lounge« des Space Parks. Sie setzte sich ans Klavier, während Dumbledoo und Tumbleweed sich weiter prügelten. Sie spielte Kaffeehausmusik, die sich auf ihre Zuhörer legte wie eine Feder.
»Das ist wunderschön«, sagte Robi und bat Konrad

am Monitor zum Tanz, der ihm jedoch einen Vogel zeigte.

»Lucia hat recht«, sagte Carl. »Hier arbeiten nur Männer. Das geht nicht.«

»Was sollen wir tun, deiner Meinung nach?«, erwiderte Konrad. »Frauen einstellen? Die laufen doch schreiend wieder davon.«

»Könnten nicht einige von denen Frauengestalt annehmen? Sagen wir die Hälfte?«

»Die Thorpes«, erklärte Robi geduldig, »sind ausgesprochene Herrenreiter. Sie wollen reiten und nicht etwa geritten werden, wenn ich so sagen darf.«

»Nun seht euch das an!«, rief Konrad. »Lucia schafft Ordnung im Sonnensystem!«

Sie hatte das Genre gewechselt und sang ein Lied von Franz Schubert, zu dem sie sich auf dem Klavier begleitete. Zahlreiche Thorpes blieben stehen, Gefangene ihrer sanften, klaren Stimme.

In einem Bächlein helle,
Da schoss in froher Eil
Die launische Forelle
Vorüber wie ein Pfeil.

Dumbledoo drosch ein auf die Trommel vor seinem Bauch, ein außerirdischer Oskar Matzerath. Die zahlreichen Buhrufe schienen ihn nicht zu stören.

Ich stand an dem Gestade
Und sah in süßer Ruh
Des muntern Fischleins Bade
Im klaren Bächlein zu.

Bei der nächsten Strophe sangen die ersten Umstehenden mit.

Ein Fischer mit der Rute
Wohl an dem Ufer stand,
Und sah's mit kaltem Blute,
Wie sich das Fischlein wand.

Ein kurzes Handgemenge entbrannte zwischen jenen, die sich dem Chor anschlossen, und jenen, die »Klappe halten!« riefen.

So lang dem Wasser Helle,
So dacht ich, nicht gebricht,
So fängt er die Forelle
Mit seiner Angel nicht.

Ergriffene Zuhörer brachen in Tränen aus, sanken einander in die Arme oder entzündeten Feuerzeuge, die sie in die Höhe hielten.
»Das ist unglaublich«, kommentierte Robi. »Die Thorpes zeigen Gefühle!«

Doch endlich ward dem Diebe
Die Zeit zu lang. Er macht
Das Bächlein tückisch trübe,
Und eh ich es gedacht,

Dumbledoo schlug seine Trommel.

So zuckte seine Rute,
Das Fischlein zappelt dran,
Und ich mit regem Blute
Sah die Betrogene an.

Massaker! Happy End! Gott sei Dank! Erleichtert fielen die Zuhörer übereinander her, warfen Arme und Beine in die Höhe, was Lucia allerdings nicht mitbekam, weil Tumbleweed auf sie zurollte und sich in Pose setzte.

Wie ein Flaschengeist stand er vor ihr, mit aufgeblähten Backen, die Arme verschränkt.

»Ein gelungener Auftritt«, sagte er. »Aber was wollen Sie damit erreichen?«

»Ich spiele, weil es mir Spaß macht«, erwiderte Lucia. »Und ich freue mich, wenn meine Musik Menschen glücklich macht.«

»Das Glück ist flüchtig. Auf Sand gebaut.«

Dumbledoo setzte sich ans Klavier und hämmerte auf die Tasten.

»Das ist ja fürchterlich!«, rief Lucia. »Das ist Krach, keine Musik!«

»Der ist ein Schöngeist, genau wie Sie«, entgegnete Tumbleweed höhnisch. »Letztendlich geht es nur um eins. Macht und Größe. Alles andere ist Zeitvertreib.«

So laut und dissonant schlug Dumbledoo die Trommel, dass Lucia schreiend die Flucht ergriff und das Glas des Monitors platzte.

FÜNFZEHNTES KAPITEL

Charlotte verliert ihren Kopf

Während Bronsky und der Bürgermeister eine Rede zur Eröffnung des Space Parks hielten und das Publikum in Scharen an den Eingangsschleusen wartete, mobilisiert von einer beispiellosen Werbekampagne, eilte Konrad in das Space Hotel. Dort hatte er sich mit Lucia verabredet. Heimlich, um Carl nicht zu provozieren. Sie wartete in der nüchtern eingerichteten Lobby und begrüßte ihn ohne Überschwang. Konrad setzte sich neben sie auf den beigefarbenen Zweisitzer. Er wusste nicht recht, was er sagen sollte.

»Warum hast du mich im Park Hotel versetzt?«, fragte Lucia.

»Ich hatte einen Feuerwehreinsatz. Abgesehen davon hat dein Vater etwas dagegen, wenn wir uns treffen.«

»Na und? In zwei Monaten bin ich volljährig.«

»In zwei Monaten, ja. Wir sollten nichts überstürzen.«

»Lässt du dir von meinem Vater vorschreiben, was du tust oder nicht tust?«

»Nein, aber wir sollten nicht unnötig Porzellan zerschlagen.«
»Wie rücksichtsvoll von dir.«
»Immerhin sind wir entfernte Verwandte. Und Carl ist mein Geschäftspartner.«
Lucia legte ihre Hand auf Konrads Oberschenkel. Ihr Gesicht war seinem so nahe, dass er ihren Atem spürte.
»Ich weiß nichts von dir«, sagte sie, und ihre Hand brachte ihn zum Glühen. »Ich weiß nur, dass unser Pudel verschwunden ist, seit du hier aufgetaucht bist.«
»Hunde gehen manchmal ihrer eigenen Wege. Ich hoffe, dass du den Verlust verschmerzt.«
Für eine Sekunde berührten ihre Finger seinen Schritt.
»Wann gehst du zurück nach Amerika?«, fragte sie und strich ihre Haare zurück.
»Ich weiß nicht. Im Augenblick werde ich hier gebraucht.«
»Ich habe deinen Namen bei Google eingegeben. Und rate mal, wie viele Treffer es für Konrad Mayfield gibt.«
Er zuckte mit den Schultern.
»Nicht einen einzigen. Bist du sicher, dass du der bist, für den du dich hältst?«
»Ich dränge nicht an die Öffentlichkeit. Lieber wirke ich im Hintergrund.«
Konrad war erregt wie nie in seinem Leben. Lucia war eine sinnliche Provokation, und sie wusste es.
»Du hättest Diplomat werden sollen«, erwiderte sie.

»Ich bin mir sicher, dass du auch für die merkwürdigen Mitarbeiter eine griffige Erklärung hast.«
»Da gibt es nichts zu erklären. Der Space Park ist eine Erlebniswelt, wir brauchen schräge Typen und Künstler wie Dumbledoo oder Tumbleweed.«
»Und keine Frauen?«
»Männer stehen auf Abenteuer. Und Frauen auf Space Cowboys. Beide kommen auf ihre Kosten. So will es das Marketing. Der Space Park wird sich alle paar Monate neu erfinden. Und keine Sorge: In der nächsten Runde sind auch Frauen dabei.«
Ein Bus mit japanischen Touristen war eingetroffen, die lärmend in die Lobby einfielen. Konrad schlug vor, einen ruhigeren Ort aufzusuchen.
»Du meinst Zimmer 212? Ich war mir sicher, dass du vorgesorgt hast. Der nette Herr am Empfang war so freundlich, meine Vermutung zu bestätigen.«
Konrad überspielte seine Verlegenheit und lotste Lucia an den Japanern vorbei in Richtung Weser-Suite. Er war nervös, weil er noch nie mit einem weiblichen Wesen geschlafen und Angst hatte, sich zu blamieren. Dabei gingen ihm die merkwürdigsten Gedanken durch den Kopf. Warum nur unterwarfen die Menschen ihre Geschlechtsorgane einer solchen Fülle von Gesetzen? Die Kirche, der Staat, das Gesundheitswesen – alle redeten mit und hatten klare Vorstellungen davon, was gut sei und was nicht. Ganz zu schweigen von der Sprache, merkwürdigen Ausdrücken wie »den Geschlechtsverkehr vollziehen«. Konrad stellte sich

einen Polizisten an einer vielbefahrenen Kreuzung vor, der voller Elan und Hingabe den Verkehr der Geschlechter regelte, auf dass sie dem Vollzug entgegeneilten, schwungvoll und diszipliniert. Gab es bei dieser Form des Verkehrs eine Überholspur? Einen Standstreifen? Tankstellen mit Zapfsäulen? Ein Bonusprogramm für Vielvollzieher?

Kaum im Hotelzimmer angekommen, fasste ihn Lucia an der Krawatte und zog ihn aufs Bett. »Du kannst machen, was du willst«, flüsterte sie ihm ins Ohr.

Anstatt ihr Folge zu leisten, fing Konrad haltlos an zu quatschen. Erzählte von Garnelen, die ihr Leben als Männchen begönnen und als Weibchen endeten. Oder Pinguine! »Wusstest du, dass die meisten Pinguine schwul sind?«

Lucia, die im Begriff stand, ihr Kleid auszuziehen, zog den Reißverschluss wieder zu.

»Sag mal: Hast du was gegen mich?«

»Ehrlich gesagt, war ich noch nie mit einer so jungen Frau zusammen.«

»Aber offenbar mit Pinguinen.«

Lucia zögerte, dann löste sie seinen Gürtel, und ihre Zunge drang tief in seinen Mund. Er besaß noch so viel Restverstand, sie nicht den Revolver spüren zu lassen, den er in der rechten Hosentasche trug. Gerade wollte er ihren BH öffnen, da entdeckte er die beiden Löcher in der Wand. Konrad entschuldigte sich, rannte in das Nebenzimmer, dessen Tür die beiden Trottel nicht einmal abgeschlossen hatten.

»Wir sind Hannibal«, sagte der eine, ihm freundlich zugewandt.
»Und Lecter«, entgegnete der andere, sie hielten ihr Glied in Händen.
»Die guten Ärzte.«
»Die schweigenden Lämmer.«
»Nur gucken.«
»Nicht anfassen.«
Konrad zog seinen Revolver und schoss den Thorpes erst den Schädel weg, anschließend zielte er auf ihre Brust. Innerhalb von Sekunden waren sie flinke, dunkelbraune Kakerlaken, die er zertrat. Ein Fall für den Zimmerservice. Er gab der Rezeption telefonisch Bescheid und verlangte eine gründliche Reinigung, bevor die Gäste und so weiter.
»Können wir dann?«, fragte Lucia, sich verführerisch auf dem Bett räkelnd, ihre Blöße flüchtig mit dem Laken bedeckt. Konrad riss sich noch im Gehen Hemd und Hose vom Leib, verfing sich in einem Hosenbein, stolperte, landete der Länge nach auf dem Boden, vor ihren Füßen.
»Ein Profi bist du nicht«, kommentierte Lucia und erging sich in einem Lachanfall. Konrad wünschte, er wäre auf Zorr, eingefroren in Sternenstaub, eine beliebte Freizeitbeschäftigung im Sommer, wenn die Temperaturen auf sechzig Grad und mehr stiegen. Lucia, noch immer Lachfalten im Gesicht, ergriff die Initiative. Während sie sich küssten, klingelte das Telefon. Ohne von ihm abzulassen, hob Lucia kurz den

Hörer und legte wieder auf. Es klingelte erneut, sie warf ein Kopfkissen über den Apparat. Ihre rechte Hand wanderte in die Tiefe, Brust und Bauch sanft massierend, während ihre Lippen wahre Raubzüge unternahmen. Zum ersten Mal in den fünftausend Jahren seines von Nachdenken, Skepsis und Leere bestimmten Daseins erlebte Konrad ein Glücksgefühl am Rand der Ekstase. Als sie mit der Zunge seinen Körper hinunterglitt, langsam ihr Ziel erreichte, da spürte Konrad, dass es ihn geben musste. Den vollkommenen Einklang von Raum und Zeit.

Minutenlang tanzten Sterne vor seinen Augen, und wie aus weiter, sehr weiter Ferne vernahm er Lucias Stimme: »Gar nicht übel für das erste Mal. Vielleicht etwas zu schnell, aber das üben wir noch.« Es klopfte an der Tür, beharrlich und penetrant, bis Lucia erbost rief: »Niemand da!« Eine unterwürfige Stimme bat um Entschuldigung, ein dringender Anruf auf dem Handy für Herrn Mayfield, von Herrn Siering. Mürrisch erhob sich Konrad, griff nach dem im Badezimmer bereitliegenden Bademantel und öffnete die Tür.

»Wo zum Teufel steckst du?«, pöbelte Carl ins Telefon.

»Ist gerade viel los hier.«

»Sieh zu, dass du herkommst. Wir verlieren die Kontrolle.«

»Ich komme sofort«, sagte Konrad.

»Nein, bitte nicht. Lass dir Zeit, dieses Mal«, hörte er Lucias Stimme aus der Tiefe des Raumes.

»Ist Lucia bei dir?«, fragte Carl.
»Wo denkst du hin.«
»Das will ich dir auch nicht geraten haben.«

Konrad verdrehte die Augen, als er Tumbleweed inmitten der Besucherströme entdeckte. Als hellgrüner, kugelrunder, sprechender Busch fegte er durch die Halle, zwei dürre, kurze Zweige dienten ihm als Arme, mit denen er heftig gestikulierte. Gebannt folgte das Publikum seinem Auftritt, während die Worte wundersam aus moosbehangenem Blättermund perlten: »Liebestoll ist unser Schiff, mit dem wir ziehen von Riff zu Riff. Blumenmuster an den Seiten, sind wir zu sichten schon von weitem. Meine Freunde und ich, wir suchen eine Heimat, nicht allein für mich. Grün und weiß sind unsere Segel, die Wind und Wetter von hinten küssen. Die Küsten aber liegen im Nebel, dass wir an ihnen stranden müssen. Dennoch bleiben wir heiter, streben voran auf der kosmischen Leiter. Hoffen auf Menschen, Männer wie Frauen, die uns nicht die Zukunft verbauen. Wir wollen euch glücklich machen, ohne halbe Sachen. Jede Öffnung ist uns recht, wir halten es wie der emsige Specht.« Tumbleweed verneigte sich, und das Publikum spendete tosenden Beifall. Space Cowboys gesellten sich zu dem sprechenden Busch und nahmen erst ihn, dann die Umstehenden an die Hand. Sie tanzten, fielen einander in die Arme, Mensch und Thorp.
»Robi meint, die Burschen wollen den Space Park ver-

lassen und ihr eigenes Reich gründen«, sagte Carl, der sich zu Konrad gesellt hatte.
»Gut möglich«, erwiderte der und schloss die letzten Knöpfe seines Hemdes.
Es folgte ein Auftritt von Dumbledoo. Sein Körper war der eines Menschen, doch trug er einen Fliegenkopf. Der staunenden Menge offenbarte er, dass er Musiker sei, ein Trommler mit Auftrittsverbot. Zuletzt habe er auf einem Planeten drei Millionen Lichtjahre entfernt ein Konzert geben wollen, doch sei er in ein finsteres Verlies gesperrt worden, wochenlang, bei Wasser und Brot. Bis er zu schwach gewesen sei, seinen Schlagstock zu heben. Dumbledoos Fliegenkopf zeigte eine Grimasse, als habe ihn ein hungriger Vogel um Haaresbreite verpasst.
»Seither lebe ich fern von Macht und Gewalt, am liebsten tief im dunklen Wald, auf der Suche nach einem liebend Herzen, das mich erlöst von meinen Schmerzen. Eine Jungfrau gar, die in mir beizeiten den Fliegenkönig sah.« Kaum hatte er den Satz beendet, drückte er einem Space Cowboy einen fetten Kuss auf die Wange. Dessen Menschengesicht verwandelte sich daraufhin in das einer Stubenfliege, während Dumbledoo nunmehr jenes des geküssten Thorps trug. Beim nächsten Kuss wechselten die Köpfe erneut ihre Besitzer. Die meisten Zuschauer standen da mit offenem Mund, begleitet von einem Chor aus »Ah!« und »Oh!«. Daraufhin begannen die umstehenden Space Cowboys, wahllos Männer und Frauen zu küssen. In

den meisten Fällen waren die Reaktionen wohlwollend, auch bezeugt durch zahllose zugesteckte Telefonnummern.

»Eins muss man denen lassen«, kommentierte Konrad, während er sich mit Carl eine Gasse durch die Menschenmenge zur Leitstelle bahnte. »Sie haben begriffen, dass der Ernte die Saat vorausgeht.« Wider Erwarten empfahlen sie sich als Künstler, nicht als Pöbel. Vielleicht hatte Lucias musikalische Einlage zu diesem Quantensprung beigetragen. Sein Vater hatte ihn ausdrücklich gewarnt. Thorpes in ungewohnter Umgebung seien unberechenbar. Sie könnten neue Welten erschaffen und sich hinter Führern scharen, die wie aus dem Nichts erschienen. Mit bloßem Revolver seien diese Burschen dann nicht mehr aus der Welt zu schaffen.

Carl rückte Konrad mit der Nase auf die Pelle. »Du riechst wie der Kerl in meinem Vorgarten.«

»Das bildest du dir ein«, entgegnete sein Partner matt.

»Auf deiner Wange kleben Reste von Lippenstift. Na klar, du hast gevögelt.« Carl schwor, er werde die Wahrheit schon herausfinden. Und gnade ihm Gott, sollte er sich an seiner Tochter vergangen haben.

Konrad wechselte das Thema. Sagte, dass ihm ein Auszug der Thorpes sehr gelegen käme. Der Space Park platze mittlerweile aus allen Nähten, fast täglich lande ein weiteres Raumschiff. »Solange die ihren Spaß haben und sich die Erde untertan machen, wird sie nicht gesprengt. Das ist doch immerhin eine gute Nachricht.«

In der Leitstelle unterhielt sich Robi mit zwei Herren mittleren Alters. Er versicherte, Computer der neuesten Generation, ihn eingeschlossen, putzten sich regelmäßig die Zähne und legten wert auf umweltfreundliche Batterien.

Rüdiger Lemberg, Peter Harris. Kriminalpolizei. Sie zeigten ihre Ausweise. Einer war groß und schlank, der andere übergewichtig und klein. Kirchturm und Kirchenschiff, befand Konrad. Harris, der Turm, ergriff das Wort, langsam und bedächtig reihte er die Buchstaben aneinander, bis sie Worte ergaben, Sätze formten. Während das Kirchenschiff nickte und Blicke abschoss, die insbesondere auf Robi zielten.

»Glückwunsch zu der erfolgreichen Premiere.«

»Wer trägt hier die Verantwortung.«

»Wo waren Sie.«

»Als fünf Mitarbeiter der EADS.«

»Spurlos verschwanden.«

»Und, Herr Mayfield.«

»Ihren Reisepass, bitte.«

Die Kommissare kreisten um Carl und Konrad, während sie ihre Fragen stellten. Ihre aufgesetzte Sprache und die klebrige Distanzlosigkeit spannen ein fein gewirktes Netz, in dem sich unbedarfte Täter mit Sicherheit leicht verfingen. Robi holte Konrads amerikanischen Pass aus der Schublade, den er aus Langeweile (stundenlanges Sitzen an den Monitoren) vor zwei Ta-

gen erst gefälscht hatte – mit einer Perfektion, die der Originaldruckerei die Sprache verschlagen hätte.
Die Männer zeigten Fotos der Vermissten. Ob sie hier gewesen seien, im Space Park.
»Waren sie hier?«, echote Konrad, und Carl und Robi schüttelten den Kopf.
»Waren nicht hier«, versicherte Konrad.
Der Kirchturm wandte sich den Monitoren zu. »Ist das die einzige Kommandozentrale?«, fragte er.
»Die einzige«, log Konrad.
»Warum«, fragte Peter Harris, »stehen dort Sichtblenden neben dem Hafenbecken? Warum ist der Bereich für die Öffentlichkeit gesperrt?«
»Aus Sicherheitsgründen. Die Baumaßnahmen sind noch nicht abgeschlossen«, erwiderte Carl.
Die Herren baten um eine private Führung. Konrad gab Robi ein Zeichen, der daraufhin die Delta Force informierte. Jeden Augenblick musste ein weiteres Raumschiff landen. Das durfte nicht geschehen. Nicht jetzt.
Kurze Zeit später stand die kleine Besuchergruppe vor dem Hafenbecken. Es gab nichts zu entdecken, beim besten Willen nicht. Abgesehen von ein paar Fischen, die mit dem Bauch nach oben trieben.
Welche Baumaßnahmen? Wo denn?
»Sind in Planung«, versicherte Konrad.
Die beiden Polizisten warfen sich ungläubige Blicke zu, aber das Aufstellen von Sichtblenden war nicht verboten. Gerade wollten sie in den Trubel des Space

Parks zurückkehren, da geschah es. Eine Bugwelle raste durch das Hafenbecken, gefolgt von einer Gischt, die über die Kaimauer emporschoss und den Männern eine feuchte Überraschung bescherte. Mit Ausnahme von Konrad und Robi, die beide das für Menschen unsichtbare Raumschiff sehen konnten und rechtzeitig zurückgewichen waren.

»Teufel!«, rief der Kirchturm. »Was war das denn?«

»Schwer zu sagen«, flötete Konrad. »Verspielte Enten?«

Die Kriminalisten schlichen die Kaimauer entlang. Gesenkten Hauptes, mit gebeugtem Rücken, alle Erwartung auf das Wasser gerichtet, das aber keine Geheimnisse offenbarte. Vorwurfsvoll wandten sie sich schließlich an die beiden Fremden, den Amerikaner und den Roboter. Da gebe es doch wohl einen Zusammenhang. Das schäumende Wasser, die Sichtblenden.

Aber keineswegs, versicherten Konrad und Robi. Beim besten Willen nicht, nein.

Eine Luke im Raumschiff öffnete sich, und ein selten hässliches Gesicht zeigte sich der neuen Welt. Als sich die Blicke von Kirchenschiff und Küchenschabe kreuzten, entfuhren beiden gellende Schreie. Das Wesen aus dem All fiel ohnmächtig zurück an Bord, zurück in die Unsichtbarkeit. Auch Lemberg stand sichtlich unter Schock. Er stotterte, und sosehr er sich auch bemühte, er brachte keinen klaren Satz hervor. Sein Kollege Harris, dem die unheimliche Begegnung entgangen war, schlug ihm auf den Rücken, versetzte ihm gar einen Hieb auf die Brust – vergebens. Das Kirchenschiff wankte und schwankte, in seinen Grundfesten erschüttert.

»Ist er vielleicht seekrank?«, erkundigte sich Carl.

»Sparen – Sie – sich – Ihre – dämlichen – Kommentare.« Harris war regelrecht entfesselt: »Glauben Sie nur nicht, dass Sie damit durchkommen, meine Herren! Ich habe keine Beweise, noch nicht. Aber es gibt einen Zusammenhang zwischen dieser Welle und dem Verschwinden von fünf Menschen. Ihrem Tod, wie ich befürchte. Mein Kollege hat etwas gesehen, das er nicht sehen sollte. Wagen Sie nicht, mir zu widersprechen. Was geht hier vor? Erst landet ein Raumschiff im Teufelsmoor, dann feiert der Space Park in Bremen seine Wiedereröffnung. Das ist doch kein Zufall!«

Carl hob an, etwas zu sagen.

»Halten Sie den Mund! Ich lasse mich nicht für dumm verkaufen. Hier geschieht etwas, das von uns Besitz ergreift. Wenn ich mir diesen Roboter da ansehe«, anklagend zeigte er auf Robomop, »dann bin ich geneigt zu behaupten: Sie sind gelandet. Sie sind längst unter uns.«

Konrad reichte dem noch immer röchelnden Polizisten Lemberg ein Glas Wasser. »Und wer genau«, fragte er spitz, »ist da gelandet, Ihrer Meinung nach? Kleine grüne Männchen?«

Der noch immer erregte Kommissar schlug zurück: »Das ist doch genau Ihre Masche! Sie lassen jeden, der die richtigen Fragen stellt, ins Leere laufen. Weil Sie die Vernunft auf Ihrer Seite haben. Sie sind clever, Sie tarnen sich geschickt. Aber glauben Sie mir, wir werden Ihnen auf die Schliche kommen. Wir werden Sie nicht mehr aus den Augen lassen. Jeden Schritt, den Sie machen, werden wir verfolgen. Bis Sie einen Fehler machen. Und dann nehme ich Sie hoch. Darauf können Sie Gift nehmen.«

Carl entdeckte Lucia inmitten der wogenden Menschenmenge des Space Parks. Ein Blick, und er wusste, dass sie mit Konrad im Bett gewesen war. Der matte Glanz in ihren Augen, dieses Lächeln voller Glückseligkeit. Er konnte es nicht fassen. Ein Thorp hatte seine Frau vergewaltigt. Ein Ghul stellte seiner Tochter nach. Carl wusste nicht, wohin mit seiner Wut. Er setzte sich ins Auto und flüchtete. Raste in Richtung Worpswede, spielte einen Augenblick mit dem Gedanken, gegen einen Baum zu fahren.
Stattdessen ließ er den Wagen ausrollen und stellte den Motor ab. Carl spürte das dringende Bedürfnis, tief durchzuatmen, an der frischen Luft. Frühherbstlicher Abendnebel zog über die Wiesen, in der Ferne lag ein Bauernhaus. Einzelne Eichen und Buchen ragten aus der Landschaft empor, zwei Uhus waren vertieft im Zwiegespräch. Carl entdeckte ein Reh auf der Lichtung, friedlich äsend, die Ohren in kreisender Bewegung. Dann sah er Büsche, Büsche ohne Laub, die über die Wiese rollten, angetrieben von unsichtbarer Hand, es wehte kein Wind. Sie hielten auf das Reh zu

und rollten über das Tier hinweg, über den Rücken und den Kopf, in wenigen Sekunden. Carl gefror das Blut in den Adern. Von dem Reh war allein das Skelett geblieben, das einen kurzen Moment seine Form behielt, bevor die Knochen zu Boden sanken. Gleichzeitig hörte Carl ein kurzes, kräftiges Schmatzen, und die Büsche, soeben noch ohne Laub, zeigten nunmehr glänzende, grüne Blätter, die selbst auf diese Entfernung deutlich zu erkennen waren. Rollbüsche. Eine ganze Horde Tumbleweeds.

Carl stand kurz vor einem Herzinfarkt. Er brauchte einige Zeit, um sich zu beruhigen. Widerwillig rief er Konrad an, erreichte aber nur den Anrufbeantworter seines Handys. Lag der Kerl wieder mit seiner Tochter im Bett? Langsam und vorsichtig fuhr Carl in den Paulaner, noch immer zitterte sein Körper wie Espenlaub. Als er in die Siedlung einbog, spürte er, dass etwas nicht stimmte. Es war zu still, niemand zu sehen. Die Männer vom Sicherheitsdienst hatten ihren Posten verlassen. Im leeren Wärterhäuschen brannte das Licht. Allenthalben sah er geschlossene Vorhänge oder heruntergezogene Rollläden. Ein Mann rannte über die Straße und verschwand im Dunkeln. In Höhe von Bronskys Haus stauten sich parkende Autos, mechanisch drehte sich das Blaulicht eines Krankenwagens und warf unheimliche Schatten. Die Haustür stand offen, mehrere Personen gingen ein und aus, darunter auch Polizisten in Zivil. Sie wollten ihn am Betreten der Villa hindern, doch Bronskys dröhnende Stimme

machte den Weg frei. Im Wohnzimmer empfing er Carl mit den Worten: »Wir müssen jetzt stark sein.« Dann fiel er ihm in die Arme, atmete in tiefen, bebenden Zügen. »Entschuldige«, sagte er. »Das ist alles ... zu viel für mich.«
Auf dem Teppich lag Charlotte. Reglos, aber sie lebte, betreut von mehreren Sanitätern in weißen Kitteln. Jetzt erst sah Carl ihren Kopf, ihr Gesicht, und erneut befiel ihn Entsetzen. Bronskys Frau trug das Haupt einer Küchenfliege!
Oh, mein Gott. Dumbledoo. Sie hatte einen Thorp geküsst, der getürmt war mit ihrem Kopf. Peter Harris und Rüdiger Lemberg traten ins Licht und starrten Carl so lange schweigend an, bis der sie unverblümt fragte, ob sie hinter ihrer Totenmaske Charlottes Gesicht versteckt hielten. Die Polizisten konterten mit den üblichen Fragen. Wo waren Sie. Haben Sie. Die Namen der Zeugen.

Konrad und Robi trafen ein, begleitet von Sirenengeheul. Beide grüßten freundlich, wobei der sprechende Roboter den Sicherheitskräften sichtlich Unbehagen bereitete. Doch die Sanitäter zeigten sich schnell beeindruckt von seinen Diagnosen, insbesondere mit Blick auf die Funktionsweise der Hauptschlagader nach der Verschmelzung von Mensch und Küchenfliege. »Immerhin«, sagte Robi, »lassen die Urheber dieser Aktion einen Rest von Feingefühl erkennen. Stellen Sie sich vor, Frau Bronsky trüge das Haupt einer

Kakerlake. Meine Damen und Herren, Sie werden einräumen, dass wir in dem Fall längst kollektiv in Ohnmacht gefallen wären, mich eingeschlossen.«

»Robi«, raunzte Konrad, »halt die Klappe.«

Carl nahm Konrad beiseite, was ihn einige Überwindung kostete, und erzählte von dem schrecklichen Ende des Rehs. Konrad nickte, ohne den Vorgang weiter zu kommentieren. Stattdessen behielt er Robi im Blick, dessen freimütige Aussagen das Misstrauen von Kirchenturm und Kirchenschiff geweckt hatten, nicht zu vergessen die übrigen Philip Marlowes, Maigrets und Schimanskis.

Ob Robi Näheres über die terroristischen Hintermänner sagen könnte.

»Definieren Sie bitte ›Terrorismus‹.«

Ob er sie für dumm verkaufen wolle.

»Dummheit ist keine Ware und somit nicht käuflich.«

Ob er ein Außerirdischer sei.

»Ich bin geschaffen, um zu putzen. Schmutzige Arbeitskleidung und fehlende Hygiene erkenne ich überall.«

Rüdiger Lemberg sprach von Beamtenbeleidigung und drohte mit Konsequenzen, sein Kollege aber hielt ihn zurück. Die Gesetze würden nicht greifen, die Rechtsprechung sei ungewiss – bis auf weiteres bewegten sich Roboter im rechtsfreien Raum. Die Politiker träumten wieder mal vor sich hin, »und wir müssen das ausbaden«.

»Das darf doch wohl nicht wahr sein!«, tobte Bronsky. Er wirkte gleichermaßen aggressiv wie zerbrechlich. Carl konnte sich nicht erinnern, ihn jemals so verwirrt und ängstlich erlebt zu haben. Unvorstellbar, dass er Tränen zeigte. Wut war das Äußerste an Gefühlen, das er öffentlich eingestehen würde. »Darf ich Sie daran erinnern, dass meine Frau ein ernsthaftes Problem hat?«, fuhr er drohend fort.

Konrad dirigierte Carl auf die Terrasse. »Dumbledoo hat mich angerufen«, sagte Konrad. »Er hat Charlottes Kopf. Er will verhandeln.«

»Worüber?«

»Über seine Freiheit. Er will sein eigenes Reich, weit weg von hier. Und er fordert, dass wir, die Ghules, ihn in Ruhe lassen.«

»Und? Werdet ihr?«

Konrad sah Carl eindringlich an. »Das wird sich zeigen.«

»Du wirst schon dafür sorgen, dass die Geschichte einigermaßen gut ausgeht, nicht wahr? Sonst könntest du ja nicht ungestört Lucia vögeln.«

Konrad seufzte.

»Aber nicht mit mir! Erst Johnny Cash, jetzt der Fliegenkopf – was hättest du denn Lucia zu bieten? Ein Leben als Ameise?«

Robi trat hinzu, mit Nachdruck die Terrassentür hinter sich schließend. »Carl«, sagte er sanft, »soweit ich das Gespräch verfolgen konnte, unterliegt Ihr Urteil einer gewissen Zwanghaftigkeit. Sehen Sie, unabhängig von der Frage, ob sich die Gefühle zwischen Konrad und Ihrer Tochter in einem für Sie vertretbaren sittlichen Rahmen bewegen, gilt es doch vor allem, das Schicksal dieses Planeten nicht aus dem Blick zu verlieren. Wenn der Gleichklang liebender Herzen hilft, den Untergang abzuwenden – was spräche aus Ihrer Sicht dagegen?«

»Der gesunde Menschenverstand«, konterte Carl genervt.

»Das ist eine Antwort, Carl, die niemanden recht überzeugen wird.«

»Red nicht so geschwollen daher, du eingebildete Blechbüchse …« Gerade wollte Carl seinen Gefühlen freien Lauf lassen, da wurde die Terrassentür geöffnet.

»Frau Bronsky kommt zu sich. Was sollen wir tun?«, rief ein aufgeregter Sanitäter.

»Reichen Sie ihr einen Spiegel. Danach fällt sie wieder in Ohnmacht«, empfahl Konrad. Der Mann nickte, offenbar zufrieden mit dem Vorschlag.

Robomop aber saß auf dem Boden und weinte, sein Gesicht in den dürren Armen verborgen.

Carl zeigte sich bestürzt. »Was hat er denn?«

»Du hast ihn Blechbüchse genannt. Du hast ihn geduzt. Du hast sein Selbstwertgefühl mit Füßen getreten.«

Carl setzte sich neben Robi und legte seinen Arm um die metallene Schulter.

»Robi, ich … es tut mir leid. Ich wollte Sie nicht beleidigen. Bitte verzeihen Sie mir.«

»Sie haben … Sie haben gesagt, wir wären Freunde. Das haben Sie gesagt! Als wir uns das erste Mal begegnet sind. Im Raumschiff. Das vergesse ich nie, solche Worte.«
»Entschuldigen Sie bitte. Ich habe einen Fehler gemacht. Ich hätte Sie niemals ›Blechbüchse‹ nennen dürfen.«
»Nein, das hätten Sie wirklich nicht tun dürfen!« Robi schniefte und schnaubte, sein ganzes Gesicht war nass. Carl nahm ein Taschentuch und wischte ihn trocken. Auch aus Sorge, er könnte rosten.
»Ich habe doch sonst niemanden auf der Welt. Nur Sie und Konrad. Ich wäre sehr glücklich, eines Tages auch Ihre Frau kennenzulernen.«
»Robi, ich werde euch persönlich bekannt machen. Wenn Sie mögen, koche ich für alle zusammen.«
»Das wäre sehr liebenswürdig. Aber wie Sie wissen, bin ich gerade auf Diät. Auf Stromdiät.«
»Ach, das kriegen wir schon irgendwie hin.«
Robi ergriff seine Hand. »Sie werden mich nie wieder ›Blechbüchse‹ nennen?«
»So wahr ich hier sitze. Das wird nie wieder geschehen.«
»Seid ihr beiden Turteltauben so weit durch mit eurem Programm?«, fragte Konrad, der mit verschränkten Armen dastand und den Kopf schüttelte. »Bronsky schickt sich an, das Gespräch mit uns zu suchen. Um es mal in Robis Worten zu sagen.«

Ohne Umschweife kam Bronsky zur Sache, niedergeschlagen und deprimiert: »Meine Herren, Sie haben gewonnen. Ich gebe auf.«
Carl erhob sich. Wovon, in Gottes Namen, rede er?
Nüchtern und gefasst benannte Bronsky die Fakten, wie er sie sah. Sprach von einer ungeheuren Verschwörung, angefangen mit dem sprechenden Pudel bis hin zum Fliegengesicht seiner Frau. Irgendwo dazwischen liege der Space Park. Unfreiwillig sei er zu einer Art Strohmann geworden. Dem Manager eines erfolgreichen Freizeitparks, an dem sich nun andere zu bereichern gedachten.
»Wer denn?«, fragte Carl erstaunt.
»Mach dich nicht dümmer, als du bist«, fauchte Bronsky. »Glaubst du ernsthaft, dass ich dich nicht durchschaue? Du legst es darauf an, mich zu vernichten. Mich und meine Familie.«
»Herr Bronsky, wenn Sie mir die Bemerkung gestatten: Ihre Beschuldigungen sind gegenstandslos. Ihr Mitarbeiter hat nicht das Geringste mit der gegenwärtigen Beschaffenheit Ihrer Frau Gemahlin zu tun«, sagte Robi, sich ebenfalls erhebend.
»Wir werden alles tun, Ihnen und Ihrer Frau zu helfen«, versicherte Konrad.
Bronsky sagte, er sei der leeren Worte überdrüssig. Man möge ihm bitte den Preis nennen. »Für die Wiederherstellung meiner Frau und ihrer körperlichen Unversehrtheit.« Wie viel Geld also verlangten sie von ihm.

Diese Körperhaltung, dachte Carl. Wie ein geschwungenes S, während das Gesicht starr und ausdruckslos blieb, ein Pfannkuchen auf weißem Porzellan. Seine blonden Haare hingen ihm wirr ins Gesicht. Bronsky liebte Charlotte ebenso wenig wie er Alexandra. Aber auch Bronsky konnte ohne seine Frau nicht leben. Er brauchte sie. Ihre Gegenwart, ihren Geruch, ihre Gewohnheiten. Soweit Carl wusste, leistete er sich keine jüngere Geliebte. Längst hatte Bronsky Sex durch Selbstverliebtheit ersetzt. Herrscher über sein eigenes Reich zu sein, darin lag für ihn die Erotik des Alters. In seinen Augen war Charlottes Fliegengesicht eine Kriegserklärung.

»Sie liegen falsch«, antwortete Konrad knapp. »Niemand will Sie erpressen.«

Ein merkwürdiges Geräusch erfüllte den Abendhimmel, das aus weiter Ferne immer näher zu kommen schien. Es hörte sich an wie ein Froschkonzert aus gewaltigen Lautsprechern.

»Dumbledoo«, murmelte Konrad. »Wir müssen los.«

Carl, Robi und Konrad stiegen in Carls Auto und folgten der Lärmquelle. Das Fahrzeug, das ihnen betont unauffällig folgte, war nicht zu übersehen. Abhängen konnten sie es nicht, das ließen die Straßenverhältnisse nicht zu. Sie hielten nicht weit vom Golfclub Worpswede, inmitten einsamer Natur, umgeben von Weilern mit Namen wie Kuhstedt oder Paddewisch.

»Warum hier?«, fragte Carl.

»Ein gutes Versteck«, meinte Konrad. »Und zum Space Park ist es auch nicht weit.«
Das Froschkonzert hatte mittlerweile eine Lautstärke erreicht, die in den Ohren schmerzte. Sie liefen über eine Wiese und wichen zahlreichen Fröschen aus, die drohend quakten.
Als sie an einer einsam auf der Weide stehenden Birke vorbeiliefen, griffen einige kräftige Zweige nach Robi und zogen ihn in die Höhe. Der strampelte und wehrte sich, hatte aber keine Chance. Auf seinem Blechkörper vollzog die Birke ein Schlagzeugsolo, das Robi die Tränen in die Augen trieb. Anschließend ließ sie ihn aus rund zwei Metern Höhe fallen. Carl fing ihn auf und bemerkte, dass er an einigen Stellen eingedellt war.
»Wir haben Charlottes Kopf«, sagte Dumbledoo und raschelte hämisch mit seinen Birkenblättern.
»Das glaube ich dir«, erwiderte Konrad.
»Was gibst du mir dafür?«
»Was willst du haben.«
»Sex mit Lucia.« Dumbledoos dumpfes Gelächter erinnerte an einen stotternden Motor.
»Und davon abgesehen?«, fragte Konrad ungerührt.
»Die Kontrolle über die Schaltzentrale im Space Park.«
Carl holte tief Luft. Sein Bauchgefühl sagte ihm, dass er sich in das Gespräch besser nicht einmischte.
»Die Schaltzentrale kannst du haben«, sagte Konrad, ohne zu zögern.

»Sex mit Lucia nicht?«, fragte die Birke und verneigte sich vor Carl.
»Spar dir deine Unverschämtheiten«, entgegnete Konrad. »Die Zentrale ja, Lucia nein.«
Dumbledoo reckte seine Äste gen Himmel. »Ich will beides!«, rief er überschwenglich.
»Carl, Robi, lasst uns gehen. Wir verschwenden nur unsere Zeit.«
Sie hatten eine gute Strecke zurückgelegt, bis endlich der erlösende Ruf ertönte. »Okay!«, schmetterte Dumbledoo. »Einverstanden.«
Eine an Hässlichkeit kaum zu überbietende Kröte sprang Robi auf die Schulter. Carl wollte sie vertreiben, erkannte aber, dass sie Charlottes Gesicht trug.
Was für ekelhafte Burschen, dachte er. Man kann sich gar nicht so schnell erschrecken, wie sie einem Schauer über den Rücken jagen.
Ein paar Meter entfernt entdeckte Carl Kirchenturm und Kirchenschiff, die sich hinter einer Brombeerhecke mehr schlecht als recht versteckt hatten. Doch plötzlich schossen sie aus ihrem Unterstand hervor und liefen schreiend über die Wiese. Rollende Büsche jagten ihnen hinterher und wurden immer schneller. Konrad brüllte Dumbledoo zu, er solle das sofort unterbinden, doch die Birke ließ lediglich eine Art Schulterzucken erkennen.
Der Erste, der Tumbleweed und seinen mordenden Büschen zum Opfer fiel, war Peter Harris. Sie brachten den Polizisten zu Fall und rollten der Länge nach

über ihn, begleitet von einem bösartigen Schmatzen, bis nur noch die Kleidung und ein bleiches Skelett von ihm blieben. Rüdiger Lemberg schaffte es bis zum Polizeiwagen und wähnte sich schon in Sicherheit; dort aber lauerten mehrere Büsche. Von vorne und hinten rollten sie über ihn hinweg, lustvoll rülpsend. Einen kurzen Augenblick hielten sich seine abgenagten Knochen in der Luft, dann fielen sie krachend auf den Asphalt.

Zwei Sanitäter standen in der Eingangstür zu Bronskys Haus und rauchten. Genüsslich holte Carl die Kröte mit Charlottes Gesicht aus seiner Jackentasche und weidete sich an den entsetzten Blicken der beiden. »Ich würde Ihnen empfehlen«, sagte er, »über die Vorgänge hier absolutes Stillschweigen zu bewahren. Sonst könnte es Ihnen ergehen wie der Frau des Hauses. Richten Sie das auch Ihren Kollegen aus.«

In Verkehrung traditioneller Motive küsste die Kröte Charlotte, die daraufhin ihren Kopf wiedererhielt. Aus dem Rumpf der Kröte erwuchs ein knotiges, warzenübersätes Krötenhaupt, das sofort laut schmatzend den am Boden zuckenden Fliegenkopf verschlang. Mit wenigen Sprüngen machte sich das Ungeheuer durch die geöffnete Terrassentür aus dem Staub.

Der Hausherr betrat das Wohnzimmer und schrie. Auf der Couch lag seine Frau, in welkender Schönheit, doch mit vertrautem Gesicht. Er lief auf sie zu, umarmte sie und bedeckte sie mit Küssen.

»Nicht übertreiben«, mahnte Carl. »Wer weiß, was sonst noch passiert.«
»Wie habt ihr das gemacht?«, fragte Bronsky euphorisch.
»Kleinigkeit«, sagte Robi.
»Wir haben ihr gut zugeredet«, ergänzte Konrad. »Haben uns liebevoll und verständig gezeigt. Das wirkt manchmal Wunder, Bronsky.«
»Es wäre mir lieber, Sie würden mir einen Preis nennen. Ich bin diesen Irrsinn allmählich leid.«
»Wir kommen auf dein Angebot zurück«, erwiderte Carl.
Und dann erwachte Charlotte aus tiefem Schlaf. »Was ist denn mit euch los?«, fragte sie erstaunt.
Bronsky nahm ihr Gesicht in die Hände und küsste sie erneut voller Hingabe. Charlotte befreite sich, stand auf, richtete ihre Kleidung. Diskret sorgte Robi dafür, dass die beiden Sanitäter ihr Rettungsfahrzeug bestiegen und die Heimfahrt antraten. Charlotte sagte, sie sei plötzlich in einen tiefen, komaähnlichen Schlaf gefallen, der ihr jedoch sehr eigenartige, ästhetisch reizvolle Träume beschert habe. Sie bitte um Nachsicht, doch ihre Eindrücke verlangten nach unmittelbarem künstlerischem Ausdruck. Gedankenverloren begab sie sich an ihre Staffelei, Bronskys zärtliche Schmeicheleien überhörend.
»Entschuldigen Sie bitte, gnädige Frau. Es liegt mir fern, Sie behelligen zu wollen, aber wir haben uns noch gar nicht vorgestellt. Mein Name ist Robomop.

Nennen Sie mich gerne auch Robi, wenn Sie mögen. Das würde mich sehr freuen.«

»Ein Roboter?«, erwiderte Charlotte ungehalten. »Gehören Sie auch zu diesen Spinnern aus dem Space Park? Bleiben Sie mir bloß gestohlen. Kaum gibt man euch den kleinen Finger, schon nehmt ihr die ganze Hand.«

Und sie malte und malte, nicht allein in dieser Nacht, auch in den folgenden Nächten, von einer unerklärlichen Besessenheit erfasst. Wechselnd zwischen Öl- und Pastellfarben schuf Charlotte eine höchst eigenartige Welt, bizarr und voller Widersprüche, »die das Wunder der Naivität in den Realismus überführt«, wie es ein Kritiker der *New York Times* keine zwei Jahre später formulierte. Konrad ließ Carl und Robi teilhaben an seinem Blick in die Zukunft, »weil ihr mir das sonst nicht glauben würdet«.

Sie malte beispielsweise einen sitzenden Ziegenbock auf hellbraunem Velours vor grün-beiger Tapete, darin eingelassen kleinteilige, rautenähnliche Muster in Rotblau. Aus irgendeinem Grund erinnerte Carl diese Tapete an die untergegangene Sowjetunion. Oder sie malte einen Fuchs auf der Pirsch – azurblauer Velours, goldgelbes Blumenmuster, weiße Tapete. Einen brütenden Pinguin: grauer Velours, schwarz-weiß gestreifte Tapete. Die Tapeten ersetzten gleichsam den Horizont. Auffallend an den Tieren war, dass ihre Blickrichtung stets am Betrachter vorbeiging. Sah man genauer hin, zeigte ihre Haltung menschliche Regungen wie Angst, Wut, Trauer, Scham. Im Gesicht des Pinguins glaubte Bronsky gar, sein eigenes Lächeln wiederzufinden. Der Fuchs zeigte eine gewisse Ähnlichkeit mit Konrads Gesichtszügen. Der Ziegenbock hatte nahezu dieselbe Mundpartie wie Carl.

Der Blick in die Zukunft ergab, dass sich Charlotte wenige Monate später auch an Plastiken versuchen würde. Mit Erfolg, auf der documenta in Kassel sollte vor allem ihre naturalistische Darstellung einer liegenden Sau mit säugenden Ferkeln Aufsehen erregen, rosarot und aseptisch. Die Schweine trugen menschliche Gesichter, »Gesichter aus dem Alltag, aus der Großstadt, anonyme Gesichter, Allerweltsgesichter, gefangen in der Wiederkehr des ewig Gleichen« (*Süddeutsche Zeitung*, 15. Juni 2012).

Auch als Videokünstlerin war Charlotte eine internationale Karriere beschieden. Eines ihrer preisgekrönten Werke zeigte die Künstlerin selbst in einer Endlossequenz, gekleidet in einen japanischen Kimono. Sie saß auf dem Ast eines künstlichen Baumes und sang ein melancholisches Kinderlied, das an jene Sirenen erinnerte, die einst Odysseus um ein Haar zum Verhängnis geworden wären. Fliegen und Bienen, Schmetterlinge und Hummeln, Insekten aller Art umschwirrten ihren Kopf, und während sie sang, schnellte wiederholt, urplötzlich, eine lange Zunge hervor und zog die Kerbtiere in ihren Rachen. Unterdessen hatte sich auch Charlottes Unterkörper verwandelt, und zwar in einen Kokon, aus dem schließlich die Künstlerin selbst ein weiteres Mal hervorging. Die ursprüngliche Charlotte stürzte daraufhin reglos vom Ast, ein Fest für die Käfer und Larven am Boden, die sogleich über sie herfielen.

Schönheit und Tod, ein surreales Schauspiel. Und damit begann das Video von neuem.

SECHZEHNTES KAPITEL

Robomops Verhör

Carl entging nicht der Stimmungswandel im Paulaner, dieser feine Riss, der sich durch die Gemeinschaft zog. Jeder wusste irgendetwas und doch nichts Genaues über Charlottes Heimsuchung. Täglich kursierten neue Gerüchte. Charlotte äußerte sich nicht zu den Vorgängen, während Bronsky staatsmännisch betonte, er habe alles unter Kontrolle. Misstrauen und Verdächtigungen machten sich breit, und Robi war der Erste, der den Wandel zu spüren bekam. Nicht ohne Kopfschütteln hatten die Paulaner vernommen, dass der überaus kluge, menschenfreundliche Roboter in Diensten von Carl und Konrad Mayfield stand, ein gelungener Marketing-Gag in Sachen Space Park. Wenn Robi in seinem markanten Entengang durch die Siedlung spazierte, konnte er sicher sein, dass die meisten Blicke auf ihn gerichtet waren. Überdies war er gesellig, höflich und hilfsbereit. Da er den Männern als geschlechtsloses Wesen galt, fühlten sie sich nicht bedrängt, wenn er ihre Frauen mit charmanten Worten betörte. Die wiederum waren erfreut über den aufgeschlossenen Gesprächspartner, der Verständnis für sie zeigte, zuhören konnte, auch schon mal den Kindern bei den Hausaufgaben half, ohne eine Gegenleistung zu erwarten. Gelegentlich geschah es, dass eine gelangweilte Gattin Robi zu verführen suchte. Dann ergriff er die Flucht, aus Angst vor den Folgen und in Ermangelung erotischer Bedürfnisse, die über geschlossene Schaltkreise hinausgingen.

Doch die ungewohnte Freundschaft zwischen Mensch und Maschine währte nur kurz. Bald traf Robi auf Misstrauen und Ablehnung. Mütter verriegelten die Haustüren, Väter beschwerten sich über den »verderblichen Einfluss dieser Kreatur auf unsere Kleinen«. Carls Nachbarn und Freunde sahen in Robi wahlweise »einen Kinderschänder«, »eine Bedrohung unserer Freiheit« oder »einen Sprengsatz, der jederzeit hochgehen kann«.

Es blieb nicht bei Worten. Keine Woche nach den »Ereignissen«, so die allgemeine Sprachregelung für Charlottes Mysterium, wurde Robi erstmals mit Tomaten beworfen. Kurz darauf versuchte ein Autofahrer, Robi zu überfahren, der sich nur durch einen Sprung in die Büsche retten konnte.

»Mich macht das sehr traurig«, sagte Robi in trauter Runde am Wohnzimmertisch, wo Carl, Alexandra, Konrad und Lucia Schwarzwälder Kirschtorte aßen und Kaffee tranken. »Ich habe doch niemandem was getan.«

»Schade, dass Sie keine Torte mögen«, versuchte ihn

Alexandra zu trösten. »Eine gute Torte macht mich glücklich, egal, was draußen passiert.«
»Na ja«, warf Lucia ein, »du warst allerdings schon mal schlanker.«
Nach Möglichkeit vermied es Carl, Konrad und Lucia anzusehen. Ihre verliebten Blicke machten ihn nervös. Zu allem Überfluss fühlte sich seine Frau geschmeichelt, weil »dieser Erfolgsmensch ein Auge auf Lucia geworfen hat«.
»Ich versuche ja, mich den Menschen anzupassen«, betonte Robi. »Neulich habe ich sogar am Rathausmarkt in Bremen eine Bratwurst gegessen. Aber das war keine gute Idee. Ich habe Durchfall bekommen und dabei mehrere Schrauben verloren, die ich für die Koordination meiner Bewegungsabläufe dringend benötige.«
»Wie sieht das denn aus, wenn ein Roboter Durchfall hat?«, fragte Lucia grinsend.
Robi räusperte sich und sagte peinlich berührt: »Wie ein Haufen Metallspäne.«
Lucia gelang es kaum, sich zu beherrschen. Hustend presste sie beide Hände über ihren Mund.
»Entschuldigung, Robi, aber ich …«
»Ich kann verstehen, dass mein Missgeschick Heiterkeit auslöst«, fiel ihr Robi ins Wort. »Es ist immer gefährlich, Grenzen zu überschreiten. Fahrlässigerweise hatte ich die Konsequenzen nicht bedacht.«
»Sie sind nicht wie die Leute hier«, sagte Carl. »Das ist das Problem. Vor allem in Zeiten der Krise.« Und, an

seine Frau und Tochter gewandt: »Um ein Haar wird Robi Opfer eines Mordanschlages, und das Einzige, was euch einfällt, sind Albernheiten.«

»Seien Sie nicht so streng«, erwiderte Robi. »Ich halte die menschliche Eigenart, Unangenehmes oder Schmerzliches zu verdrängen, nur zum Teil für kritikwürdig. Natürlich muss man sich der Wirklichkeit stellen. Doch mag es durchaus sinnvoll sein, dies in sorgfältig bemessenen Dosen zu tun. Sonst könnte die Verzweiflung so groß werden, dass sich nichts mehr bewegt im Leben.«

»Womit Sie die Frage beantwortet haben«, ergänzte Konrad, »ob künstliche Intelligenz über ein Gewissen verfügt. Früher habe ich geglaubt, das wäre nicht der Fall. Heute sehe ich das anders.«

»Allerdings bin ich Einzelgänger. Aus der Art geschlagen. Ohne dass ich zu sagen wüsste, warum. Gewöhnlich genügt es den Vertretern meiner Gattung, Befehle auszuführen.«

»Insofern sind Roboter auch nur Menschen«, stellte Carl nüchtern fest.

»Ich kann jedenfalls nicht verstehen, dass diese Idioten Sie mit Tomaten bewerfen oder Ihnen nach dem Leben trachten«, sagte Lucia, nicht frei von kämpferischer Emphase.

»Das ist der Lauf der Dinge«, bemerkte Robi. »Nie war es einfach, anders zu sein. Nirgendwo.«

»Empfinden Sie eigentlich so etwas wie Glück?«, fragte Alexandra. »Ich meine, haben Sie Gefühle?«

Carl seufzte.
»Das ist eine Frage, die ich lange nicht beantworten konnte. Erst jetzt weiß ich, dass ich glücklich und zufrieden bin. Mit Carl und Konrad, mit Ihnen, dieser wunderbaren Familie. Das kennen Roboter nicht. Freunde und Familie.«
Wider Erwarten spürte Carl, dass seine Augen feucht wurden. Er hing an Robi, fühlte sich für ihn verantwortlich. So, wie ihm zuvor der außerirdische Pudel ans Herz gewachsen war. Gebe Gott, dass er sich nie einem Psychologen offenbaren musste.
»Und was können wir tun, damit Sie zum glücklichsten Roboter aller Zeiten werden?«, fragte Lucia.
»Ach, wenn Sie mich so fragen ... Also ehrlich gesagt: Am liebsten würde ich mit Ihnen eine Folge der ›Simpsons‹ gucken. Oder gerne auch zwei oder drei.«
»Sie sind ja so bescheiden, Robi«, flirtete Alexandra. »Den Wunsch können wir Ihnen gerne erfüllen. Die haben wir auf DVD, die letzte Staffel.«
Wenig später saßen sie auf der Couch und verfolgten Homer Simpsons Abenteuer in New York, auf der Flucht vor der Polizei, die sein Auto mit Hilfe einer Wegfahrsperre wegen notorischen Falschparkens lahmgelegt hatte. Erst dachte Carl, das ständige Klingeln an der Haustür gehöre zum Film. Doch als schwarz vermummte Männer im Garten auftauchten, Gewehr im Anschlag, verstand er, dass Gefahr im Verzug war. Carl öffnete die Tür, mehrere Vermummte stürmten das Haus und ergriffen Robi. Niemand aus

der Einsatzleitung stellte sich vor oder legte die Gesichtsmaske ab. Allerdings zeigten die Herren einen Haftbefehl, der auf einen Roboter namens Robomop ausgestellt war, wohnhaft vermutlich im Paulaner. Robi wurde in Handschellen abgeführt. Gleichzeitig führten die Sicherheitskräfte ein kurzes, scharfes Verhör von Konrad Mayfield und Carl Siering durch, insbesondere ihren Aufenthaltsort zum mutmaßlichen Todeszeitpunkt der beiden Polizisten Harris und Lemberg betreffend.

Sie konnten selbstbewusst die Unwahrheit sagen, »im Space Park«, weil der Todeszeitpunkt um mehrere Stunden zu früh angesetzt war.

Kein Wunder, dachte Carl. Diese Todesart war neu. Doch warum Robi?

Die Vermummten zogen ab, ohne seine Frage zu beantworten. Alexandra und Lucia waren fassungslos und forderten Carl wie Konrad auf, etwas zu tun. »Ihr könnt doch nicht einfach nur dastehen und Löcher in die Luft starren!«

Robi war bereits einen Schritt weiter. Liefen eben noch die Simpsons über den Bildschirm, konnten sie nun Robi im Polizeitransporter sehen, an Füßen und Händen angekettet, umgeben von waffenstarrenden Begleitern.

»Wusstest du, dass er ein Kameraauge hat?«, fragte Carl erstaunt.

»Natürlich. Dient der Kontrolle beim Staubsaugen«, erklärte Konrad.

Alexandra und Lucia sahen sich entgeistert an.

»Ich will sagen«, fuhr Konrad beschwichtigend fort, »dass Robi mit allen nur erdenklichen Raffinessen ausgestattet ist.«

Robi wurde ins Präsidium gefahren und in einen Vernehmungsraum geführt. Weder zeigten sich die Polizisten erstaunt über seine Fähigkeiten, noch nahmen sie Rücksicht auf die Bedürfnisse künstlicher Intelligenz. Dazu gehörten: kein grelles Licht, geschliffene Umgangsformen, gegenseitiger Respekt.

Stattdessen Pöbeleien, Drohungen, harsche Worte. Immer wieder konfrontierten sie Robi mit demselben Foto, verschwommen und schwarzweiß, eine der letzten Aufnahmen, »bevor du unsere Kollegen umgebracht hast, du mieses Stück Dreck«. Einer der Männer schlug Robi ins Gesicht und hielt sich daraufhin die Hand mit schmerzverzerrtem Gesicht.

Auf dem Foto war eine Birke zu sehen, die Robi zu umarmen schien.

»Diese Birke«, erklärte Robi außer Atem, aufgebracht, erschöpft, die Hände am Stuhl gefesselt, »hat mich vom Boden emporgehoben und an sich gedrückt. Sie wollte damit ihre Stärke beweisen.«

Klar doch, klar, höhnten die Polizisten. Wie Birken das eben so machten mit Robotern, die durchs Teufelsmoor spazierten. Er solle endlich zugeben, dass sie beide Komplizen seien.

»Ich hasse diese Birke!«

Na, wie schön. Und sie zeigten Robi Fotos einer Birke, gefällt und zerstückelt von einer Motorsäge. Das solle ihm eine Warnung sein. Sie machten kurzen Prozess. Keine halben Sachen. Die Polizisten ließen einen Bottich Wasser in den Verhörraum bringen. Sie schnallten Robi auf ein Brett. Er solle endlich gestehen.

»Was denn? Was soll ich gestehen?«, schrie Robi und wurde mit dem Kopf ins Wasser getaucht. Alexandra und Lucia schrien ihrerseits, woraufhin Konrad sie aus dem Wohnzimmer führte. Sie sollten bitte Ruhe bewahren, Robi sei nicht aus Wachs.

Immer wieder stellten die Polizisten dieselben Fragen. Wie es Robi und der Birke gelungen sei, Harris und Lemberg zu überfallen. Kopf ins Wasser. Ihr verdammten Kannibalen! Ob es einen Zusammenhang gebe. Zwischen ihm und dem Raumschiff, das vor einiger Zeit im Teufelsmoor gefunden wurde. Kopf ins Wasser. Die Hintermänner!

»Welche Beziehung unterhalten Sie zu den Herren Mayfield und Siering?«

Eine Frau mittleren Alters, die den Raum gerade erst betreten und am Vernehmungstisch Platz genommen hatte, stellte die Frage. Freundlich, verbindlich, unaufgeregt. Ihre Haare, zu einem Knoten gebunden, verliehen ihr die Aura einer gestrengen, aber gütigen Seele. Sie trug einen hellblauen Rock, der über die Knie reichte, und eine weiße Bluse, darüber eine schlichte Kette.

»Ich – bin – ein – technisches – Hilfsmittel.«

Robi war am Ende. Er redete ohne Betonung, bar jeder Hoffnung.
»Gewiss sind Sie das. Aber ich nehme nicht an, dass Sie sich selbst programmiert haben.«
»Au-to-matik.«
»Wer sind Ihre Eigentümer?«
»Ich bin ein Staubsauger. Ich frage nicht nach Besitzverhältnissen, wenn ich meiner Arbeit nachgehe.«
»Was macht ein Staubsauger im Teufelsmoor?«
»Unrat beseitigen.«
»Sie meinen die Herren Harris und Lemberg?«
»Überall ist Schmutz. Auch in diesem Raum, in dem wir uns befinden.«
»Sie glauben, Gewalt reinige die Gesellschaft?«
»Alles, woran ich je geglaubt habe, ist ohne Bedeutung.«
Die Beamtin richtete ihren Haarknoten, ohne die Augen von ihm abzuwenden. »Ihre Ansichten sind nur insoweit von Bedeutung, als sie helfen, die Mörder zweier Polizisten zu finden«, sagte sie.
»Ich möchte Ihnen nicht zu nahe treten. Doch Ihr Verstand reicht unmöglich aus, die Tragweite Ihres Irrtums zu erkennen.«
Die Frau schien Robi mit ihren Blicken zu durchbohren. Dann nickte sie kurz, und zwei Männer ergriffen ihn erneut, tauchten ihn ins Wasser, zogen ihn hoch, gebellte Fragen, Robis Schreie, Kopf ins Wasser.
In dem Moment erschien Bronsky im Wohnzimmer der Sierings. Alexandra und Lucia hatten ihn herbei-

gerufen, und Bronsky war entsetzt zu sehen, was da über den Bildschirm lief. Umgehend führte er einige hitzige Telefonate, die ihren Zweck nicht verfehlten. Wenig später erhielt Carl einen Anruf aus Bremen. Er könne seinen »Staubsauger« wieder abholen, sofern er darauf Wert lege. Andernfalls werde das Objekt der Schrottpresse überantwortet.

Dankend machte sich Bronsky über die Schwarzwälder Kirschtorte her, die ihm Alexandra servierte, während Lucia Kaffee einschenkte. Zu Hause, sagte Bronsky, sei der Kühlschrank meistens leer, sie bräuchten dringend ein Hausmädchen, doch woher nehmen und nicht stehlen. Charlotte widme sich nur noch ihrer Kunst, verrückt das alles. »Ehrlich gesagt«, so Bronsky, »habe ich aufgegeben, nach den Ursachen zu fragen. Ich verstehe die Hintergründe nicht, aber wer weiß, vielleicht soll es so sein.«

Kürzlich habe er einen Parapsychologen aufgesucht. Einen Mann, der professionell Karten lege und daraus die Zukunft lese. Wahlweise auch aus Kaffeesatz. Bronsky habe ihm von Konrad erzählt, dem sprechenden Pudel. Von dem Raumschiff im Teufelsmoor, von Robomop und dem Space Park. Und dass es da vermutlich Zusammenhänge gebe, weiß der Henker. »Na ja, da sagt der Bursche mir: Bronsky, sagt er, es kommt das Jahr der Affen. Sie werden die Welt beherrschen. Es sei denn«, Bronsky hielt inne und lud sich ein weiteres Stück Kuchen auf, »ein Unbekannter kommt von weit her und macht dem Spuk ein Ende. Mein Gott, wer will da hartherzig sein. Wenn Robi Hilfe braucht. Und irgendwie sagt mir eine innere Stimme, dass er Charlotte geholfen hat. Mit ihrem Gesicht. Keine Ahnung, wäre doch gut möglich.« Bronsky lachte, ein klirrendes, beinahe irres Lachen. »Verdammt, wenn das so weitergeht, werde ich noch Ökobauer. Und pflanze Apfelbäumchen. Mir fehlt einfach – wie soll ich sagen – der Boden unter den Füßen.«

SIEBZEHNTES KAPITEL

Krieg den Küchenschaben

Konrad hatte sich in letzter Zeit vom Space Park ferngehalten. Der Publikumsandrang war ungebrochen, doch kontrollierten nunmehr Dumbledoo und Tumbleweed die Anlage. Sie und ihre Helfer. Das hatte es in der Geschichte Zorrs noch nie gegeben: Kakerlaken, die den Aufstand probten. Konrad spürte förmlich, wie die Hand des Aufruhrs nach ihm griff. Gemeinsam mit Carl machte er sich auf den Weg zur EADS-Zentrale. Nur von seinem Raumschiff aus konnte er die Verantwortlichen in Zorr, allen voran seinen Vater, über die jüngsten Entwicklungen informieren.

Während Carl den Wachmann ablenkte, schlich Konrad in das Gebäude.

Unbemerkt erreichte er sein Raumschiff und wollte gerade die Luke öffnen, als ihn ein Hebekran angriff. Er löste sich aus seiner Halterung und bewegte sich auf Konrad zu, versuchte, mit zwei gewaltigen Metallhaken nach ihm zu greifen. Dabei machte er das

schmerzhafte Geräusch einer Gabel, die über einen leeren Teller kratzt – in der Lautstärke eines Motörhead-Konzertes.
Konrad sprang auf den Boden und suchte nach einer geeigneten Waffe. Er griff sich zwei Laptops, was gar nicht so einfach war angesichts der schwingenden Haken. Einmal nicht aufgepasst, schon würde sein Kopf rollen. Den würde der Kran sofort klauen – verlorene Körperteile wuchsen bei den Ghules nicht nach.
Im Grunde war Konrads Plan wenig originell, David gegen Goliath. Er zielte nicht auf den Kopf, das kleine Führerhäuschen, sondern deutlich tiefer, dorthin, wo zahlreiche Verstrebungen zusammenliefen und die Weichteile ihren Sitz hatten.
Krachend trafen die Laptops ihr Ziel, jaulend sackte Dumbledoo in sich zusammen. Er lag am Boden und wand sich vor Schmerzen, derweil Computer und Monitore lautstark barsten, Glas klirrend zu Boden fiel, zerstört von den Schwingungen seiner Schreie, die vermutlich in der ganzen Stadt zu hören waren. Als der Sicherheitsdienst die Halle stürmte – und zunächst wieder die Flucht ergriff, vertrieben von dem unerträglichen Gebrüll –, saß Konrad bereits im Cockpit und setzte eine Neutronenmail nach der anderen ab, ein SOS in Richtung Weltall.
Bei der Gelegenheit fiel erneut der Strom in Bremen und Umgebung aus, was allerdings in dem Moment Konrads geringste Sorge war. Er blieb im Raumschiff und wartete auf Antwort. Mit leisem Lächeln verfolg-

te er das Schauspiel in der Halle: Sicherheitskräfte, Manager, Angestellte, die durch die Halle stoben wie in einem Ameisenhaufen. Der Kran lag leblos am Boden. Dumbledoo war geflohen, dem fehlenden Lärm nach zu urteilen. Die Menschen da unten würden nie verstehen, was um sie herum geschah. Und taten vermutlich gut daran.
Bald darauf kam die Antwort. Von seiner Mutter. Sie sei bereits informiert. Über Lucia und deren Eltern. Seine neuen Freunde unter den Erdlingen. Ob er sich nicht in Grund und Boden schäme. Es sei das eine, sich mit den Menschen zu vergnügen. Ein anderes aber, seine Herkunft zu verleugnen. Er treibe es ja schlimmer als die Thorpes! Einige von ihnen hätten immerhin genügend Anstand gezeigt, die Kommandanten der Raumschiffe über seinen Hang zur Vermenschlichung in Kenntnis zu setzen. »Loyale Thorpes, allen voran Dumbledoo und Tumbleweed, berichten, du wolltest die Macht auf der Erde übernehmen und dich endgültig von Zorr lösen. Junge, was ist nur mit dir geschehen? Dein Vater betrinkt sich seit Tagen, die Regierung ist ratlos. Führende Ghules sind der Meinung, wir sollten die Erde sprengen, egal, ob du dich da unten aufhältst oder nicht. Im Augenblick ist dein Vater noch dagegen. Kind, ich bin wirklich enttäuscht von dir. Dabei hast du doch immer bekommen, was du wolltest.
PS: Schicke mir bitte ein Foto von dieser Lucia.«
Konrad schüttelte den Kopf. Die Wahrheit war in der

Tat nur etwas für Idioten. Er schaltete einen externen Link, der es ihm ermöglichte, auch außerhalb des Raumschiffes mit Zorr Kontakt zu halten. Das hätte er längst tun sollen. Er konnte nicht jedes Mal das EADS-Werk heimsuchen und sich mit Außerirdischen prügeln.

Auf ihrer nächtlichen Fahrt zurück nach Worpswede versank Konrad an Carls Seite in düsteren Gedanken. In Worphausen, einem kleinen, beschaulichen Dorf mit roten Klinkerbauten, steuerte Carl den Wagen auf den leeren Parkplatz eines Kaufhauses.

»Ich traue mich nicht, im Wald zu pinkeln«, sagte er. »Ich sehe immer noch das Reh und die beiden Polizisten vor mir.«

Konrad nickte. Worphausen. Wer dachte sich nur solche Namen aus. Während Carl ausgelassen die Hausmauer benetzte, offenkundig bestrebt, einen Höhenrekord zu erzielen, näherten sich ihm von links und rechts zwei Rollbüsche. Konrad schrie, er solle aufpassen. Tatsächlich schoss Carl instinktiv einen harten Strahl nach beiden Seiten, ohne genau zu wissen, worum es ging. Die Wirkung war beträchtlich. Als hätte John Wayne die übelsten Strauchdiebe mit gezielten Schüssen aus dem Verkehr gezogen, krümmten sich die Rollbüsche vor Schmerz, ließen grässliche Töne hören und zerfielen anschließend zu einer Art Sägemehl. In der Form einer Kakerlake.

»Unglaublich«, murmelte Konrad anerkennend. »Ihr seid eine echte Wunderwaffe. Du und dein Urin. Von jetzt an pinkelst du nur noch in Gläser und Flaschen. Wir machen daraus Molotowcocktails.«

Carl, erstaunt und gerührt, ließ seine Augen schweifen, doch die Gefahr schien gebannt.

»Unser Dorf hat Zukunft« stand auf dem Plakat an der Häuserwand, das die nächsten Termine der Mutter-und-Kind-Gruppe der Dorfgemeinschaft Worphausen verzeichnete.

Konrad fragte sich, ob jedweder menschlicher Harn oder allein Carls den Tumbleweeds dieser Welt den Garaus machen konnte. Die Antwort lieferte ein glücklicher Zufall. Ein dritter Rollbusch, der sich im Hintergrund gehalten hatte, suchte sich stillschweigend aus dem Staub zu machen. Konrad gab Carl ein Zeichen, und der jagte hinterher, verfügte allerdings nicht mehr über waffenfähige Vorräte. Nur ein paar Tropfen erreichten den Flüchtenden, der gleichwohl stöhnte und sich kaum noch bewegen konnte. Daraufhin sprach Konrad zwei Betrunkene an, gab jedem zehn Euro und bat sie, auf den Rollbusch zu pinkeln. Nichts geschah. Der Busch nahm keinen erkennbaren Schaden. Carl kaufte ihnen die zwei noch vollen Flaschen Bier ab, die sie bei sich trugen, trank sie jeweils in einem Zug leer und wartete. Der Rollbusch jammerte und wimmerte, flehte um sein Leben, doch vergebens. Sobald wieder einsatzbereit, ergoss sich Carls Wunderwaffe über den Schurken, der röchelnd das Zeitliche segnete, indem auch er sich in Sägemehl verwandelte.

»Blattschuss«, kommentierte Carl ungerührt. Er wirkte aufgedreht, euphorisch, kindisch. Bis sie den Paulaner erreichten, redete er mehr oder weniger ohne Unterlass, dachte laut nach über die mögliche Zusammensetzung seines Urins, die nur einen einzigen Schluss erlaube: »Ich bin der Größte.«

Konrad hatte keine vernünftige Erklärung für dieses Phänomen. Möglicherweise trug Carl Anlagen in sich vergleichbar den Thorpes, bei veränderten Vorzeichen. Er zog es vor, den Gedanken nicht zu vertiefen.

Im Wohnzimmer der Sierings saß Robi, betreut von Alexandra und Lucia, die ihn von der Polizeiwache abgeholt hatten. »Das Bewusstsein ist ein furchtbarer Fluch«, sagte er. »Wäre ich ein Computer, müsste ich nicht denken, nicht fühlen, nicht leiden.« Seine Stimme hörte sich an wie eine Schallplatte mit Kratzern. Konrad und Carl gingen auf ihn zu und versuchten ihn zu trösten.

Das Schreiben seiner Mutter ging Konrad nicht aus dem Kopf. Allenthalben regierte die Dummheit, wie ihm schien. Man musste nur laut genug eine Behauptung in den Raum stellen, und schon fanden sich gutgläubige Jünger. Er spürte seine Müdigkeit. So vieles wollte bedacht sein, und er führte einen einsamen Kampf. Viel lieber wäre er jetzt mit Lucia im Hotel und würde fortsetzen, was sie kürzlich begonnen hatten.

Noch in derselben Nacht schickte Konrad eine weitere Neutronenmail nach Zorr mit einem Foto von Lu-

cia. Daraufhin fiel der Strom auch in Worpswede aus. Ebenso, als die Antwort seiner Mutter am nächsten Morgen eintraf. »Mein liebstes Yrrchen, auch wenn ich Dein Verhalten zutiefst missbillige, muss ich doch gestehen, dass Du einen guten Geschmack hast. Diese Lucia macht einen sehr appetitlichen Eindruck, wie Dein Vater meint. Schade, dass sie ein Erdling ist und keine Zukunft hat. Papa hat beschlossen, die Erde zu sprengen. Bitte komme sofort zurück. Solltest Du keine Einsicht zeigen, wird Dich ein Kommando ergreifen und in das nächste Raumschiff setzen. Die Thorpes wollen Spaß auf der Erde – den werden sie haben. Wenn es erst mal richtig kracht. Leider sind sie dann tot. Bis sie das merken, ist es allerdings zu spät. Ich finde, Dein Vater hatte wieder mal einen genialen Lichtblitz. Ist doch ein alter Halunke, unser Präsident.
PS: Sehr bedauerlich, dass Menschen wie Thorpes sind. Im Großen und Ganzen entbehrlich.«

Konrad suchte Lucia und fand sie im Badezimmer. »Hör zu«, sagte er, »könntest du dir vorstellen, mit mir zusammenzuleben?«
Lucia sah ihn erstaunt an.
Konrad holte tief Luft. »Es ist so, ich kann nicht mehr zurück.«
»Nach Amerika?«
»In gewisser Weise. Lucia, nicht alles, was du über mich weißt, entspricht den Tatsachen.«

»Es ist mir völlig egal, wo du herkommst. Von mir aus auch vom Mars.«
»Das sagst du so leicht.«
»Genauso meine ich es auch.«
»Danke, Lucia. Ich hoffe, du wirst deine Worte nie bereuen.«
Anschließend begab sich Konrad in die Garage, wo Carl flüssigen Sprengstoff abfüllte.
»Es gibt Neuigkeiten, Carl.«
»Ich höre.«
»Lucia und ich werden zusammenziehen.«
Carl griff nach einem warmen, waffenfähigen Gurkenglas. »Das wirst du nicht wagen.«
Konrad zuckte mit den Schultern.
»Lucia ist noch nicht mal achtzehn.« Zögernd stellte Carl das Glas wieder ab und schloss den Reißverschluss seiner Hose. »Du glaubst doch wohl nicht ernsthaft, dass sie den Rest ihres Lebens mit einem alten Sack wie dir verbringen wird.«
»Das Risiko gehe ich ein. Selbst wenn es nur ein paar Monate sind, werden es mit Sicherheit die schönsten meines Lebens. Was habe ich denn schon erlebt in den letzten fünftausend Jahren? Nur Gehirntraining und Langeweile, wenn du mich fragst.«
Carls Einwände wurden leiser, als er von Lucias Einverständnis erfuhr. Um ihn abzulenken, wechselte Konrad das Thema. Bisher sei er den Mücken ausgewichen wie der Teufel dem Weihwasser. Damit sei jetzt Schluss. Er werde sich von ihnen stechen lassen.

Die biologischen Veränderungen, die er daraufhin durchlaufe, machten aus ihm endgültig Konrad Mayfield. Einen Weg zurück gebe es dann nicht mehr. Allein deswegen, weil die Reise nach Zorr in so hoher Geschwindigkeit erfolge, dass sie menschliches Blut zersetze, die weißen und roten Blutkörperchen zerstöre. Flögen die Raumschiffe in einem Tempo, das ein Erdbewohner vertrug, wären sie mehr als tausend Jahre unterwegs.

»Mit anderen Worten: Ich bleibe hier«, schloss Konrad seine Ausführungen.

»Aber dann verlierst du deine Unsterblichkeit«, wandte Carl vorwurfsvoll ein.

»Von mir aus kannst du sie geschenkt haben.«

In banger Erwartung bestieg Konrad seinen Feldherrenhügel im Golfclub Worpswede, der wegen Instandsetzungsarbeiten geschlossen war. Er hatte Dumbledoo und Tumbleweed zu einer Aussprache gebeten, umgeben von Rollrasen und einer beachtlichen Anzahl von Flaschen und Gläsern, an seiner Seite Sprengmeister Carl, bereit zum großen Wurf.

Es dauerte nicht lange, und Dumbledoo erschien. Konrad hatte ihn zunächst nicht erkannt. Diese lästige Fliege, die um seinen Kopf schwirrte und einen Lärm machte wie ein ferngesteuertes Modellflugzeug. Sie landete auf Carls Schulter und verwandelte sich in ein Kleinkind mit Fliegengesicht. Kein schöner Anblick. Carl setzte die Kreatur rüde auf den Boden.

»Was ist das für ein Saft da?«, fragte Dumbledoo.
»Ein Vitaminstoß«, antwortete Carl.
Dumbledoo nickte interessiert. »Ich bin mir nicht sicher, ob Tumbleweed kommt. Er traut euch nicht«, sagte er.
»Er traut sich selbst nicht. Das ist sein Problem«, erwiderte Konrad.
»Tumbleweed ist ein Feigling. Er weiß selbst nicht mehr, wie viele Rollbüsche es eigentlich gibt. Viel zu oft hat er Zellteilung betrieben, ganz zu schweigen von den vielen Trittbrettfahrern.« Dumbledoo schüttelte sich vor Verachtung.
»Gott sei Dank, dass wenigstens du unverwechselbar bist«, schmeichelte ihm Konrad.
»Das kannst du laut sagen. Ich lasse es nicht zu, dass ich geklont werde. Da könnte ich ja gleich wieder Kakerlake werden.«
»Sehr richtig«, kommentierte Konrad, dankbar für diese Auskünfte. Wenn sie den Kerl umbrachten, war das Kapitel Dumbledoo abgeschlossen. Allerdings waren die Harn-Cocktails nur an Rollbüschen erprobt.
Dumbledoo steckte seine rechte Hand seitlich ins Hemd. Wie Napoleon schritt er vor Carl und Konrad auf und ab. »Ich glaube«, sagte Dumbledoo, »dass sich Ghules und Thorpes viel näher sind als Ghules und Erdlinge. Eine neue Epoche zeichnet sich ab, in der nicht mehr die Ghules die Thorpes beherrschen, sondern beide gemeinsam die Menschen.«

»Und das sagt eine Kakerlake«, entfuhr es Carl.
»Ich erwarte nicht, dass ein Kartoffelfresser meine Ansichten teilt«, tönte Dumbledoo, begleitet von einem Geräusch, das an einen ganzen Schweinestall voller Fliegen denken ließ. Gleichzeitig rollte er seine Drosophila-Augen, die silbern-matschig glänzten.
Konrad entging nicht Carls angewiderter Blick. Eigentlich, dachte er zufrieden, hast du es mit mir doch gut getroffen. Als Liebhaber deiner Tochter.
Dumbledoo entwarf ein wohldurchdachtes Herrschaftsmodell, wonach die Thorpes das Wissen der Welt aus den Menschen heraussaugen würden, um sie anschließend dorthin zu befördern, wo sie in der Bronzezeit schon einmal waren. Feste Siedlungen, Keramik, Ackerbau. Eine gut organisierte Sklavengesellschaft. An der Spitze der Hierarchie Konrads Vater und Dumbledoo, und warum nicht auch Konrad selbst? Mit Carl als Hofnarr?
»Demzufolge kündigst du Tumbleweed die Gefolgschaft?«, fragte Konrad so unbeteiligt wie möglich.
»Er und seine Rollbüsche können mir gestohlen bleiben. Rollbüsche! Dümmer geht's nimmer. Der versteht nichts von Politik, von Taktik und Allianzen. Tumbleweed fehlt die Vision. Er denkt nicht über den Tag hinaus. Und versteht nicht, dass die Zukunft den Ghules gehört. Er und seinesgleichen glauben, sie könnten euch für dumm verkaufen. Euch, die Herrscher des Universums! Was für Idioten.«

Über dem Boden zog Nebel auf, begleitet von den monotonen, klagenden Schreien einer Eule.
»Dumbledoo, ich bin dir dankbar für deine Offenheit. Für deine Loyalität«, entgegnete Konrad, bemüht um einen majestätischen Tonfall. »Du hast vollkommen recht. Die Ghules brauchen kluge Thorpes wie dich. Menschen hingegen machen nur Probleme.«
»Hey, was soll das denn«, empörte sich Carl.
Konrad überhörte seinen Einwurf: »Sag mir bitte, was du über die Pläne von Tumbleweed und seinen Leuten weißt.«
»Ich denke, sie werden den Erdling verspeisen. Dich wollen sie nach Hause begleiten.«
Konrad nickte. Das pralle Leben. Jeder war sich selbst der Nächste, und am Ende flog alles in die Luft.
»Dumbledoo, es tut mir leid, dass ich mit dem Laptop nach dir geworfen habe.«
»Ich hätte mich niemals von Tumbleweed überreden lassen dürfen, ein Kran zu werden und dich anzugreifen.«
»Nein, das war nicht anständig«, bestätigte Konrad.
»Es wird nie wieder vorkommen.«
»Darauf sollten wir einen trinken«, schlug Konrad vor und klatschte in die Hände. »Carl, bist du so gut und gibst uns von deinem Saft?«
»Erst, wenn sich der Kerl bei mir entschuldigt«, erwiderte Carl.
»Wofür denn, Kartoffelfresser?«
»Genau das meine ich«, beschwerte sich Carl. »Diese

unglaubliche Arroganz. Als ob ich für den eine Zumutung wäre. In Wirklichkeit ist es doch genau andersherum.«

»Freunde, wir wollen nicht streiten«, mahnte Konrad. »Dumbledoo, sei nett zu dem Erdling, bevor ihn die Rollbüsche in die Pflicht nehmen.«

»Woraus machst du deinen Saft?«, fragte Dumbledoo und grinste mit seiner Fliegenfratze.

»Sag ich nicht.«

»Das finde ich auch so heraus«, behauptete Dumbledoo. »Wenn jemand etwas von Säften versteht, dann ganz sicher ich.«

»Nichts weißt du«, konterte Carl, das Gesicht diabolisch verzogen.

»Ich bin der König der Säfte! Ich will dir mal was erzählen, Kartoffelfresser. Meine Mutter war Schlafwandlerin und ist in einem Glas Milch ertrunken. Zur Strafe habe ich dem Kind, das die Milch nicht ausgetrunken hatte, Kolibakterien verabreicht. In seiner Limonade, ein paar Tage später. Der Saftsack hatte wochenlang die Scheißerei und hat nur noch Fünfen in der Schule geschrieben. Nenne mir ein Getränk, und ich mische Kolibakterien darunter. Liebend gerne mit bleibenden Folgen. Ob Limonade oder Milch, Frucht- oder Gemüsesäfte. Völlig egal.«

Carl verschränkte die Arme vor der Brust. »Bevor ich dir etwas von meinem Saft zu trinken gebe, schütte ich ihn lieber weg«, sagte er.

»Das wirst du nicht tun, Erdling«, fauchte Dumble-

doo. »Du gibst mir jetzt sofort von diesem Getränk, oder ich mache aus dir einen Kuhfladen.«
»Carl, sei nicht so halsstarrig«, mahnte Konrad. »Wenn du Dumbledoo zuvorkommend behandelst, gewinnst du vielleicht einen Verbündeten gegen die Rollbüsche.«
Carl fluchte leise vor sich hin, hob eine Flasche vom Boden auf, sah Dumbledoo verächtlich an, zögerte, dann reichte er ihm den Zaubertrank.
Dumbledoo griff danach, flink wie eine diebische Elster. Doch hielt er inne, bevor er zum Trinken ansetzte.
»Wer sagt mir, dass da kein Gift drin ist?«
»Mach dir keine Sorgen, Dumbledoo«, suchte Konrad ihn zu beruhigen. »Für den Reinheitsgehalt bürge ich mit meinem guten Namen.«
»Daran habe ich keinen Zweifel. Aber die Erdlinge sind listig und verschlagen. Vielleicht hat der Kerl dem Saft etwas beigemischt, während du einen kurzen Moment nicht aufgepasst hast?«
»Leck mich doch«, fluchte Carl und wandte Dumbledoo theatralisch den Rücken zu.
»Ich schlage vor, dass der Erdling selbst einen Schluck zu sich nimmt. Vorsichtshalber.«
Allein der Gedanke ließ Konrad würgen, doch Carl war dermaßen aufgebracht über seinen Widersacher, dass er ihm die Flasche entriss, gierig trank und sich anschließend mit dem Handrücken über den Mund fuhr.

Dumbledoo, offenkundig verärgert über Carls Respektlosigkeit, langte seinerseits nach der Flasche und leerte sie, ohne abzusetzen. Anschließend warf er sie hinter sich ins Gras. Wie vom Donner gerührt stand er da und sagte kein Wort. Blickte Carl an, Konrad, wieder Carl, stieß auf. Er wankte. Seine Hände suchten Halt, fanden ihn nicht. Er sank zu Boden, zuerst auf die Knie, dann fiel er auf die Hände. Ein schweres Atmen, ein Keuchen, das Ringen nach Luft. Schneller und hektischer wurde sein Hecheln, er bäumte sich auf, machte einen Sprung in Richtung Carl, griff ihm an die Kehle, doch seine Kraft reichte nicht, ihn zu würgen. Mühelos entzog sich Carl der Hand.
Dumbledoo veränderte seine Farbe. Sein Fliegengesicht wurde rot und grün, am Ende blau. Erneut stieß er auf, wobei ihm ein scheußlicher Geruch entfuhr, während sein Kinderkörper erzitterte und sich aufzublähen begann. Dumbledoo verwandelte sich mehr und mehr in einen Ballon, bis am Ende der ganze Körper kugelrund war. Verzweifelt versuchte Dumbledoo, eine andere Gestalt anzunehmen. Vergebens.
Er explodierte. Wie ein Luftballon, der auf eine Nadel traf. Hautfetzen flogen durch die Luft und trafen Carl im Gesicht, eine furunkelgelbe, gallertartige Masse, die zäh zu Boden tropfte. Konrad half ihm, das Zeug abzuwischen.
»Alle Achtung«, sagte er. »Du bist der geborene Auftragsmörder.«
Carl nickte und sagte, ihm sei das selbst unheimlich.

Dann überprüfte er einmal mehr die Griffigkeit der Gläser und Flaschen zu seinen Füßen.
Unterdessen war es Nacht geworden, zeigte sich am Firmament der Sternenhimmel, von keiner Wolke getrübt. Einige Sternschnuppen zogen leuchtend ihre Bahnen, gefolgt von langen Schweifen, doch wusste Konrad, dass es sich dabei um Raumschiffe aus Zorr handelte. Der Vollmond erleuchtete die Landschaft, so dass Carl die rollenden Büsche rechtzeitig entdeckte. Die beiden stellten sich Rücken an Rücken, griffen nach den Flaschen und Gläsern, warfen sie in die Luft, den Rollbüschen entgegen. Dann schossen sie mit Luftpistolen auf die Behältnisse, die klirrend zerbarsten und den kostbaren Wirkstoff wie eine Dusche über ihr Ziel verteilten.
Carls weitester Wurf lag bei gut zwölf Metern, wobei er fünf Büsche erledigte. »Bevor wir uns begegnet sind«, rief er, »war mein Leben bestimmt von Bronsky und dem ganzen Mist. Ich habe einfach nur dagesessen und zugeschaut, wie das Leben an mir vorbeizieht. Na ja, und dann kriege ich meinen Hintern mal hoch, wir lernen uns kennen, und jetzt haben wir den Salat. Ich verliere mich in einem namenlosen Grauen und bin begeistert.«
Konrad bemerkte, dass die letzten noch lebenden Rollbüsche abzogen. Er rief Robi an und erfuhr, dass Tumbleweed den Space Park soeben fluchtartig verlassen habe und mit ihm seine Getreuen. Konrad selbst werde von einer Delegation Ghules erwartet. Er dank-

te Robi für die Auskunft. »Carl«, sagte er, »du bist auf dem besten Weg, das Leben anzunehmen. Die Schönheit und das Entsetzen. Sie sind Geschwister, so wie der Wahnsinn und die Vergänglichkeit.«
Mit diesen Worten zog er los, auf der Suche nach einem Schwarm Mücken. Keine leichte Übung, spätabends, im Herbst. Lange irrte Konrad über die Wiesen, bis er auf eine ausgehungerte Meute traf, die sich dankbar auf ihn stürzte. Konrad atmete ruhig und flach, doch spürte er nichts, keine Veränderung. Wie banal, ein Mensch zu werden. Keine Kirchenglocken, die läuteten. Kein Blitz, der die Eiche neben ihm spaltete.
Carl kam ihm entgegen, ein Lächeln im Gesicht. Er umarmte Konrad. »Du verdammter Idiot.« Er ließ Konrad los, dann schloss er ihn ein zweites Mal in die Arme. »Du blöder Hund.« Konrads Augen wurden feucht. Auch Carl kämpfte mit den Tränen. »Tja«, sagte der. »Vielleicht sollten wir darauf anstoßen. Ist ja noch genug da.«

Ruhig und sachlich berichtete Konrad der Delegation Ghules im Space Park, dass er nunmehr ein Mensch sei. Die Mitteilung löste Kopfschütteln und Bestürzung aus, einige zweifelten an seinem Geisteszustand. Doch sosehr sie auch fluchten und nach Lösungen suchten, seine Rückkehr nach Zorr war ausgeschlossen. Vor allem Konrads Mutter war der Hysterie nahe. Ihre kurzen, zusammenhanglosen Mitteilungen, die im Minutentakt eingingen, lösten ein beispielloses

Chaos in Bremen aus, da der Strom in kurzen Abständen ausfiel und wieder einsetzte, als spiele ein aufgedrehtes Kind am Lichtschalter. Konrad unterbrach daraufhin die Kommunikation mit Zorr – aus Sorge, das Durcheinander könne sie verraten. Gleichzeitig bat er die Ghules, die Kontrolle über den Space Park zu übernehmen. Nach Rücksprache mit Konrads Vater willigten sie ein. Damit war die Erde gerettet, fürs Erste.

Sie saßen beim Frühstück in der Schaltzentrale, die Ghules, Konrad und Carl, als Lucia völlig aufgelöst anrief. Die Polizei sei im Haus, Robi solle verhaftet werden. Doch wehre er sich mit Händen und Füßen, gerade habe er sich im Badezimmer eingesperrt. Der Grund für Robis erneute Heimsuchung war, wie sie später erfuhren, ein grotesker Zufall. Robi hatte sich des Gartens angenommen und das Herbstlaub eingesammelt. Als nun eine Nachbarin mit ihrer Freundin in Bremen telefonierte, glaubte sie zu bemerken, dass der Strom immer dann ausfiel, wenn Robi sich gerade bückte. Daraufhin hatte sie die Polizei verständigt.

Als Carl und Konrad im Paulaner eintrafen, zeigte sich die Siedlung in heller Aufregung. Robi war geflüchtet, hatte sich irgendwo in die Büsche geschlagen. Seine Verfolger suchten ihn mit Hunden, auch ein Hubschrauber kreiste über Worpswede. Aus dem Schatten des Baumes neben Carls Haus trat der Einsatzleiter hervor. Er stellte sich vor als »K« und empfahl »den Eigentümern dieser Kreatur« die uneingeschränkte Kooperation. Er sprach kurz und markig, in einen schwarzen Kampfanzug gekleidet, das Gesicht ein kantiges Viereck. Sein eisblauer, stahlharter Blick war der eines Kämpfers, der die Welt in Planquadrate zerlegte. Unwillkürlich dachte Konrad an einen Cyborg, eine Kreuzung aus Mensch und Maschine. Es gebe Hinweise, sagte K im Tonfall eines Generals beim Appell, wonach der Roboter in Kontakt stünde mit fremden Mächten. K erinnerte an das im Teufelsmoor gefundene Raumschiff, die vermissten Mitarbeiter des Luftfahrtkonzerns und vor allem die »im Kampf gefallenen Polizisten Harris und Lemberg«. Der Roboter sei zweifelsohne das Bindeglied. Da er sich als verhörresistent erwiesen habe und jede Kooperation mit den Behörden ablehne, werde er nunmehr aus dem Verkehr gezogen. Wer auch immer die Hintermänner sein mochten – mit dem Verlust ihrer Kampfmaschine seien ihnen hoffentlich auf Dauer die Hände gebunden.

»Ihr werdet Robi nichts tun!«, schrie Lucia, die entgeistert zugehört hatte. Sie rannte zu einem parkenden Polizeiwagen, setzte sich hinein und fuhr los. K sprach einige Befehle in das Mikrofon, das ihm aus dem Mund zu wachsen schien, und entfernte sich. Carl nickte Konrad zu, sie folgten Lucia in Carls Auto. Vielleicht konnten sie das Schlimmste verhindern.

Ausgerechnet in einem Weiler mit dem Namen Schlussdorf kam es zum Finale. Weites Land, grüne Wiesen, Büsche und der norddeutsche Baumbestand aus Birken, Eichen, Kastanien, Weiden. Reetgedeckte Bauernhäuser, die sich in die Landschaft duckten. Plötzlich machte Lucia eine Vollbremsung, der Wagen blieb quer zur Fahrbahn stehen. Sie hatte Robi entdeckt, der zum Fenster auf der Fahrerseite eilte und ihre Hand ergriff. »Steig ein!«, brüllte Lucia, doch Robi schüttelte den Kopf. Er sah Carl und Konrad an, die hinter ihr zum Stehen gekommen waren. »Ich möchte Sie nicht in Gefahr bringen!«, rief Robi, Tränen im Gesicht. Dann rannte er fort, ins Teufelsmoor. Carl wollte ihm folgen, doch Konrad hielt ihn zurück.

»Es hat keinen Sinn. Sie werden ihn erledigen. Und ich fürchte, wir müssen dieses Opfer bringen.«

»Wovon redest du?«

Konrad seufzte. »Robi wird sterben.«

»Und das willst du einfach so zulassen?«

»Wir haben keine Wahl.«

»Kaum bist du Mensch, schon benimmst du dich wie einer.«

»Carl, ich bin Realist. Wenn Robi tot ist, haben diese Leute das Gefühl, alles sei unter Kontrolle. Die offenen Fragen werden sie verdrängen, ihr Horizont reicht nicht weiter als bis zur nächsten Wand. Robi stirbt, aber wir leben. Und zwar ungestört.«

»Tut mir leid, ich habe ein anderes Verständnis von richtig und falsch.«

Carl lief Robi hinterher, ebenso Lucia. Doch es war zu spät. Das Geräusch des Hubschraubers über ihnen war nicht zu überhören. »Zurückbleiben!«, brüllte eine Stimme, dann folgten mehrere Gewehrsalven. Sie brachten Robi zu Fall, nur wenige Meter von der Straße entfernt. Er fiel auf den Bauch und stöhnte. Lucia drehte ihn auf den Rücken, er war von Kugeln durchsiebt, zahlreiche Dioden und Leuchtröhren waren zerfetzt. Einzelne Drähte ragten in die Luft, Batterien liefen aus. Robi ergriff eine Hand von Lucia, eine von Carl.

»Ich fürchte«, röchelte er, »meine Zeit ist um, bevor sie gekommen ist.«

Lucia beugte sich über ihn und küsste sein Gesicht. »Robi …!«, rief sie mit tränenerstickter Stimme.

»Bitte grämen Sie sich nicht. Sie sind jung und haben das Leben noch vor sich. Seien … Sie … stark, bitte.« Robis Stimme wurde dünner, mechanischer. Er hörte sich an wie eine sprechende Puppe, deren Mechanik einen Sprung hatte. »Seien … Sie … stark.«

Auch Carl konnte seine Tränen nicht zurückhalten.

»Ich … habe mich sehr wohl … gefühlt bei … Ihnen.« Robis Händedruck wurde schwächer. »Verzeihen Sie mir, aber … ich bin der Meinung, nein … ich bin mir … sicher … dass … ich … dass … ich … Sie … liebe.«

»Zurück! Zurück, verdammt noch mal!« Der Hubschrauber war gelandet, K riss Carl und Lucia weg von dem Roboter und befahl zwei Männern, die Zivilisten zur Straße zu geleiten. Mehrere Schüsse fielen, Robi bewegte sich nicht mehr. Noch eine Salve, Stille. Lucia wimmerte und hing am Hals ihres Vaters. Konrad kam ihnen entgegen, traurig und gefasst. Lucia löste einen Arm von Carl und legte ihn um Konrads Schulter. So stand sie da und weinte, ein lebendes Kruzifix.

»Du blöder Hund«, sagte Carl tonlos.

ACHTZEHNTES KAPITEL

Schöne Aussichten

Carl musste lange suchen, bis er einen Pudel fand, der Konrad ähnelte. Er hatte sich in verschiedenen Tierheimen umgesehen, schließlich wurde er in Bremen fündig. Voller Wehmut dachte er an die Zeit, als Konrad noch kein Mensch war und die Welt geordneter erschien. Er kreuzte durchs Teufelsmoor, auf dem Beifahrersitz ein hechelnder Pudel, der ihn treuherzig anblickte und schwieg. In letzter Zeit fuhr Carl des Öfteren ziellos durch die Gegend, offen für neue Wunder. Kleine Fluchten, denen unweigerlich die Rückkehr folgte. Stürmische Zeiten standen ins Haus. Sein Comeback als Architekt. Er hätte allen Grund, die Welt zu umarmen.

Seine Tochter öffnete die Haustür, und Carl reichte ihr die Leine mit dem Hund. »Da hast du einen kleinen Konrad, falls du Kummer hast mit dem großen.« Lucia lächelte und fiel ihm um den Hals. »Danke, Paps«, sagte sie, und er fühlte den warmen Strom in seinem Herzen. Nie hatte er sich mit seiner Tochter so gut verstanden, und das allein machte den Ärger mit den

Außerirdischen mehr als wett. In seiner Gegenwart vermieden Konrad und Lucia jede Berührung, obwohl er seinen Widerstand aufgegeben hatte. Lucia wollte in Berlin an der Hochschule für Musik studieren, Konrad zwischen der Hauptstadt und dem Space Park pendeln, »zwischen Irrsinn und Alltag«, wie er sagte.
Konrads Eltern saßen im Wohnzimmer und probierten den Pflaumenkuchen, den Alexandra gebacken hatte. Auf ihre Veranlassung hatte das Parlament von Zorr die längst vergessene Verfassung geändert und die Sprengung von Himmelskörpern zu Konrads Lebzeiten untersagt. Sollte er Kinder haben, bliebe die Erde bestehen, bis sie ihrerseits ohne Nachkommen wären. Ein weiser Ratschluss, räumte auch Carl ein. Gott gebe, dass Lucia Freude am Stillen und Wickeln fand. Sonst könnte es eng werden.
»Carl! Wo bleibst du denn, Herrgott noch mal. Ich verlange Revanche!«, rief Konrads Vater, der sich auf Erden Abraham nannte. Denn er war ein glühender Verehrer Abraham Lincolns, dem er auch äußerlich ähnelte. Gramgebeugt schüttelte er die Würfel im Becher, um Carl Beine zu machen. Nicht ein einziges Mal hatte er bislang Carl oder Alexandra bei »Mensch ärgere dich nicht« geschlagen, und das zerrte sichtlich an seinen Nerven. Konrads Mutter wiederum zeigte eine verblüffende Ähnlichkeit mit Queen Victoria, und sie liebte die herbstlichen Kutschfahrten, die in Worpswede an schönen Wochenenden angeboten wurden. Abe und Vicky, wie zunächst Lucia, dann der

Rest der Familie sie nannten, wohnten zurzeit bei Carl und Alexandra.
Konrads Eltern, leider unabkömmlich in Amerika, planten gleichwohl, ihren Zweitwohnsitz in Worpswede zu nehmen. Nicht nur sie, auch Freunde und Verwandte jenseits des Großen Teichs verlangte es, »in dieser einmaligen Landschaft mit ihren außergewöhnlichen Bewohnern aufgenommen zu werden«, wie Abe feierlich erklärt hatte. Ein neuer Paulaner war geplant, auf der Grundlage von Carls Bauplänen. Geld spielte dabei keine Rolle. Die Ghules hatten weltbekannte Unternehmer und Banker ersetzt durch äußerlich identische Kopien, während sich die Überreste der Originale auf einer längeren Reise befanden. Das erforderliche Bauland war schnell erworben. Abe hatte die Eigentümer persönlich aufgesucht und der Einfachheit halber das Doppelte bis Dreifache seines Wertes bezahlt. Keine Frage, Konrads Vater war ein Staatsmann von echtem Schrot und Korn.
»Allein die Idee, mehrere Generationen in einer Wohnanlage zu vereinen, finde ich ganz wunderbar«, hatte Vicky angemerkt. »Wer will denn nicht sehen, wie seine Enkelkinder aufwachsen?« Ihr Tonfall war so charmant gewesen, dass Lucia errötete.
Lange hatte Carl überlegt, wo er die erforderlichen Mitarbeiter für das Bauvorhaben finden könne. Dann waren ihm die Architekturstudenten aus Hamburg eingefallen, die er einst durch den Paulaner geführt hatte. Sie waren begeistert und nahmen sofort an.

»Carl? Kannst du bitte mal kommen?« Alexandra winkte ihn in die Küche, wo sie Schlagsahne schlug. »Hier, probier mal.« Sie reichte ihm den Schneebesen zum Ablecken. Legte ihren Kopf an seine Wange. Sagte, sie habe einfach nicht gewagt, es ihm zu sagen. Sie sei nämlich … Alexandra rieb ihre Nase an seiner. »Ich bin schwanger, Carl. Ich habe es selbst kaum glauben können. Aber ich war beim Arzt, es gibt keinen Zweifel.« Die Worte strömten aus ihr hervor wie ein lange angestauter Fluss. »Klar, ich musste das auch erst mal verdauen. Das war ja nicht geplant. Es wird übrigens ein Junge. Am liebsten würde ich ihn Johnny nennen, wenn es dir recht wäre. Gott, ich bin ganz durcheinander. Überfalle dich hier in der Küche. Was soll ich denn machen, Carl. Freust du dich? Bitte sag mir, dass du dich freust.«

Carl stand da und rührte sich nicht. Kalter Schweiß trat ihm auf die Stirn, während sein Mund trocken wurde, als hätte er seit Tagen nichts getrunken. Er sah Alexandra in die Augen, durch sie hindurch. »Das freut mich«, sagte er und ging zurück ins Wohnzimmer. Hielt zu auf das Bücherregal, wie in Trance. Baute sich davor auf und fegte mit der linken Hand die Bücher zu Boden. Bat um Entschuldigung, holte die Sahneschüssel aus der Küche und teilte mit, dass Alexandra ihm soeben offenbart habe, schwanger zu sein, und er das kaum fassen könne. Er setzte sich vor das »Mensch ärgere dich nicht«-Brett und versenkte seelenruhig eine Spielfigur nach der anderen in der Sahne.

Alle Blicke waren auf ihn gerichtet. Lucia brach das bange Schweigen, gratulierte und fiel küssend über ihre Eltern her. Auch Abe und Vicky reagierten voller Überschwang, allein Konrad rutschte tiefer in seinen Sessel, während Mutter und Tochter über die Vor- und Nachteile einer Hausgeburt sprachen. Als Carl wenig später die Toilette aufsuchte, folgte ihm Konrad.

»Wir könnten das Problem lösen«, sagte er.

Carl nickte. »Ja, das könnten wir. Aber es würde Alexandra das Herz brechen.«

Tagelang zermarterte sich Carl den Kopf, um schließlich zu erkennen, dass es keine Lösung gab. Er stürzte sich in seine Arbeit, besuchte abends mit Alexandra Kurse für Schwangerschaftsgymnastik. Er versuchte, ihr ein guter Mann zu sein, und seine Frau war dankbar und liebevoll. Falls das Kind ein Monster würde, müsste er eben Konrad um Hilfe bitten. Sollte sich Johnny normal entwickeln, gäbe es keinen Grund für Sentimentalitäten. Selbst für den Fall, dass er nicht der Vater war. Carl war bereit, sein Schicksal anzunehmen. Als allerdings einer der Architekturstudenten beim Richtfest der neuen Siedlung »Roboland« einen über den Durst getrunken hatte und erklärte, Gott würfele nicht, schlug ihm Carl die Nase blutig.

Abends vor dem Schlafengehen machte er neuerdings eine Runde im Haus und prüfte, ob alles seine Ordnung hatte. Die Tür verschlossen, der Herd ausgestellt, der Pudel versorgt war. Sein letzter Blick galt dem noch immer nicht ausgebauten Dachboden. Den Dübel jedoch hatte er ausgewechselt. Er war jetzt stark genug, einen Menschen zu tragen. Jedes Mal, wenn Konrad zu Besuch kam, fehlte der Dübel. Tags darauf ersetzte ihn Carl durch einen neuen. Bis Konrad wieder zuschlug. Es war ein Spiel, das sie beide wortlos spielten. Carl empfand diebische Freude, weil er dieses Mal am längeren Hebel saß. In seinem Schrank, dort, wo früher die Gedächtnispistole gelegen hatte, waren zwei Großpackungen versteckt. Insofern konnte eigentlich nichts schiefgehen.

Das Leben ist schön, dachte Carl und machte das Licht aus.

Giles Blunt

Unschuldslämmer

Eine Gangster-Komödie

Der alte Max und sein Neffe Owen sind absolute Profis. Wie einst Robin Hood nehmen sie die Superreichen aus wie die Weihnachtsgänse. Doch das Blatt wendet sich. Die »Subtractors«, eine Bande, die ihrerseits Räuber ausraubt, wollen ihnen ihre Beute abjagen. Zu dumm, dass Max ausgerechnet jetzt einen Aussetzer nach dem anderen hat und des Öfteren nicht mehr weiß, wo's langgeht …

»Giles Blunt ist ein absolut hinreißender Krimiautor.«
Lee Child

Knaur Taschenbuch Verlag

Danny Wallace

Und was machst du so?

Wie ich meine 12 besten
Freunde wiederfand

Danny Wallace wird bald 30 und weiß, dass ihm nun endgültig das Erwachsensein droht. Und er fragt sich, ob seine alten Schulfreunde wohl von ähnlichen Zweifeln geplagt werden. Schade nur, dass er die seit Jahren nicht mehr gesehen hat und sie über die ganze Welt verstreut leben. Als er beschließt, sie zu suchen, beginnt eine amüsante Reise – in ferne Länder, durch Kneipen und in die »gute alte Zeit«.

Knaur Taschenbuch Verlag